大鱼

有爱的青春陪伴者

A perfect couple

天生般配

苏钱钱

作品

花山文艺出版社
河北 · 石家庄

图书在版编目（CIP）数据

天生般配 / 苏钱钱著. -- 石家庄 : 花山文艺出版社, 2021.8
ISBN 978-7-5511-5626-4

Ⅰ. ①天… Ⅱ. ①苏… Ⅲ. ①长篇小说－中国－当代 Ⅳ. ①I247.5

中国版本图书馆CIP数据核字(2021)第055692号

书　　名：天生般配
著　　者：苏钱钱

策划统筹：张采鑫
特约编辑：伍　利
责任编辑：卢水淹
责任校对：董　舸
美术编辑：胡彤亮
封面设计：小茜设计 Miniqian Designstudio/QQ:310094811
内文设计：孙欣瑞
封面绘制：舞小仙
出版发行：花山文艺出版社（邮政编码：050061）
（河北省石家庄市友谊北大街330号）
销售热线：0311-88643221/29/35/26
传　　真：0311-88643225
印　　刷：长沙鸿发印务实业有限公司
经　　销：新华书店
开　　本：880×1230　1/32
印　　张：9
字　　数：304千字
版　　次：2021年8月第1版
2021年8月第1次印刷
书　　号：ISBN 978-7-5511-5626-4
定　　价：42.00元

目录 ◎

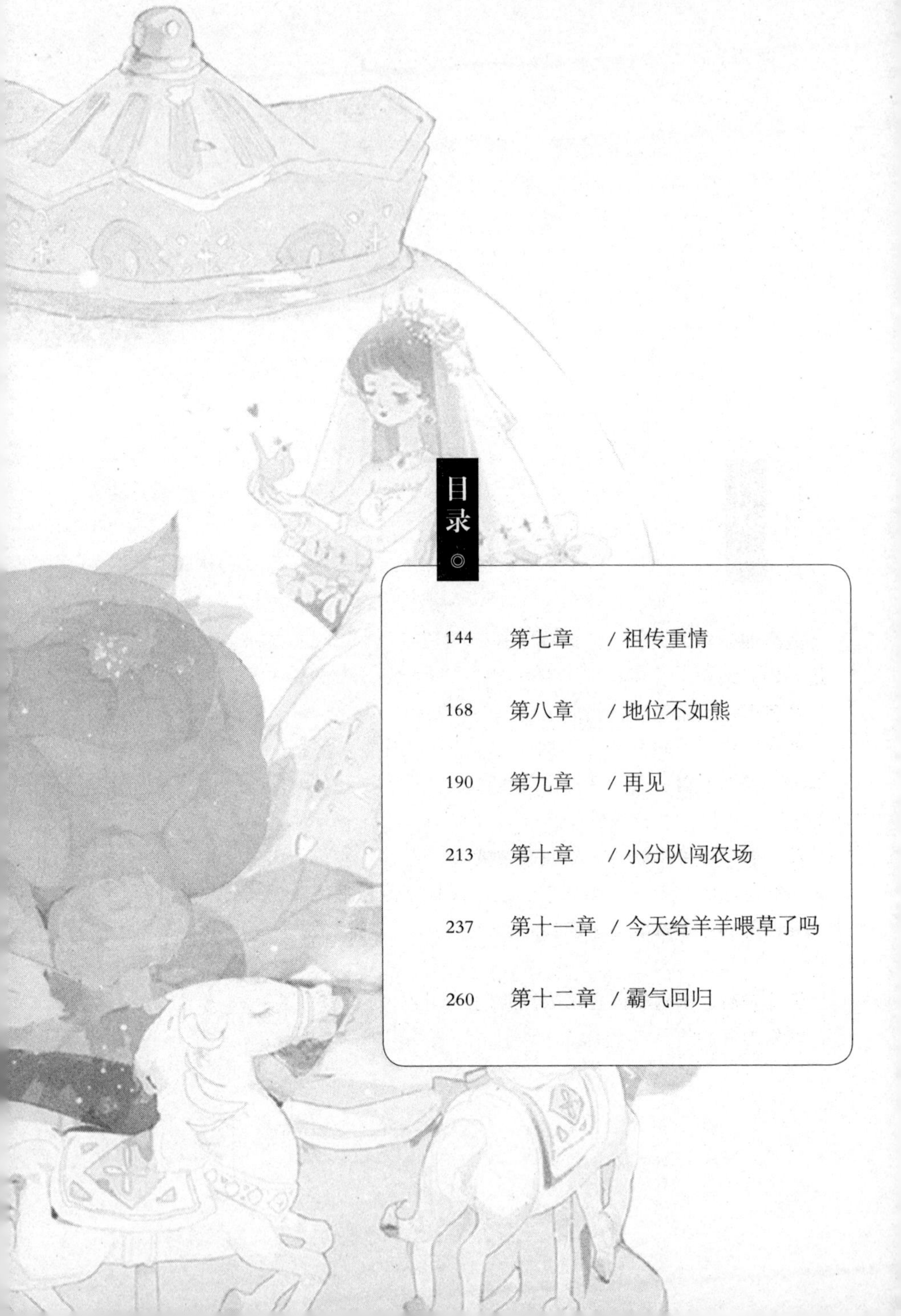

目录 ◎

第一章

新婚燕尔 /

正午的阳光将地面晒得滚烫，一辆车疾驰过去，甩下成串绵延闷热的尾气。

车内开了冷气，花漾戴着耳机，嚼着口香糖，漫不经心地吹出一个大泡泡。

坐在她旁边的郭荷芝见状，啪地打过去。

她恨铁不成钢地戳女儿脑门心：“吃有吃相，坐有坐相，你就不能稍微淑女一点儿？”

泡泡被拍扁，糊住了花漾的半张脸，花漾一边咕哝着“知道了知道了”，一边不嫌弃地把口香糖重塞回嘴里。

“我看你就是存心气我！”

郭荷芝挖了一点儿清凉油抹在太阳穴两侧让自己冷静：“总之，待会儿到了原家你给我收敛点儿，人家是名门望族，你别把在家那套习气带出来，丢你外婆的脸。”

花漾看着窗外不断划过的风景，嘴里“嗯嗯”地应着。

海城是国际大都市，繁华热闹，高楼林立，入眼处处是风景，的确比她那个远在西部的家乡好玩多了。

十分钟后，出租车停在一家医院门口。

室外烈日灼热，母女俩快速进到医院大厅，郭荷芝却没有马上上楼。

她找到一楼的厕所，掏出一个纸袋跟花漾说：“去，把口香糖吐了，顺便把你这身破破烂烂的衣服换掉。”

花漾打开纸袋，里面是一条裙子。

“这——”

不给女儿拒绝的机会，郭荷芝不由分说地把她往厕所里推：“这是妈妈精心为你挑选的仙女裙。漾漾，你要相信妈妈的眼光，妈妈年轻的时候叫什么来着？”

又来了。

花漾很配合地用复读机语气没有感情地回答：“农场一枝花，牛粪都想插。”

郭荷芝期待的神情措手不及地垮掉，马上拉高嗓门纠正：“是——都想娶回家！”

臭丫头，郭荷芝气得又想擦清凉油续命了。

花漾是故意魔改句子逗郭荷芝的，说完就麻溜地去厕所脱下了自己的 T 恤和破洞裤，穿上郭荷芝费心准备的淑女装——一条款式谜之保守、颜色又相当奔放的裙子。

她换好后重回大厅，郭荷芝总算松了一口气。

“这才像个小仙女嘛。”

花漾对亲妈的审美有些怀疑：“妈，我这个小仙女是因为辣了很多人的眼睛所以才被贬下凡的吧？”

郭荷芝丝毫不觉得自己的眼光有问题：“说什么呢，妈妈觉得漂亮！”

花漾提起蓬蓬裙的裙角转了个圈：“您品，您仔细品，不觉得我有点像咱们农场里的小山鸡？五颜六色的那种？”

“你懂什么？女孩子就是要穿得鲜艳一点儿才好看！再说了——”郭荷芝忽然端起姿态，“什么鸡不鸡的，妈妈说了，谈吐要文雅一点儿，人家那叫凤凰鸟。”

“？？？”

花漾被郭荷芝这副突然变身高贵知识分子的样子笑服气了。

原以为自己已经说得够客气，没想到亲妈显摆了个更文艺的。

“妈，咱能不能务实一点儿，野鸡就野鸡，还凤凰鸟，您怎么不吹它是神兽朱雀呢？”

郭荷芝讪讪地闭了嘴，刚才端起的优雅一秒翻车，她用力掐花漾：“臭丫头，你待会儿要是也这么贫，看我怎么收拾你！”

花漾笑着直躲：“知道了，知道了，我这不是对着您才这样嘛，外人面前什么时候乱来过。”

“没乱来？”郭荷芝面色一冷，“远的不说，上个月吴奶奶八十大寿，你牵了只驴过去喝寿酒，怎么没把你能耐死？”

在事实面前，花漾仍顽抗地小声说：“那是我的代驾，我喝了酒，要麻烦它把我驮回去的。”

“你可拉倒吧你！这里不是咱们农场，没那么多让你撒野的地方。”

郭荷芝忽然生出慈母的伤感，不知从哪儿变出一条手帕，边擦泪边说：“你现在要嫁人了，妈妈不能一直待在你身边，你要懂点事，要学会……”

花漾已经习惯这一套在家上演了无数次的琼瑶式告别，听着郭荷芝满是深情的台词，她突然觉得无奈又好笑——

因为上上一代的一个四十年前的约定，她竟然要结婚了。

初听到消息的时候，花漾二话没说便拒绝了，开什么玩笑，她二十二岁还没到，是有多想不开才这么早踏入婚姻的坟墓。

可后来郭荷芝说：“你不愿意也好，我看你这样子去了海城也得给我惹祸。”

可以去海城?

也就是说可以离开农场?

从那一刻起，花漾动摇了。

花漾从小在农场长大，性格不羁叛逆，在他们那一方土地上已经无人敢惹，大四那年帮人出头，打了一个流氓，差点留案底。

因为这件事，花漾一毕业就被郭荷芝没收了身份证，在农场关禁闭修身养性，哪儿也不准去。

从那以后，花漾每天的日常就是晒晒太阳遛遛羊，钻进果园睡大觉。

无聊的时候叼根狗尾巴草，约只兔子，抓只鸡，玩一场只赢不输否则用你做晚餐的斗地主。

可花漾规矩了快一年，也没看到郭荷芝有要放她出去的打算，相反，还颇有些让她在这里混吃等死继承农场的意思。

花漾一颗躁动的心早就想飞出去了，而答应结婚去海城，虽然不是最好的选择，却是眼下重获自由的唯一办法。

花漾特别想得开，今朝有酒今朝醉，跟谁结婚不是结婚呢，何况听说对方还是个富豪，她怎么样都不亏，于是一口答应下来，成了别人的未婚妻。

母女俩乘坐医院的电梯到了五楼。

下午两点，正是很多病人午睡的时间，楼道里很安静，花漾隐约听到护士站那边传来窃窃私语的声音：

“你见到真人了？”

“是啊，我刚刚进去拔针，刚好看到他来了，帅得我都不好意思抬头看……啊啊啊，我现在心跳好快！”

“呜呜呜，他现在还在吗？待会儿补液让我去吧，我也想看一眼！”

“我跟你一起！”

花漾嘴里嘀咕，瞧这阵势，不知道的还以为是来了哪个男爱豆呢。

郭荷芝走到护士站前问：“请问 VIP5 病房怎么走？”

正讨论得起劲的一个护士抬起头：“你是？”

“哦，我是病人的朋友，来看望她的。”

几个护士你望望我，我望望你，忽然一下全站了起来：

“我！我去！”

“我带你去！”

花漾：“……”

私立医院的护士热情到令人害怕。

最终，一个小个子护士在众人中胜出，担当了带路的角色。

母女俩跟着护士来到一间病房前。

护士轻轻敲门：“原夫人，有人来看望老太太。”

须臾，有人从里面打开门。

是一个中年女人，和郭荷芝差不多年纪。

“你是？”

郭荷芝伸出手，热情道：“您是原夫人？我是郭荷芝，这是我女儿，花漾。”

宋孜愣了两秒才反应过来：“啊，是你们，快进来……”

宋孜一边把人往里面引，一边不动声色地上下打量她们，尤其是花漾身上那条让人眼花缭乱的裙子，她暗地里看了好几眼。

“怎么到了也不提前打个电话呢，我好让人去接你们。”

“天这么热，老太太又病着，就不麻烦你们了。”郭荷芝说完暗中推了花漾一把，“还不叫人？”

花漾谨记亲妈教诲，乖顺有礼道：“阿姨好。”

宋孜的视线仍落在她的裙子上，半晌缓缓撑出一个笑：“你好。”

这时，病床上有微弱的声音响起："是荷芝来了吗？快来，快。"

宋孜忙上前扶起努力要坐起来的老太太："妈，您躺好。"

老太太脸色虽苍白，神情却多了一丝激动，好不容易坐起来，她拉住郭荷芝的手："你就是荷芝？几十年没见，你妈妈还好吗？"

花漾的外婆和床上这位原家老太太是四十年前认识的，这一段跨越近半个世纪的友情让郭荷芝也颇感慨。

"硬朗着呢，就是前不久干活摔了一跤，所以才不能来看您，她托我给您带话，要早点好起来，你们两姐妹还要再聚呢。"

老太太眼底浮上泪光："好好好。"

她的目光慢慢落到郭荷芝身后："这就是漾漾？"

花漾扬唇，盈盈微笑："奶奶好。"

老太太看着欢喜，不住赞赏："乖，跟我们家原逸真般配。"

说到这儿，老太太左右看了看，问宋孜："原逸呢？"

"刚刚公司有人来找他，好像有点事，在隔壁处理事情。"

老太太想了想，跟身边的护工说："阿罗，你带漾漾去隔壁和原逸打个招呼吧。"

花漾时刻记得这会儿自己是个笑不露齿的淑女，凡事都得矜持。她羞涩地垂下头："不用了，我在这儿等他就是了。"

"去吧，等他忙完了你们年轻人随心聊聊，第一次见面，我们这些大人在，你们也不自在。"

老太太倒是个体贴的人，经不住她再三劝说，加上花漾也的确好奇未婚夫长什么样，万一是个辣眼睛的，也好让自己有时间缓冲，于是便没再客气，跟护工一起走了出去。

隔壁房间是一间空置的病房，说是病房，其实更像是星级酒店的标准套间，豪华又舒适。

刚出病房门，有个小护士走过来对护工说："阿罗，正想找你，老太太有份新的护理计划，你赶紧去护士站拿一下。"

阿罗点头道："好，我待会儿就去。"

花漾却摆了摆手："没事，你去拿吧，我在这儿等你。"

"啊？"

“真的，你先去吧，奶奶的事比较重要。”

来之前花漾曾问过郭荷芝，她未婚夫的样貌，郭荷芝形容的是一表人才、十分帅气。鉴于这八个字，郭荷芝也曾经用在农场的挤奶工小张身上，所以花漾对未婚夫的长相也没抱什么希望。

阿罗抉择了下：“行，那您等我一下，我几分钟就过来。”

“好。”

阿罗离开，花漾准备刷会儿微博，却发现手机没电了。她只能靠在墙边等，百无聊赖时忽然冒出一个念头。

要不，自己先偷看一下这位准老公的样子?

病房的门上都有一个玻璃小窗，花漾偷偷转身，刚扒过去，还没来得及往小窗里看一眼，忽然有人从里面打开了门。

花漾脚下没稳住，重心往前扑了下，人直接进去了。

“……”

房间里的声音戛然而止。

花漾僵着身体不敢动，首先映入视野的是很多模特的人像照片，还有堆起的几沓文件、杂志、设计图稿等，零零散散地铺满了整个茶几。

花漾能感觉到在她进来之前这里面的气氛就已经不是太好，她往后退了退，正想说点什么，刚刚开门的人不悦道：“你怎么才过来，你们公司没教你‘守时’两个字吗？”

花漾蒙了下，下意识地抬起头。

房里整齐地站着三男两女，都在用一种奇怪的眼神看着她，其中一个女的还推了推眼镜，认真看了几眼后，又露出了几许失望。

茶几后的沙发上坐着一个年轻的男人。

他穿了件简约的淡蓝色衬衫，整齐地挽起半截袖口，露出紧实线条的小臂，微挑的眼角透着一种从容的自持和贵气。

男人手里拿着几张照片，花漾闯进来的瞬间，他亦抬起了头。

须臾，他身体微微后仰，视线冷淡又随意地落在她身上。

他眸色很深，眼神也不是那种普通的打量，而是一种从上而下、从里到外的，严格的审视。

花漾被他看得不太自在，清了清嗓，打算解释一下自己的身份：“那个，我是……”

话没说完，那年轻男人忽然把手中的照片全部甩在茶几上。

这个动作不轻不重，却明显藏了几分薄怒，让房间里的其他几人顿时屏息噤声。

房间里瞬间安静下来，甚至能听到门外过道里来往行人走动的声音。

静了一阵后，年轻男人才轻轻缓缓地开口：

“现在什么人都能往我面前推荐了吗？”

“？”

花漾莫名觉得这话味道不对。

什么人？哪种人？

她左右看了两眼，不太确定地问：“你……在说我？”

然而对方好像并无解释的意思，他已经打开了一份新文件，顿了顿，才淡淡地丢下两个字：

“出去。”

“出去”两个字一落地，就有人很有眼力地过来请花漾：“对不起，你不符合我们的要求，请回吧。”

老太太强烈要求花漾过来见准老公，现在她却被人嫌弃地往外赶，这事儿可真有意思。

花漾边走边回头环视房内，现场共计男性四名，假设未婚夫就是沙发上那位——

那新婚夜她可不保证自己会做出什么丧心病狂的事来。

就在花漾被“请”到门口时，护工阿罗忽然出现：“咦？花漾小姐，您怎么自己过来了？”

众人一愣——

“你不是那个模特迪迪？”

“那你跑进来干什么？你是谁啊？”

“我就说他们怎么会犯这种错，送个一米六几的过来不是玩我们嘛。”

房里的人议论纷纷，花漾也觉得好笑。

她什么时候说过自己是什么迪迪了？

也是这时，沙发上的年轻男人重新抬起头。

他目光平淡地扫过来，比刚刚又多了些意味不明的味道。

花漾亦没有躲避，毫无怯气地迎着他的目光。

短暂地对视几秒，男人回头跟身旁的人说了句什么，那几人鱼贯而出。

之后，年轻男人不疾不缓地起身，走到花漾面前："你就是花漾？"

他这句话说出来，花漾心里也有数了，挑了挑眉："你就是原逸？"

按照江湖规矩，这种对话后大家本应接一句"幸会""久仰"以表激动。

然而这两人均面无表情。

虽然花漾已经知道了事情的缘由，但原逸对刚才的误会也没有过多描述，只淡淡说了句："抱歉，刚刚是我弄错了。"

男人的声音完美贴合了他那张脸，清冷干净，锋利中又带着几分柔和。

花漾总算明白了那群小护士争着要带路的原因。

这个男人确实帅，哪怕是自己这种对颜值要求很刁钻的，也能暂时原谅他三分钟。

这事原本就是个误会，所以现在原逸道了歉，她也懒得追究。

她又不是来谈恋爱的，才不管他怎么看自己，但还是强调："是你奶奶让我来找你的。"

言下之意——可不是我想来的。

原逸好像无所谓，点了点头，往外走："过去说吧。"

花漾："……"

看上去人家压根儿没有隔壁奶奶期盼的那种与自己"独处、了解"的意向，可惜老太太还期待他们来一场深度交流呢。

花漾跟在后面悄悄冲刘海吹了口气。

你无所谓，我更无所谓。

重回病房，三个长辈似乎在聊什么开心的话题，发出阵阵笑声。

老太太鼻子上还套着氧气管，精气神却奇迹般地比之前好很多。

原逸冷淡的脸上难得浮上细微笑意，走至病床旁坐下："奶奶，说什么这么高兴？"

原逸的奶奶夏玉婵乐呵呵地指着郭荷芝："在说当年我住在你郭阿姨妈妈家里的事。"

老太太年轻那会儿当知青，在山里受伤迷了路，被花漾的外婆救了，两家这才有了一段渊源。

原逸因此明白了郭荷芝的身份，侧身朝她道："您好。"

"你好，你好。"

打从一见原逸，郭荷芝就对这个人中龙凤的准女婿十分满意，不禁为女儿找了门好亲事而欣喜。

这时，夏玉婵冷不丁压着声音问原逸："怎么样，漾漾漂亮吧？"

老太太自以为放低了声音没人听见，事实上所有人都听见了。大家笑而不语，只有花漾有些尴尬，毕竟哪有人当面问这种问题的。

花漾假装什么都没听见，余光偷扫了一眼原逸，只见他轻轻点头，嘴角漾开一抹笑："嗯，漂亮。"

声音很温柔，像哄小孩一样。

花漾："……"

我信你个鬼。

连着一周没什么力气吃饭的夏玉婵果然被哄到了，笑得特别开心："那以后漾漾就交给你照顾了。她这么文静，你可别欺负她。"

花漾抿抿唇。

"文静"这两个字，她听着心虚。

老太太说完喊花漾过来，牵起她的手，放到原逸手心："奶奶希望你们和和美美、早生贵子。"

花漾："？"

奶奶我觉得您还是换个希望吧。

和和美美还有待相处，后面那个……想都不要想!

护士这时进来通知病人到了休息的时间。

夏玉婵不舍地松开交叠在一起的手，转身叮嘱宋孜："你带荷芝回家坐坐吧，我累了，睡会儿。"

除了护工被允许留下，一行人都退出了病房。

从医院出来，按照老太太的指示，宋孜让司机将郭荷芝和花漾送到原家坐落在海城的大宅，城中有名的豪华中式别墅——碧江澜庭。

原家别墅自带假山凉亭，车驶入后好像进了优美的复古园林。

原逸的父亲前几年去世，现在偌大的家里住着夏玉婵和宋孜，以及原逸的小姨宋凌和表妹陶印印。

阴盛阳衰的情况比较严重，除了原逸，一大家子都是女人。

郭荷芝隐隐皱眉，女人多的地方是非就多，自家女儿又是个不服管的，不知道以后能不能适应这儿的生活。

原逸的小姨，也就是宋孜的妹妹宋凌很是热情客气，非说要亲自去泡壶茶，借此拉着宋孜到了厨房的角落，压低声音问："这就是老太太钦定的那家人？"

宋孜"嗯"了一声。

宋凌不禁皱眉："啧啧，那身打扮，哎哟，真是没眼看。"

宋孜轻轻叹气："老太太要求的，有什么办法。"

"平白无故沾上一门穷亲事，老太太怕是病糊涂了，明明原逸……"

"嘘！"宋孜忙打住宋凌的话，三两下泡好了茶，"不该说的就别说了，快送出去。"

宋凌噤声，姐妹俩从厨房出来，又换上亲切的笑意。

"来，喝茶。"

两家人随意而又客套地聊了些有的没的，终于进入正题。

宋孜跟郭荷芝说："老太太的病很严重，所以我想让两个孩子把证领了让她高兴高兴，就算万一……也算了却她一桩心愿。至于婚礼，总不能随随便便就办了，我先让人选选日子，礼金方面您提，我们都会满足。"

郭荷芝很耿直地摆摆手："那些都不重要，漾漾也是我们的宝贝疙瘩，我们也不差这点钱，只要她过得好就行了。"

这话听得宋凌心中轻轻哂笑。

常在家听老太太说年轻那会儿的事，知道这位准亲家来自西部南原县，虽然南原县以风景优美、气候宜人著名，可那地方的人是真穷，大多以种地为生。

现在在这打肿脸充胖子，说不差那点钱？

不过宋凌转念一想，也理解了郭荷芝的做派。毕竟能嫁进原家，一辈子的荣华富贵都有了，区区礼金又算得了什么。

大人们讨论结婚细节，花漾插不上话，偷偷打量起了坐在她对面的原逸。

他微低着头在看手机，鼻梁到下颌的线条很流畅，像是一气呵成捏出来的那样完美。衬衣袖间别着精致低调的 Altiplano 袖扣，左手戴的腕表简约优雅，款式看着有些眼熟。

花漾在脑中搜索了三秒，立即想起那是去年在时尚圈被炒到快三百万人民币的江诗丹顿收藏级铂金定制款。

花漾心中缓缓竖起一个拇指。

似乎是感应到了某种注视，原逸抬起头，正好捕捉到花漾的偷窥。

这种不经意间的眼神交汇好像在空气中拉出一道无形电流，让花漾没来由地从头到脚一阵酥，心跳也闹腾起来。

她轻轻咳了声，故作平静地移开视线。

那边，宋孜和郭荷芝的讨论终于有了结果，决定让两人明天就去领证。

“原逸，花漾，你们有没有什么意见？”

大人们的目光投过来，花漾没先开口，等着原逸表态。

原逸声轻音淡地说：“我没问题。”

这事已经板上钉钉了，花漾亦点头：“我也没问题。”

达成共识，众人皆欢喜。

宋孜忙让家里的阿姨准备晚饭，又说要准备客房，但被郭荷芝婉拒了。

“虽然要结婚了，但花漾还没有入门，所以住在原家不合适，另外我们还有点事，就不留下来吃晚饭了。”

郭荷芝坚持己见，宋孜只好尊重她的想法，让原逸送她和花漾离开。

其实哪里有什么事，不过是郭荷芝想让原逸和花漾在婚前再多一点儿单独相处的机会罢了。

到了酒店，郭荷芝称累要先回去休息，原逸看破不说破，花漾也难得配合地摆出一副“妈，我懂您用心良苦”的样子，两人安顿好郭荷芝后重返车里。

原逸边系安全带边问：“想吃泰国菜还是法国菜？”

旁边的人半晌没回应。

原逸侧眸，看到花漾正在发微信。

他便没有打扰她的兴致，缓缓发动汽车。

等花漾发完了，他才重复问了一次：“想吃泰国菜还是法国菜？”

花漾回神：“啊？”

吃什么菜?

这会儿就算是唐僧肉摆在面前也没诱惑力了!

终于离开郭荷芝管控的花漾仿佛脱了缰的小野马，就在刚刚，她已经火速联系上了自己在海城上班的闺蜜，闺蜜也十分给力，三分钟内订位组局一条龙。

现在万事俱备，只等花漾这只被困了一年的小困兽冲向大部队了。

但今天和原逸是第一次见面，花漾还摸不清他的底，如果就这么走了，他回头跟郭荷芝提起，那自己免不得又要少一层皮。

琢磨了几秒，花漾决定先答应着，找到机会再溜。

或许是自由来得太快，让花漾有些忘乎所以，她摸出一片口香糖塞到嘴里，嚼了两口卷在舌尖，很自然地吹了个泡泡：“随便，我都可以的。”

车内有片刻的安静，花漾没有在意，直到红灯路口停车，刹车的惯性让她突然意识到了什么，顿时背脊一凉，咀嚼的动作也戛然而止。

电光石火间，花漾赶紧摸出一片口香糖递给原逸，试图解释矜持淑女身上为什么有口香糖。

“那个，飞机餐附送的，你要不要？”

原逸看了眼她的手心，似乎是笑了笑。

“谢谢，不用。”

忽然露出的马脚让花漾有点不淡定了，刚才蠢蠢欲动的心思也沉了下来，她收回口香糖，清了清嗓子，故意找话题驱散刚才的尴尬：“对了，你平时都喜欢干些什么啊？”

原逸眼看前方，没什么表情地吐出两个字：“工作。”

“……”

这就是传说中能把天聊死的那种男人？

花漾努力让自己有点耐心：“那不喜欢的呢？”

红灯这时转了绿灯。

原逸踩下油门，过了会儿才淡淡地回：“这个问题一定要答吗？”

本来没太上心只是随口一问的花漾被他吊起了胃口。

她微微坐正：“既然要结婚了，还是要了解一下彼此的兴趣爱好和忌讳比较好吧。”

原逸将方向盘打了个转，黑色迈巴赫干脆利落地靠边停下，周围好像瞬间被消了声一样，气氛被营造得莫名郑重严肃起来。

花漾迷惑地看着他。

男人起初看着前方没说话，大概是在斟酌用词，等了几秒后才侧过来，视线落在她微翘的唇上。

“我很不喜欢别人在我面前嚼口香糖。”

花漾：“……”

起码有十多秒，花漾都不敢相信自己听到的是一句人说的话，还是出自一个即将与自己结婚的男人的嘴里!

花漾有种想马上把嘴里的口香糖抠出来糊到原逸脸上的冲动，可她忍住了。

虽然原逸这话说得极不给面子，但花漾同时也敏捷地意识到自己的机会来了。

君子报仇十年不晚，此时不走更待何时?

小姐妹们还等着自己呢。

于是——

花漾委屈地低着头，肩膀装模作样地耸了两下后，眼含泪光地打开车门:“对不起，是我打扰了，再见。”

花漾这个动作来得突如其来，推开车门，几乎是头也不回地就下了车。

原逸只迟疑了约半秒的工夫也紧跟着下车，原想把花漾拉回来，可就在他快步跟上几米后，他忽然发现——

花漾的背影看上去一点儿都不悲伤。

以她刚才那泫然欲泣的表情，正常的反应应该是等他去追去哄。可她跟脚下踩了风火轮似的，不过几秒钟的工夫，人已经闪现到了对面那条街，甚至还很娴熟地打了辆车。

原逸看着出租车开走，好像明白了什么。他背脊一松，轻轻摇了摇头，像是在笑自己。

手表的指针指向晚上七点，还早。

原逸重回车里，手搁在车窗上，感受迎面吹来的夏夜凉风。正思考着要如何处理自己这位“伤心欲绝”离开的未婚妻，手机忽然响了。

他看了眼屏幕上的名字，淡淡地把手机丢回中控台，任由铃声自动停止。

成功跑路的花漾很快和自己的朋友们在某酒吧会合。

过了一年无欲无求生活的花漾在踏入五光十色的声色场所后心花怒放——

这是什么人间仙境?

灯光太好看了吧!

音乐太嗨了吧!

最重要的是，在台上热舞的小哥哥身材太好了!

抱着激动雀跃的心推开包厢门，看到小伙伴们的花漾张开双手：“同志们，我花汉三回来了！”

刹那间，早已准备在旁的朋友们打响两只空中礼炮，香槟喷了花漾一头：“欢迎花总莅临海城指导工作！”

花漾众星捧月地被朋友们拥入场，有模有样地压着手：“低调，低调。”

走到明处，闺蜜孟禾看清花漾的着装，怀疑人生地静默三秒后，道：“宝贝，老实说吧，你是不是把孔雀毛拔了插在身上过来的？还有这一头黑长直是怎么回事，你的羊毛卷呢？”

孟禾悲切地揉着花漾的脸：“你还是我的漾漾吗？你是谁？你——”

花漾静静地看着孟禾演戏，半晌才道：“没错，其实我是你失散多年的爸爸，快叫人吧。”

孟禾：“……”

不玩了。

别说朋友们不习惯了，花漾对自己现在的打扮也一言难尽，这裙子穿在身上仿佛背了个灯笼，还是五彩发光的那种，走哪儿都是焦点。

衣服倒罢了，自己最喜欢的羊毛卷也给逼着拉直染黑了。

她无奈地喝了杯酒：“这不是要从良了嘛，来海城前被我妈重新改造过了。”

众人顿时投去同情的目光。

孟禾好奇地问：“你怎么突然来海城了，你妈不是要你修身养性的吗？”

花漾动作微微一顿。

其实她还没想好要怎么告诉朋友自己结婚的事，而且还是父母包办的那种，相当不酷，不 fashion。

于是，她撒了个谎：“我说来这边找工作，我妈才同意的。”

孟禾一听乐了：“真的吗？我最近也在找工作呢，我们可以一起找！”

旁边有一朋友插嘴：“你之前不是递了简历给 KR 的模特公司吗，没通过？”

孟禾撇撇嘴：“去面试过了，说让我回来等消息，我估计没戏，他们那总监也太变态了，身高必须要一米七五以上，差一厘米都不行。”

旁边的小伙伴笑：“再变态也变态不过他们的老板原逸吧？”

花漾突然一口酒喷出来。

众人回头看她：“怎么了？”

花漾赶紧拿纸擦嘴：“没，没事。”

她若无其事地问：“你们在说谁变态啊？”

孟禾：“KR 的集团总裁原逸啊。”

“？”

见花漾有些蒙，孟禾打了她一下：“*Marver* 你总知道吧？”

花漾点头，那可是自己最爱看的时尚杂志，自己的很多穿搭都是从那上面学的。

孟禾：“就是 KR 集团旗下的。”

“……”

花漾心里惊了一下。

虽然来海城之前就知道原逸家里有钱，是豪门，本以为是做什么房产金融生意的，没想到竟然是做时尚行业的？难怪下午见到他桌上一堆模特照片和设计稿。

这就颇有点“不一样的花火”的清流感了。

可再想起刚才孟禾说的那句话……

花漾小心翼翼又装作随意地问：“所以他有多变态啊？”

“超级变态！”

几个朋友竟然你一句我一句地开始抢答：

“之前我有个师姐做过他的实习助理，三天就哭着不干了。”

“在 KR 上班的女生必须保持体重在九十二斤内，超出的三个月内仍无法瘦回去的就哪儿来的回哪儿去，男生也好不到哪儿去，好像是有定期体脂测评，太变态了。”

“在原逸眼皮子底下千万不要想着用 A 货装阔，要是被他看到了，别的行业不清楚，反正时尚圈是别想混了。”

“对了，他还巨讨厌别人在他面前吃口香糖，之前 Noss 的总监不知道这事，在新品展示会上吃了，原逸当场离席，你说狠不狠。”

“……”

还以为原逸有什么奇怪的癖好呢，原来只是些职场上的变态行为。

花漾悄悄松了口气。

孟禾忽然戳她：“这个男人品位刁得很，就你这身如果出现在他面前，肯定会让你马上出去。”

众人发出爆笑。

花漾膝盖中枪，表面配合地和大家一起笑出来："神经病吧这人，哈哈！"

她忽然脑洞大开，既然合作对象在原逸面前吃了口香糖合作就免谈，那该不会他明天也告诉自己结婚免谈吧?

如果是的话……

花漾决定今晚要抓住欢乐时光多喝几杯。

话题很快被转移，今天的主题是庆祝花漾重回人间，喝了好几轮，大家都玩得很开心。

九点，掐着时间的花漾知道自己得回去了。

就算是和原逸在一起也不能太晚回酒店，再说明天要去民政局领证，她也不想顶着一双黑眼圈去。

反正已经和大部队会合，以后这样聚的机会还多，也不急在这一时。

于是花漾找了个理由先离开，临走时还顺便给大家买了单。

打车回到酒店时是晚上九点二十分。

花漾认定原逸不可能回去找郭荷芝，毕竟他说了那么难听的话，自己是哭唧唧地下车的，如果去找郭荷芝，郭荷芝还能饶了他?

算准了原逸绝不敢说今晚没有和自己在一起，所以上楼的时候，花漾甚至欢快地哼起了小曲儿。

原逸给郭荷芝订的是酒店的总统套房，而且直接包下了整层，所以此刻楼道里很安静。

电梯门打开，花漾拎着小包走出去，她似乎还沉浸在酒吧劲爆的音乐氛围中，低头微晃着身体朝房间走，拐弯时没注意前面有人，迎面撞了上去。

以为是楼层的服务人员，花漾马上揉着脑袋道："不好意思。"

可就在她身体微微抬起，视线落到柔软地毯上的那一秒，她看到了一双锃亮的手工皮鞋。

再往上，黑色裤脚，笔直的长腿。

花漾整个人僵在原地，就算再迟钝也反应过来，这会儿除了工作人员还能有谁站在这里。

原逸……

这男人竟然没走!

这是要连夜赶来告诉自己结婚免谈吗?

花漾垂着头，眼睛盯着裤脚半天不敢乱看，大脑再次飞速转动。

先不去揣测他了，自己现在应该是一个什么状态？

临危不惧、十分镇定的花漾马上切回了两小时前的她，联系前因后果设想了下，所以现在的她应该是一个在领证前夜因为吃了口香糖被准老公嫌弃，在这孤独的大城市伤心了两小时，终于平复心情回来的柔弱女人。

人设定位结束，花漾马上开始酝酿情绪，可大概是晚上嗨过头了，那种要哭不哭的委屈她找了半天都没找到。

相反，她现在还很亢奋。

花漾低着头：“我……”

“去哪儿了？”

花漾的那个“我”字还停留在唇边没来得及说出去，就被原逸的话给吓了回来。

状态被打乱，她下意识地抬起头。

原逸很高，身材比例无懈可击，气场比外面的那些男模男爱豆还强。他随意地靠在楼道旁，双手交叠，似乎已经等了很久。

看似漫不经心，却让人莫名心虚。

对方主动出击让花漾有一点儿慌，但嘴上还是逞强：“没去哪儿，附近随便走了两圈。那个，不早了，我要进去睡了。”

三十六计走为上计，这个位置非常危险，一旦惊动了郭荷芝，等待花漾的将是郭家家传十大酷刑。

花漾抬脚就想溜，原逸却倏地伸出一只胳膊拦在面前。

“等等。”

花漾：“……”

做了亏心事没底气是真的，花漾的小心脏怦怦跳，说话都结巴了起来：“干……干什么？”

原逸也没有动，偏头细细打量了几眼站在面前的女人。

左耳三个空置的耳洞，不太自然的黑发应该是才染不久，结合刚才走进来时一摇一摆的小身段，以及在车上时那个吹得熟练无比的泡泡。

原逸嘴角轻轻扯了扯。

这个意味不明的表情让花漾有些不确定，她想去揣摩他的意思，可大脑像突然被抽空了似的，一片空白。

说来也巧，就在这时，不远处的房间门被打开，郭荷芝从里面出来：“漾漾，真是你们回来了啊。”

花漾一个激灵，眼前迅速浮现出自己被郭荷芝按在地上摩擦的凄惨画面。

来不及犹豫了，花漾一不做二不休，马上把原逸拦在面前的手一拉，顺着勾到自己胳膊里，营造出一副两人刚从外面回来的样子。

一顿操作猛如虎，看得原逸顿时无语。

郭荷芝故意让他们独处培养感情，就是希望能看到这样的画面，她眉眼含笑地走过来：“去哪儿玩了？”

原逸还没开口，花漾就淡定地抢答：“去吃了法国菜。”

原逸：“……”还挺会随机应变。

郭荷芝这时正好走到了女儿身边，像是闻到了什么，皱眉道：“怎么还有股酒味儿？”

名侦探郭荷芝面前，花漾翻车了。

明明喷了孟禾的香水才回来的，怎么还能闻到?

这个突发状况是花漾没有想到的，她迅速想着对策，心虚到不敢抬眼。

可没想到，身边的男人却自然地接了话：“我们喝了一点儿红酒。”

跟花漾配合得天衣无缝，堪称完美。

“……”

花漾有些意外地去看原逸，男人眼里看不到一点儿东西，他的情绪一直是敛着的，就算是微笑，也是点到即止，很淡。

不揭穿就罢了，还帮自己?

他不是来跟自己说取消结婚的?

被两人的演技瞒在鼓里的郭荷芝笑眯眯地拉起花漾的手：“行，那就都早点回去休息吧，明天还要领证。”

原逸礼貌地退后一步，松开花漾：“嗯，晚安阿姨。”

郭荷芝笑着点头，领着花漾往房间走，花漾被动地跟在后面，对刚才一分钟内发生的对话还没回神，思绪也有些乱。

小臂处似乎还残留着原逸体温的余热，花漾若有所思地垂眼看过去，快进门之前还是没忍住。

她慢吞吞地拖住脚步，扭头。

原逸笔直颀长的背影刚好到了拐角处，不知是怎么，也碰巧回头了。

狭长过道，柔和灯光，两人的眼神无缝相接，一种说不清道不明的情绪浮上心头。

花漾：“……”

突然之间，她的脸颊不听话地泛起了微热。

虽然没什么兴趣知道这个未婚妻去了哪儿、干了什么，但始终关系两家长辈间的情谊，原逸直到确定了花漾安然无事回到酒店，才驱车回了家。

原家很大，整体是中式园林的风格，自带假山和花园。主楼是一栋两层别墅，住着老太太夏玉婵和宋孜、宋凌两姐妹，原逸的表妹陶印印读大学，周末才回家。

别墅主楼旁是一栋精品小平层，原逸的父亲是一名国画爱好者，过去这里是他的收藏室，几年前原父过世后，原逸因为工作时间常不稳定，便将这里稍微改装了下独自住进来，图个清静。

回到家已是深夜十点半，主楼那边的灯都熄了。

从夏玉婵急病入院告危，再到倾尽人力辗转去找花漾的外婆，这半个月来，原逸的确很累很累。

要兼顾公司，还要照顾家里。

房间里没有开灯，借着一点儿柔和的月光，原逸在书房的椅子上轻轻坐下，合上眼。

再过几个小时，他就要结婚了。

这件事从一开始，他就没有拒绝的余地，就算再不愿意，为了让夏玉婵不留遗憾，他只能让自己突兀地接受一段没有感情的婚姻。

从小父母生意忙，他大部分童年时光都是和奶奶一起度过的。

可以说，奶奶在他生命里是比父母还要重要的人。

靠在椅背上闭目许久，原逸打开桌上的台灯，从抽屉里拿出一个文件袋。

里面是一份合约。

这份合约是他几天前就让私人律师准备好了的，抬头清晰冷漠地写着一行字，结婚协议。

大致的内容是——

双方合作结婚，期限一年，不会干涉对方自由。如果夏玉婵在这期间病逝，则婚姻关系自动解除，原逸亦会赔付花漾一笔不菲的精神损失费。

落款处，他已经签好了名字。

原逸再次看了眼合约，将纸张轻轻丢在桌上。

他背靠转椅轻捻眉心，许多情绪和顾虑一并涌进大脑，思绪被揉成乱糟糟的一团。

忽然，晚上在酒店走廊里和花漾那最后一眼的对视莫名闪现在脑海里，像一道光驱散了所有模糊不清的画面。

女孩的眼睛很漂亮，虽然藏着三分顽劣，但整体是纯净的。

对于她来说，这段婚姻何尝又不是突兀的呢。

夜色如墨渐深，思考许久，合约被原逸放进抽屉——

等之后找个合适的时间给她吧。

第二天，趁清早上气温不高，微风轻拂，两家人准时到了民政局。

原家应该事先安排过，八点，民政局单独的小房间里，原逸和花漾坐在一起填表。

花漾边写边用眼睛瞄原逸，昨晚她想了很久，自己不过是个柴火妞，论手段肯定玩不过在商场上混的原逸，无论他有没有看出来什么，她决定先主动拉回局面。

她咳了一声，身体微微朝原逸那边歪了一点儿。

“那个，昨晚其实是因为被你说讨厌，我有点难过，所以在附近的小酒馆坐了下，不是故意骗你的。”

花漾语气特别委屈，委屈中还带了一种大度——我不计较口香糖的事了，所以你也别计较我借酒浇愁，这不是我本性。

原逸的笔尖在纸上发出哗哗的声音，他的字很漂亮，笔锋坚韧流畅。

半晌，他答：“好。”

光秃秃没有感情的一个字，花漾也没底，不知道他到底懂自己的暗示了没。

“你懂我的意思了吗？”

原逸放下笔，侧眸看着她：“你什么意思？”

“……”

那你好什么好！

花漾觉得自己在对牛弹琴。

不对，他还没自家的牛好沟通。

她撇了撇嘴，又说：“算了，当我没说。”

填好表，两人被安排去拍证件照。

民政局的摄影大哥应该是拍艺术照出道的，业务很熟练：

“再靠近一点儿，近一点儿。”

“新郎你可以再近一点儿吗？”

“新娘的头可以稍稍侧一点儿！”

或许是花漾和原逸始终做不到让摄影大哥满意，摄影大哥放下相机，走到两人中间，迷惑地问：“你俩中间空这么大距离干什么？留给我吗？”

花漾：“……”

原逸：“……”

摄影大哥一只手拉一个，把原逸和花漾往中间推：“恩爱一点儿，兴奋起来好不好？这是结婚，不是离婚！”

夏天衣物单薄，花漾和原逸只是稍稍碰了一下，就跟小火苗一样，噌地烧遍全身。

花漾有些心虚，目不转睛地盯着镜头，顿了顿，听了摄影大哥的话，身体主动往原逸那边挪了挪。

她余光趁机轻瞥原逸——这人从头到尾就一个表情，看不出高兴，也看不出不高兴。

花漾抿抿唇，小声与他沟通：“人家让我们靠近点哎。”

男人面无表情：“我觉得可以了。”

“……”

啧，谁稀罕跟你靠近似的。

花漾立马把刚刚自己挪的一毫米又收了回去。

“咔嚓”一声，结婚照完成。

红色背景下，两个新人穿着好像约定过的情侣白色衬衣，花漾灵动明艳，原逸剑眉星目，帅得发光。

任谁看了都会夸上一句：“真配啊，跟金童玉女似的。”

几分钟后，工作人员盖好戳把证件递过来，花漾终于看到属于自己的那本结婚证。

喜庆的两寸照片，喜庆的红本本。

原来就是这样几分钟，自己就嫁人了？

就完了？

就在花漾以为完事了的时候，原逸忽然不知从哪儿变出一个丝绒首饰盒。

他打开，取出其中女式的那款戒指，同时面朝花漾伸出另一只手。

这个肢体语言好像在说：“嫁给我。”

虽然实际上他什么都没说，但仅仅是这么一个动作，就足够让周围的女性工作人员双目放光。

说实话，就连花漾都有点蒙了。

她没想到原逸准备了戒指。

本以为就是来领个证，把这个形式走了哄老太太高兴，稳定一下病情，其他的仪式都从长计议。

所以当自己已经接受了这样的设定，对方却出其不意给了惊喜后，花漾莫名也有点进入角色了。

她伸出手，像个新娘，等原逸将戒指缓缓戴进她的无名指。

这个过程免不了会有手的触碰，每次肌肤不经意划过的瞬间，花漾都有种误摸电门的感觉。

酥酥的，麻麻的，小心脏怦怦的。

BVLGARI 经典的铂金对戒，很低调。

按照正常逻辑，花漾戴好后就该换她给原逸戴。第一次给男人戴戒指，花漾还有点小激动，不知道会是怎样的体验。

然而花漾眨了个眼的工夫，原逸自己给自己戴上了。

花漾：“？”

她用一种“你赶着去投胎吗”的疑惑眼神看着原逸。

知道什么是仪式感吗?

知道戒指是用来交换的吗?

你看没看过电视啊?

花漾气得当即出戏，在心里骂骂咧咧一通，就当自己嫁给一条狗了。

领完证，众人离开民政局的第一件事就是去医院。

看到两个孩子的结婚证，躺在病床上的夏玉婵露出了欣慰的笑容。

尘埃落定，看着入睡时都带着笑的奶奶，原逸内心也如释重负地松了一口气。

虽然暂时没有操办婚礼，但毕竟是一件喜事，中午一家人热热闹闹地吃了顿饭。

吃完饭，郭荷芝跟大家告别：“我妈前段时间摔倒了，现在都是花漾她爸在家照顾，老母亲离不开我，既然孩子们的事都办好了，我就得赶回去照顾老的了。”

说罢，郭荷芝看向原逸：“原逸，我们漾漾就交给你了。”

原逸点头：“您放心。”

沉默片刻，郭荷芝才不好意思地说：“漾漾从小在家被宠坏了，如果有任性的地方，你多让着她一点儿，好吗？”

郭荷芝性格向来豪爽耿直，办事风风火火，少有这样恳求的语气。

也就是一瞬间，花漾后知后觉地感受到了这场婚姻给她带来的改变是什么。

开始只知道可以给她自由，可以离开农场，不受约束地找小伙伴玩，直到这时她才从母亲带着鼻音的不舍中明白了这个选择的代价。

是分离，是成长，是远离家乡，走到另一个家庭中。

花漾鼻头忽然泛了酸，有些无措地低下头假装吃菜，怕自己忍不住哭鼻子。

旁边的原逸将这一切看入眼里，他的手动了动，似乎想做些什么，但最后又没做。

他只是抬头对郭荷芝说：“请放心，我一定不会让她受委屈。”

下午，郭荷芝踏上返程路。

原逸本要亲自送郭荷芝去机场，郭荷芝却婉拒了：“听说你下午还有会要开，就不麻烦你了，花漾送我就好。”

原逸知道，离别在即，母女俩肯定有很多话想说，就没有强求。

他跟花漾要来手机，在屏幕上按了自己的号码，打过来后挂掉。

“把我的号码存一下，有事打给我，另外——”原逸拿出一张黑卡，“这张附属卡你带在身上，没有额度限制，喜欢什么就买。”

花漾：“……”

除了自己的父母，这是第一个对自己说喜欢就买的人。

虽然这个行为把之前的负分拉回来了一些，但吃人嘴软拿人手短，花漾并不想平白无故接受他的好意：“不用了，我——”

花漾本想说她不缺钱，可话还没说出口，卡就被郭荷芝拿过来塞到她手里：“原逸给你你就拿着，磨磨叽叽的，你们是夫妻，客套什么？你的就是他的，他的也是你的，你们不分彼此。”

"……"

郭荷芝的话倒是提醒了花漾。

他们已经是夫妻了，一切都合乎情理，并不是平白无故。

老公的钱不花，难道等别的女人帮自己花?

如此，花漾便坦然收下，和自己的小金卡一起放在钱包里："那我先送妈妈走了。"

"好。"

和宋孜、宋凌两姐妹道过别后，花漾和郭荷芝坐上车离开。

见人走了，宋凌往沙发上一坐，笑容不见，抱着胸鄙夷道："看到没有，看到没有，我怎么说的，你看看刚刚她让自己女儿收下黑卡的样子!"

宋孜虽没有吭声，但内心大抵也是有些不悦的。

原逸已经习惯家里女人扎堆说事的场面了，他坐在一旁打开微信，正想找助理说个事，忽然看到微信有新提醒。

系统提示他有新的通讯录好友，点开一看，一个毛茸茸的头像，ID 叫"羊羊"。

原逸翻了翻，发现是通讯录自动推荐了刚刚存了号码的花漾。

原逸从没有主动加谁的习惯，他略过，正要退出微信，下方又冒出一个好友申请。

他点开，还是刚刚那只羊，并且附带留言——"加"。

气势汹汹的一个字，跟领导下命令似的。

原逸不禁哂笑，手指在屏幕上滑了几下，按了通过。

旁边的宋凌还在不断数落："真不知道老太太怎么想的，扶贫吗？逸儿，小姨知道你心里肯定也不好受，你就先忍忍，要是老太太回头没挺过去，你再离了就是，咱们不认这个婚，凭什么让他们来吸血啊。"

听到这里，原逸动作一顿，抬起头，脸色瞬间沉了下去。

平日里宋凌怎么盛气凌人他都可以无视，但现在拿夏玉婵出来说事就有些拎不清身份了。

原逸收起手机，慢慢起身，漆黑的眼眸随意又冷淡地落到宋凌身上："这里是原家，小姨不也是白吃白喝吸了这么久的血吗？"

宋凌一愣："你……"

宋孜当然了解自己的儿子，赶紧打断妹妹的话：“你胡说些什么挺不过去的话，不知道原逸最紧张的就是他奶奶吗！”

此时的宋凌哪听得进那些，不服气地争辩：“原逸，你怎么能这样说我？我是你小姨，我是你妈妈的亲妹妹！”

原逸这时已经走到了门口，听到这句话，停住脚步，回头冷冷地看她：“那小姨也记住，花漾从今天开始是我原逸的太太。”

第二章

清清白白小羊羊 /

郭荷芝没有要原逸送自己，的确就像原逸想的那样，她有自己的打算，而且这件事绝不能让原家的人知道。

去机场的路上，郭荷芝说要买点东西，中途下了车，故意支开了原家的司机，然后当街拦了一辆出租车：“麻烦去星湖湾。”

花漾一头蒙地跟着上车：“星湖湾？什么地方？”

郭荷芝卖关子：“到了你就知道了。”

车很快停在星湖湾，一个高档的别墅小区门口。

郭荷芝熟练地掏出一张卡，刷卡进去后跟花漾说：“你有空了去办一下人脸识别，就不用随身带卡了。”

花漾听得云里雾里：“我为什么要在这里办人脸识别？”

郭荷芝没有马上回答，她绕过一个小道，停在一栋精致的别墅门前，抬头打量门牌号，确定没走错后，回头告诉花漾：“因为这是你的房子。”

花漾：“？”

话音刚落，别墅的门从里面被人打开了，一个高大的年轻身影闪现出来：“郭阿姨，您终于来啦！”

郭荷芝很高冷地点头，又指着身边的花漾：“这就是你花漾姐。”

年轻男子立即转变方向，对着花漾九十度鞠躬：“漾姐好！”

花漾被这股热情吓得往后退了两步：“你是谁啊？”

男子积极地介绍自己：“我是马哲，在海城大学读大三，你可以叫我蚂蚱。”

“……”

花漾不是很懂这个人出现的意义，她看向郭荷芝。

郭荷芝知道她心里的疑惑，解释道：“你一个人在海城，妈妈怎么能放心？所以早早地就在这儿买了栋房子。以后你要是在婆家受了什么委屈，别去住酒店，直接来这儿，这就是你的家。至于他……”

郭荷芝横了马哲一眼：“他爷爷上个月把法拉利拉去借种，结果一直不还回来，现在说让他孙子来还债。”

“法拉利”是花漾家农场里最 MAN 的一只明星公羊，毛白眼睛大，跑起来速度还快，因此得名法拉利，颇受母羊的“追捧”。

花漾眨了眨眼，两个关键词在脑海中闪过——借种，还债。

看着面前高大威武长得还有些帅气的马哲，花漾脑洞开得有点大，默默往后退了两步，抱紧自己：“妈，不好吧，我才刚结婚，这个债还是还给其他人吧……”

郭荷芝愣了下，反应过来女儿的意思后啐了声：“臭丫头你想什么呢！”

连带着马哲也有些尴尬：“我爷爷和郭阿姨的意思是，姐你在海城就我这么一个家乡人，要是遇着麻烦了让我多照应照应……”

花漾：“……”

是她想多了。

一番折腾下来，花漾总算明白了郭荷芝的良苦用心。

这栋别墅虽然没有原家的大，但在寸土寸金的海城来说，也是小富婆的配置了。

“妈妈不在这儿，有什么事你尽管让马哲帮你去办，千万不能委屈了自己。”

花漾第一次没贫嘴，紧紧抱住郭荷芝撒娇：“嗯，谢谢妈妈。”

母女俩简单参观了下别墅，在卧室里，郭荷芝关上门，从随身的包里拿出一个包好的口袋。

“你外婆千叮咛万嘱咐，一定要我把这个交给你。”

花漾好奇地打开，发现是一块略有年代感的红布。

“这是什么？”

郭荷芝：“今天晚上睡觉前，把这个盖在头上，让原逸掀开。”

传说中掀起你的盖头来?

花漾认真地把这句话在脑子里过了一遍后，忍着笑问：“妈您没事吧，妈您是认真的吗？”

郭荷芝脸一板："坐好！"

花漾憋笑坐正。

郭荷芝："别小看这个盖头，这是你曾外婆的家传宝贝，你外婆用过的，我跟你爸结婚的时候也用了，咱们一代传一代，新婚夜用了，一定会幸幸福福、长长久久……"

花漾光听不说话。

我不笑，我一定不笑。

她低头拼命抿着唇，肩头却控制不住地耸动。

郭荷芝一番苦口婆心的讲解后，把盖头塞到花漾的包里："记住了啊，一定要让原逸掀了你的盖头后才能圆房。"

本来还在笑的花漾听完脸蓦地一红："妈，您说什么呢！"

郭荷芝知道女儿害羞了，笑道："这有什么，你和原逸现在已经是夫妻，有些事你已经长大了，应该懂的。"

花漾装傻："我不懂。"

郭荷芝顿了顿，意味深长道："在农场我看你挺懂的。"

"……"

上个月才在家里津津有味地围观并下场指导了两头奶牛交配的花漾一时竟无言以对。

"这又不是什么丢人的事，难不成你跟原逸结了婚还各睡各的？"郭荷芝性子耿直，这些话也没遮掩，"总之你听妈的，盖头就当是走个风俗过程。"

花漾沉浸在"圆房"两个字忽然带来的不知所措里，糯糯地应了声："哦。"

两母女又聊了会儿，到了上飞机的时间，终于依依不舍地告别。

马哲是体育系的，寸头，一身肌肉，给人特安心的感觉。把郭荷芝送去机场后，他也把花漾送回了家。

"漾姐，以后有事你给我打电话，随叫随到。"

颇有几分他们家乡南原男人的豪爽义气。

到底是一个地方的人，也算半个娘家人，花漾看这小伙子还挺顺眼，便跟他交换了手机号。

回到原家别墅后。

原逸还在公司没回来，宋孜去了医院照看老太太，家里只剩宋凌。

宋凌正在看书，见花漾回来了，指着身边的位置拍了拍："来，坐这儿。"

郭荷芝临走前一再叮嘱花漾要收起自己的性子，在豪门大户做媳妇不能任性，必要的礼仪和修养一定要有。

花漾虽然觉得很拘束，但还是坐了下去，规矩地喊："有事吗，小姨？"

"家里还在养那些牛啊羊的吗？"

花漾不知道她为什么这么问，老实回答："是啊。"

宋凌合上手里的书，低头轻轻挑了挑眉。

"小姨也是希望你和原逸好，所以有些话要提前说在前面。"

花漾不明所以地看着她。

"你也知道我们原家在海城的地位，所以既然做了原逸的太太，在很多方面，你需要提高一下，比如……"宋凌微顿，用一种意味不明的目光打量花漾，"自身的品位、审美。"

花漾这两天穿的衣服都是郭荷芝指定的，虽然亲妈的审美确实有些清奇，但被人这样说出来，花漾心里还是有些不悦。

按照过往的习性，她已经开始口吐芬芳了，但现在郭荷芝才走，自己第一天嫁进原家，再不成熟也知道退一步海阔天空的道理。

花漾忍了忍，微笑着说："我认为审美是很个人的东西，每个人都有自己的审美，没有高低贵贱之分。"

宋凌眼底极轻微地划过一丝嘲讽："那你觉得一个时尚圈金字塔顶端的男人的审美和一个养猪养羊的农村女人的审美会一样吗？"

说罢，宋凌掩了掩嘴角："对不起漾漾，小姨的话有些直接，你别介意，我也是为你们好。"

宋凌这一切矫揉造作的表演花漾尽收眼底，也逐渐明白过来这位小姨的旁敲侧击是在暗示什么。

暗示她配不上原逸。

暗示他们一个天一个地。

暗示他们根本不配。

花漾舒了几口气，微笑道："我当然不介意了，只是难为了小姨。"她边说边指着自己的鬓角处，遗憾地摇摇头，"都为我们操心出了白头发。"

宋凌听得一怔，手下意识地往自己发根摸去："白……"

好像瞬间明白了什么，宋凌赶紧掏出包里的小镜子，不得不说这家人是真的奢侈，连这么一块拳头大的化妆镜都是宝石镶嵌的。

几秒后，宋凌残忍地看到了鬓角几处不太显眼的白色发根，整个人都崩溃了。

毕竟审美可以改变，衰老却无法挽回。

这才是最残忍的。

花漾冷眼旁观宋凌急得打电话联系造型师的样子，暗地里翻了个白眼。

跟我斗嘴，您太老了点。

晚饭后，回到和原逸住的房间，花漾洗了澡，又无聊地看了会儿电视，八点半的时候门外终于有了动静。

是原逸回来了。

花漾的心猛地提了起来。

她赶紧跳上床，手忙脚乱地拿起床头一本杂志假装在读，眼睛和大脑却都高度集中在逐渐靠近的脚步声上。

一步，两步，声音越来越清晰。

直到最后停在床边。

没动。

花漾没抬头，却已经紧张地脑补起了男人开始脱衣服的动作，再之后就是一系列不可描述的画面。

正在脑中进行无边无际的幻想时，面前忽然压下一片阴影。花漾愣住，抬头，看到原逸站在床前，微微弯着腰看她。

两人之间距离很近，近到花漾清晰地看到他深褐色的瞳仁和自己的倒影，闻到他身上淡淡的香水味。

花漾的心跳微妙地漏跳一拍："怎，怎么了？"

原逸问："你在干什么？"

"看书啊。"

花漾说完，似乎是从原逸的眼神里察觉出了什么不对劲，垂眸看向自己的手——

她连杂志都拿反了还在这儿装。

花漾咳了声，默默把杂志放正。

还好原逸也没有要嘲笑她的意思，很配合地演完"我什么都没看见"后，解了衬衣领口朝卫生间走去：“我去洗澡。”

花漾从他有些沙的声音里莫名脑补出了下一句——洗完就来洞房。

她拍了拍自己的脸，有些紧张，有些不知所措。

虽然原逸颜值没得说，可这种像是坐了火箭的进展还是让花漾不太适应，但说到底他们是自愿领证结婚，所以现在——

从法律层面来说，她好像有义务履行一个妻子的责任?

花漾想了半天，默默打开了手机。

在原逸洗澡的十分钟里，她快速阅读了各种关于新婚之夜的迷惑科普。

刚刚看完最后一个字，她还沉浸在那些让人脸红心跳的文字里，原逸出来了。

他身上裹着灰色的浴袍，干净利落的发丝偶尔滑落水滴，随着他的走近，室内蔓延出淡淡的清香，似乎是古龙的味道，性感又诱人。

让花漾有种靠近去闻一闻的冲动。

正偷瞟着，手机微信忽然响了，她赶紧收回视线。

是孟禾发来的消息：“出来玩吗?”

花漾快速敲回去：“今天不行，我有事。”

就算再贪玩，她也不能在自己的新婚夜出去，这也太渣了。

刚回完微信，吹风机的声音停了。

花漾心一提，赶紧握着亲妈给的红盖头缩进被窝。

漫长的儿分钟过去，原逸终于走过来了。

花漾双眼紧闭，猜测这个男人会以怎样的方式开始他们的第一夜。

看他斯斯文文的，应该不会太粗暴吧……

万一不行就咬他两口，反正白天领证的时候也看他不爽很久了。

就这么决定了。

然而就在花漾天马行空地幻想时，清冷淡漠的声音忽然落下来：“我要出去一趟，你先睡，不用等我。”

花漾：“?”

原逸离开后花漾看了看时间，晚上九点。

这是一个历史性的时刻，一个值得铭记在心的时刻。

她，花漾，在新婚第一夜，成了被老公抛弃的弃妇!

这个男人是真的绝。

花漾在床上冷静了几秒，还是没能从原逸这个渣行为里回神。恰好这时孟禾的微信又跳出来：“嘤，真的不来吗？今天姐妹失恋，需要你来安慰TAT。”

这是个什么见鬼的日子。

不过自己成弃妇不要紧，姐妹失恋是大事。

花漾把寄存祝福的红盖头随手塞到枕头下，迅速下床换衣服。

洞房算什么，姐姐要起来嗨!

她才不要一个人在家孤零零地度过新婚夜，原逸有腿往外走，她就没长腿吗?

花漾用最快的速度化了个妆，这时也感慨幸好没有和原逸住在隔壁主楼里，否则自己进进出出都没这么自由。

她小心翼翼地穿过花园，出门，打车，开启美好的夜生活。

海城的兰桂坊酒吧一条街。

花漾进门前藏起婚戒，穿着迷你小短裙走进孟禾开的包间，看到以往群魔乱舞的姐妹们今天都无精打采的，好奇地放下包问：“都怎么了，微信里哭天号地的。”

孟禾闷了口酒，苦兮兮地抬头：“唉，今天我们模特圈集体失恋。”

“哦？”花漾来了兴趣，“谁那么大排面啊？”

“你没看微博吗？”孟禾问她。

“没，谁啊？”

花漾下午在陪郭荷芝，后来回家光顾着纠结洞房的事了，一直没刷微博。

孟禾撑着下巴，神情颇落寞：“KR的总裁下午在公司官博发布了结婚的消息，圈子里都炸了。”

刚抿下一口酒差点呛住的花漾连咳几声，心扑通扑通狂跳起来。

她闭着嘴，思绪一瞬乱了。

以为朋友们肯定是都知道了，所以故意组了个局喊她出来，如果自己还演下去的话，待会儿可能会被花式灌酒惩罚了。

花漾清了清嗓子，知道瞒着朋友的确是自己的不对，正想坦白从宽，孟禾又长叹一口气：“也不知道是哪个女的，这么好命。”

另一个姐妹附议：“是啊，我听说原逸收藏的那些限量版多到用不完，你根本想象不到他家多有钱。”

花漾想要说的话再次停在了嘴边。

什么?

花漾有些不确定地问：“他没说跟谁结婚？”

孟禾：“没有啊。”

孟禾打开手机，找到一个页面：“你看。”

花漾视线顺着一落。

这条官博相当惜字如金。

@KR 集团：恭喜总裁完婚，祝福！

花漾看了好几遍都没有看到自己的名字，庆幸没有曝光之余，又有一点儿莫名的失落和不解。

他为什么不介绍自己?

身边的姐妹嘚吧嘚分析起了不公开的种种可能：

“会不会是商业联姻？”

“不可能，商业联姻肯定有利益关系，说明对方也是名门望族，那种一般都会大肆宣传的。”

“也对，那为什么原逸不公布呢？”

现场安静了几秒，有人大胆猜测：“除非是被逼的，他压根儿不喜欢那个女人。”

这个解释好像瞬间说通了似的，众人深信不疑：“对！对！对！一定是这样！”

孟禾见花漾不出声，问她：“漾漾，你觉得呢？”

花漾捧着酒杯，认真思考了几秒：“我觉得你们说得对。”

原逸肯定是不喜欢自己，所以连新婚夜都恨不得买站票溜了呗。

呵呵。

花漾冷笑一声：“他有那么好吗，值得你们这么喜欢？”

“当然！模特圈谁不想贴他？毕竟哪怕就贴到一根发丝，拿到手里的资源也很肥了。”

“花漾，你不混这个圈，你知道 KR 旗下运营了多少个媒体品牌吗？你知道全亚洲最牛的模特经纪公司 Tanna 是他们的吗？这个男人几乎垄断了咱们国内的时尚业！别的不说，就冲传说中他那个堪比博物馆的奢侈品陈列室，哪个女人不想要啊哈哈。”

花漾：“？”

她怎么没有看到过这个博物馆。

OK，她是个假的原太太没错了。

花漾忽然生出一丝挫败感。

不应该啊，以前在学校的时候，追她的人从艺术学院排到了食堂，怎么到了原逸面前就不管用了呢？是自己在农场里闷得太久，没那个魅力了？

花漾做作地换了个优雅的坐姿，问在场的人：“喂，你们觉得这次见到我，有什么变化没？”

朋友们一顿，认真打量了片刻，最后一致认定：“胸又大了。”

“滚！”

所以是自己的长相不在原逸喜欢的点上，还是有其他的问题？花漾靠在沙发上想了很久，最后想到烦躁。

行了，她为什么要在意这些，不喜欢就不喜欢，反正现在可以自由地出来和小姐妹们嗨皮就够了。

是酒不好喝吗，是姐妹们不够香吗，是骰子不好玩吗？

想什么男人！

想通了的花漾摇起桌上的骰子：“都丧气什么啊，不就一个男人吗？来来来，花总给你们摇个一柱擎天！”

说着，她非常熟练地在空中挥舞起骰筒，几秒后啪一声压在桌上：“都给我看好了！”

花漾得意地打开，六个骰子齐齐竖成了一排。

众人目瞪口呆：“骰后啊！”

气氛总算在花漾的带动下热络起来，席间不知谁提了句：“听说了吗，这一次 *Marver* 十周年刊的封面娱乐圈和模特圈撕得厉害呢，都在抢。”

夜晚的兰桂坊灯红酒绿，显尽人间奢靡，而不过一街之隔，却是另一番清静的模样。

坐落在成片梧桐树里的宁园公馆是这个城市极负盛名的私人会所，三层民国洋房低调隐秘，设有雪茄馆和酒窖，在顶层可以将对面兰桂坊的热闹景色尽收眼底。

有钱人不会去那种太过赤裸的地方，财富和权力的高端融合往往需要的是绝对的私密和安静。

包厢里，盛博和周南叙坐在原逸对面，原逸手搭在窗台上，看着对面一街之隔的霓虹光影，有些走神。

侍应生戴着白手套，把瓶身轻轻托在手上，走至原逸身边礼貌恭敬地低头：“原总，现在开吗？”

1907年的裕歌，全球不到十瓶，公馆的酒窖也只有珍贵的一瓶。

原逸视线未变，轻轻点头。

侍应生给众人倒上酒后站在一旁，周南叙端起抿了一口：“你无不无聊，放着新婚夜不过，就是为了让我们尝这个酒？”

盛博斜了周南叙一眼，带着一种“不会说话就闭嘴”的责怪。他换了个口气，关切地问：“怎么，很难看？将就着过一夜都不行？”

周南叙听笑了：“我还以为你多有水平，什么叫将就着，真当关了灯都一样？”

盛博放下杯子：“我看你泡过的那些女明星关了灯真没什么区别。”

周南叙：“哎你……”

原逸、盛博和周南叙三人从小一起长大，彼此的家庭都是世交，在商业上也有多方面的合作。在海城有个说法就是，整个时尚业被这三大家族垄断了。

而这其中，尤以原家最大，其他两家附属。周南叙主做媒体运营，擅长社交；盛博则打理模特艺人经纪，是传说中的花花公子。

三兄弟感情一直很好，所以玩笑也开得肆无忌惮。

这两人在旁边叨叨，原逸沉默着，拇指和食指轻轻捏着杯柄，酒在杯中打转，漾开一层层魅惑的红。

“我花钱让你们来斗嘴给我听的吗？”

闻言，周南叙和盛博蓦地闭了嘴。

其实两人故意吵闹，不过是想让原逸不那么烦心罢了，谁都知道他被按头娶了个没感情的女人。

一阵长久的沉默，原逸沉浸在自己的思绪里。周南叙和盛博面面相觑，都知道他的性格，便陪着一起喝起了闷酒。

这时包厢有人敲门，侍应生上去察看后，回头说：“盛总，有位方柔小姐说想进来敬杯酒。”

周南叙趁机调侃：“新欢？”

“滚。”盛博自己对这个名字都有些模糊，回忆了下，“好像是公司刚签的一个模特？”

正好包厢里没什么气氛，他便点点头：“让她进来吧。”

侍应生拉开门。

一个穿着清凉的女人踩着细高跟走进来，她手里端着一杯酒，长卷发缠绕两侧，风情万种。

“盛总，听说您也在，我过来敬杯酒。”

盛博瞟了方柔一眼，隐约对这个姑娘有点印象。他把酒端起来喝了，又介绍身边的周南叙：“这是周总。”

侍应生马上有眼力地上前给方柔倒上酒。

“周总好。”方柔一口喝完，掩着嘴角咳了几声。

盛博继续指着原逸：“这是原总，不用我介绍吧。”

方柔终于把视线落到窗口那个男人身上。

从她进来到现在，他还没有回过头。

她心紧张地扑通直跳，进来之前，早已演练过无数次和原逸的对话，她端着酒杯，忐忑地往前走了一步：“原总，您好，我叫方柔。”

原逸姿势未变，没听到似的，一点儿反应都没有。

方柔有些尴尬，但这样的机会难得，她费尽心思进来，必须要在原逸的脑子里留下印记，于是又主动说：“原总，我是今年 Tanna 模特大赛的第五名，不知道您对我有印象吗？”

见原逸还是没有回应，方柔脸颊微微涨红，狠了狠心：“原总，我很高兴能加入 Tanna，我，我会很听话。”

她顿了顿：“我什么都愿意做。”

这句话的暗示已经再明显不过。

圈子里难免藏污纳垢，很多年轻的模特为了抢上位，的确不择手段。

比如现在，如果不是蹭了谁的局，方柔根本没可能出现在宁园公馆这种地方。

盛博看了方柔一眼，只觉这个女孩幼稚又胆大。他慢条斯理地点了根烟，提醒道：“喂，原总是结了婚的。”

——原总是结了婚的。

不知是触到了内心哪一处，原逸忽然回头，目光淡淡落在方柔身上。

女孩目光真诚，也明显有一点儿胆怯。看得出她是来试探，甚至是来赌一把的。

认真地说，她的身材非常性感，可就是盖不住一种从内里透出来的庸俗。

这一行最怕的就是自不量力。

但凡有一点儿自知之明，也绝不会用这样的方式来引起自己的注意。

比起这样的愚蠢，花漾晚上反着拿本书装模作样的样子倒显出几分不做作的天真。

原逸收回视线，并无兴趣在方柔身上多作停留，他手在桌上轻轻敲了几下，忽然起身："走了。"

盛博："哎？就走了？"

周南叙："不喝了？"

方柔更是一怔："原……"

原逸经过方柔身边时，方柔还想说些什么，可原逸从头到尾都没有看到她似的，就连刚刚那一次回头，都短暂得好像只是自己的错觉。

车从会所停车场开到地面，经过灯红酒绿的兰桂坊一条街，几个人喝醉了在街角起了争执，路被堵住，原逸只能暂时停车。

正好，他也想打个电话。

原逸左手轻搭在车窗上，右手拿出手机拨出了号码，就在等待接通时，余光忽然被几个从一家叫"MIKO"的酒吧里走出来的年轻身影吸引住。

为首的那位很惹眼，穿着热辣小短裙，闪闪的亮片吊带，白到发光的皮肤频频引来周围男人的注意。

好几个女孩并排走在一起，就数她最惹眼，走出了六亲不认的气势。

霓虹闪烁的光影下，像只张扬娇俏的花蝴蝶。

原逸怔怔看着前面，诧异了足足好几秒，以为是自己看错了。

可很快，随着手机里传来的接通声，不远处的花蝴蝶也从包里掏出了手机。

一秒后，刚刚还六亲不认的花蝴蝶忽然手忙脚乱了起来。

因为孟禾提到了一家特别有名的烧烤店，所以花漾和朋友们打算转场去吃夜宵。

几个姑娘出了 MIKO 的店门，正商量着要怎么过去，花漾的手机响了。

有了上次的经验教训，她这次没敢多喝，就小酌了一杯，所以这时候脑子还是十分清醒的。

拿出手机，当看到屏幕上显示的两个字，花漾浑身毛孔像被电过一样，瞬间收紧。

“嘘，都别说话！”

花漾边说边跑到一处安静的地方，手捂住嘴巴，小心翼翼地接起来：“喂。”

原逸远远看着刚刚还跟花蝴蝶似的花漾现在瞬间变成一只缩起来的鹌鹑，不禁好笑。

“睡了吗？”

“还，还没，我在看综艺节目呢。”酒吧门口难免有舞曲声，花漾马上心虚地补了一句，“就那个跳街舞的，你看过吗？很好看的。”

——这个给自己的临场公关可以算满分了。

原逸看破不说破，告诉她：“我回来了。”

花漾心里一紧，强作平静：“哦，好。”

挂了电话，原逸静静看着马路对面的花漾急匆匆地跟朋友解释了什么后，开始拦出租车。

也是这一刻，原逸萦绕在心中一整晚的负疚感莫名少了很多。

他在想，或许这个女人跟自己一样，不过都是戴着一张面具，无从选择而已。

兰桂坊晚上是最难叫车的，无论是滴滴还是出租车，花漾等了快五分钟都没拦到。

她有些急了。

如果原逸回去发现自己不在，她要怎么解释？还有这一身花里胡哨的打扮……

一旦事情闹大，万一被老太太夏玉婵知道了，再起个连锁反应，说不定刚落地的郭荷芝连机场都不用出就手持鸡毛掸子原路返回。

花漾不敢往后联想，她这才重获自由几天啊……

好不容易拦到一辆出租，花漾几乎是跳上了车：“师傅，请在允许的时速内开到最快！”

看着花漾慌张钻进车里的样子，不知道为什么，原逸竟然笑了。

早在看到花漾的第一眼，原逸就知道她绝不是郭荷芝想要竭力营造出来的淑女样子，就算穿着长辈们觉得妥当的保守服装，留着规矩的黑长发，但一个人的气质是改不了的。

只是，花漾比自己想象的还要肆意一点儿。

出租车驶出了一段距离，原逸也朝家的方向开。

到了碧江澜庭，原逸把车停好，没有马上上去，打开车载音乐，听了几首平和慵懒的爵士乐，估摸着花漾有足够的时间准备好，他才下了车。

别墅那边一片漆黑，宋孜和宋凌休息得都早，所以当时原逸才主动提出要搬到这边空出的平层，现在看来，倒是挺适合花漾。

她不适合被困束。

进门前原逸先俯身听了几秒，房里很安静，花漾应该已经上床了。

于是原逸换了鞋子后朝卧室走，刚一开门就迎面撞上一个冒失的影子，一片温柔的白光划过眼底。

愣怔三秒，双方都有些蒙了。

花漾身上裹着一条白色的浴巾，嘴里咬了把牙刷，白色的泡泡蔓延了一点儿在嘴角。

四目对视，她似乎忘了反应，眼睛略茫然地瞪着。

"……"

"……"

以百米冲刺的速度到家后，花漾发现原逸还没回来，好不容易松了口气，可一身从酒吧里带出来的烟酒味怎么都盖不了，于是她想都没想就冲进了浴室。

可洗香香后，花漾才猛然想起，自己的睡衣还在床头。

当时摆在面前的有两个选择——

第一，自己出去拿过来。

第二，原逸应该很快也会回来，让他拿给自己。

只是随便想了一下，花漾就快速否定了第二个选择。

她和原逸还没亲密到那个地步，如果真那么做了，反倒有几分主动和勾引的意思。

她才不想去勾引一个连自己名字都不愿意公布的男人。

于是做了十秒的心理斗争，她决定大胆回去取。

她在心里默默算了下，从浴室到床头不过几步路的距离，眨个眼的工夫。

可她万万没想到，她前脚刚跑出来，原逸后脚就从天而降，还一点声儿都没有。

真是活见鬼了……

花漾回来的时候开了一盏床头小灯，现在整个卧室被淡淡的昏黄笼罩着。

女人裸露在外面的雪白肩头和小腿滑落到地面的水滴，都让画面逐渐滋生出一种暧昧不清的味道。

花漾尴尬得话都不会说了，她下意识裹紧自己，一向伶牙俐齿的她这会儿也跟舌头打了结似的："那个，我……"

花漾在三秒内想好了自己又在洗澡的原因，比如因为天气太热了，想再冲个凉，比如她刚才吃东西打翻了，弄脏了衣服……

可原逸什么都没问。

他淡淡收回视线，就那么从香喷喷的她旁边擦肩而过："等会儿我有个视频会议，你先睡。"

花漾准备的解释一个都没用上。

是他没看出自己的异常，还是根本不在乎?

是了，肯定是不在乎。

就跟官宣结婚却一字不提自己的名字一样。

花漾抽出牙刷，看着原逸的背影嘀咕不清地嘲讽了一句："说得好像谁要等你一起睡似的，想得美。"

她回浴室冲洗干净，一条微信忽然蹦出来。

郭荷芝："羊羊，今晚过得开心吗？"

在家里，父母都叫花漾"羊羊"，显得亲昵又宠溺。

郭荷芝这句话一语双关，风骚又八卦，花漾知道她想问什么。

抬眼看时间，都快十二点了。

一向养生的老母亲这是掐着点儿来问的吧?

花漾最怕她问起来没完没了，干脆模棱两可地回了句："累了，要睡了。"

千里之外，奔波了一天熬出黑眼圈的郭荷芝心满意足地笑了。

累了就好，累了就好。

她可以开始期待一群小外孙来农场闹腾的日子了。

新婚的第一夜，原逸总归是回来了，虽然一个在卧室，一个在书房，什么都没发生，但这对花漾来说已经是彼此目前最好也最舒适的距离。

第二天早上，原逸和花漾起床后到隔壁主楼和大家一起吃早餐。

这天是周六，昨天晚上宋凌的女儿陶印印也回来了。

小姑子和新嫂嫂第一次见面，自然是客客气气的。花漾一直记着郭荷芝的叮嘱，颇客气地先打了招呼：“你好，印印。”

陶印印也很乖巧地眨眨眼：“花漾姐姐好。”

听起来好像没什么不对，但花漾听出了一点儿微妙。

叫的是姐姐，不是嫂子。

不过花漾对称呼什么的无所谓，她拉开原逸身边的座位，正要坐下，陶印印一只手搭到椅背上：“姐姐，我平时都和表哥一起坐，要不你坐那边吧？”

陶印印指着对面的位置。

虽说坐哪儿吃花漾根本无所谓，但或许今天是一个座位，明天就是床位，再后天说不定就没有她的容身之地了。

不在乎，不代表好欺负，何况还是这么一个黄毛丫头。

花漾轻轻笑了笑：“印印表妹，你——”

话没说完，原逸忽然拉着她往下拽：“坐下。”

?

花漾一屁股坐了下去。

男人头都没抬，淡淡地意有所指地道：“自己坐哪儿都不知道吗？”

陶印印一怔，跺了跺脚：“表哥……”

直到陶印印这声略带埋怨的撒娇，花漾才反应过来，原逸竟然在帮她。

是因为昨天在书房待了一夜，深刻地反省了自己新婚夜十分不妥的行为，良心发现了吗?

花漾挑了挑眉，趁机冲小表妹表示遗憾：“那不好意思啊印印，以后可能要麻烦你习惯一下位置的变换了。”

陶印印出师不利，气呼呼地还想说些什么，宋孜出声喝止了她：“好了印印，坐哪儿不是吃饭。”

宋凌也在一旁使眼色，小丫头哼了两声，不情不愿地坐去了对面。

早餐上好后，花漾算是见识到了原家的奢侈，各种碗碗碟碟摆满了整桌，就连叉筷等都是镀金的银餐具。

丰富的蔬菜沙拉，香煎鸡胸肉，人手一盅燕窝小馄饨，饮品则有牛奶、葡萄汁、橙汁等。

说实话，这种讲究的早餐还不如油条豆浆来得有滋有味。

吃到一半，宋孜咳了两声，刻意又随意地打开新婚夜的话题：“漾漾，昨晚睡得还好吗？”

来了来了，婆婆踏着八卦的脚步，到底还是来了。

花漾叹息一声——

这些妈妈为什么对孩子的新婚夜那么感兴趣?

花漾正要随便答一句“好”，却忽然看到原逸一动不动地盯着自己。

从他的眼神里，花漾仿佛读出一种“想好了才回答，不然我会要你死得很难看”的威胁。

花漾在南原县号称农场小郡主，“扛把子”一姐，什么时候怕过谁。

于是，她光明正大地看着原逸的眼睛：“不好。”

原逸神情立即不自然地变了变。

宋孜愣住，马上追问：“怎么不好了？”

花漾可太喜欢这几秒原逸脸上丰富的表情变化了。

她手撑着下巴，很委屈地开口：“我怎么都没有想到，他竟然……竟然……”

这口气提得原逸心都紧了，就怕她来一句“竟然睡书房”。

还好，几秒后，这个女人终于大喘气地补上了接下来的话：“他竟然打呼噜！”

陶印印听完不可思议地“啊”了声，发出嫌弃：“表哥你竟然打呼噜啊？”

宋孜也关切地问：“要不要找医生看看？”

原逸一时之间竟不知道怎么回应，只能硬着头皮随便说了几句敷衍过去。

等话题跳过了，他才扫了花漾一眼。

这人已经坐得端端正正，好像刚刚胡言乱语搅出来的风波完全不是她所为。

干干净净小蝴蝶，清清白白小羊羊。

反正昨晚渣的都是自己就对了。

原逸轻哂一声，收回视线。

吃完后，阿姨们收拾着桌子，宋孜去盯给老太太熬的鱼胶膳食，宋凌约了造型师去做头发，原逸也回了房间拿文件准备去上班。

大家都走了，陶印印凑到花漾面前：“听说你是从南原县来的？”

花漾微笑着点头：“你知道南原？”

陶印印给自己倒了杯牛奶，边喝边说：“当然，那儿风景不错，很多人去自驾游呢。”

“嗯。”

“不过那儿也是真的穷。”小姑子紧跟着嘲讽地补了一句，“奶奶说当年在你们家住的时候，连上厕所的地方都没有，就只有一个围起来的土墙，现在还是这样吗？”

花漾眨了眨眼：“对啊，现在还是这样。”

陶印印露出一个不可思议又略带同情的表情：“天，那也太臭了。”

或许是结合了这件事，陶印印肯定地得出结论：“我表哥不会喜欢你这样的。”

花漾听笑了道：“我这样的，哪样？”

陶印印傲娇地抬了抬下巴：“你长得还行，就是品位太差了，比如这条裙子吧，我妈这个年纪的人都不会穿。”

她顿了顿，见花漾没说话，她以为是伤人自尊了，咳了声：“不过你皮肤挺好的，很白。”

还知道夸人，这位臭妹妹还不算太讨厌。

花漾饶有兴致地冲她勾勾手，正想逗逗这位表妹，原逸忽然站在门口：“花漾，你出来下。”

花漾回头望过去：“干吗？”

“我找你有事。”

猜想会不会是因为刚刚餐桌上自己大度的包庇行为让原逸良心有所发现要跟自己道歉，花漾美滋滋地跟出去了。

原逸上了车，她便也跟着上了车。

关上车门，看到原逸手里拿了个文件袋，以为是他工作上的东西，花漾倒也没在意，问道：“找我干吗？”

原逸刚刚从书房拿出了结婚协议，既然都知道双方无意这桩婚姻，他打算跟花漾趁早说清楚彼此的关系。

直接开口似乎有些突兀，原逸便一边拆文件袋，一边随意地问：“刚刚跟印印在聊什么？”

花漾想了想两人最后一句对话，老实回道：“她夸我皮肤好，白。”

原逸手中动作莫名一顿。

也不知怎么，脑子里忽然就蹿出昨晚花漾裹着浴巾站在自己面前的画面。

当时她裸露着整个肩头，的确白到发光，在柔和小壁灯的照射下，皮肤吹弹可破，像块凝脂白玉。

见原逸半天不说话，花漾催道："到底什么事啊？"

"嗯。"原逸回神，"等等。"

他继续去拆文件袋，可线在手中兜转半天，才发现自己不知不觉竟然又重新绕回去了。

……

一切节奏似乎在顷刻间被这个闯进来的画面打乱，原逸准备好的腹稿全部消失无影，现在满脑子都是花漾裹着浴巾咬着牙刷站在自己面前的样子。

停不下来，挥之不去。

良久，原逸闭眼，认输似的把文件袋胡乱塞到一边，目视前方："没事了，你下车吧。"

花漾："？？？"

这男人是不是有毛病，大清早把自己拉上车三分钟又让她下车，干吗，欣赏他的绝世美颜吗？

花漾骂骂咧咧地下了车，回到主楼餐厅，见陶印印还在，想起之前没说完的话题，上前继续："印印，想知道我为什么这么白吗？"

没有哪个女人会对美白的话题不感兴趣，尤其是这么一个白得跟电灯泡似的女人坐在面前，谁都无法抗拒她的美白秘诀。

这个问题陶印印从见到这位嫂子的时候就嫉妒地憋了很久了。

陶印印端着高贵的小姐架子："你要说就说呗。"

花漾靠到她耳边，眼神狡黠地说了一句话。

陶印印听完整个人惊呆了。

她半信半疑地看着花漾，缓了缓："真的？"

花漾露出一个单纯而淳朴的笑容："当然是真的，你看我像骗你的样子吗？"

陶印印皱着眉，光是想了想花漾说的那个变白的秘诀，喉咙里都泛出了一丝又酸又苦的感觉。

她咽了咽口水：“嘁，我才不信。”

花漾笑眯眯道：“没事，我告诉过的人都不信，所以就我一个人白了。”

陶印印骨碌碌地转着眼睛，几秒后若有所思地离开：“我要上楼看书了，你要是无聊可以在这儿看会儿电视。”

人走完了，花漾环视一圈。

说是豪门大户，就没见大在哪儿，吃完早饭整个家空荡得跟鬼屋似的，一点儿意思都没有。

还不如在农场跟那些帮羊羊们剪毛的工人玩来得有意思。

花漾百无聊赖地打了电话给孟禾，得知她正在面试一个秀的路上，没法出来玩。

啊，好无聊啊。

花漾躺在沙发上看着天花板，第一次发现原来豪门少奶奶的生活是这样枯燥乏味。

混到了中午饭点，管家来叫花漾去吃饭。

宋凌已经做好新发型回来了，不仅把所有露出来的白色头发都染掉，还烫了一个新的造型，不得不说，整个人看上去的确年轻了不少。

花漾去到餐厅的时候，陶印印正在厨房里和阿姨神神秘秘地说着什么，看到花漾来了，即刻中止了交谈。

经过花漾身边时，陶印印还刻意找了个话题试图掩饰什么：“下午我约了同学去看画展，你要去吗？”

花漾还没来得及开口，陶印印就摆摆手道：“还是算了，你去了也看不懂。”

花漾没计较她的轻蔑，笑眯眯道：“嗯，你去吧。”

或许是没想到这位嫂子这么软，这么好欺负，陶印印闭了闭嘴，又有些不忍似的：“行了行了，我到时候拍点照片给你看。”说完，大小姐仰着高贵的脑袋走了。

花漾看着她的背影，越发觉得这位小姑子像他们农场里的小刺猬，你靠近的时候满身奓刺地针对你，可等你抱起它给一点儿甜头时，它会马上憨憨地躺在你的手心，任由你揉。

花漾觉得，陶印印这只刺猬，迟早会被自己揉平、揉扁。

吃过午饭，宋凌睡美容觉，陶印印按照计划和同学出去看画展，家里又只剩下花漾和管家、阿姨们。

可能是连阿姨们都看不下去少奶奶的无所事事，有人给她建议：“小太太，要不你去凉亭转转，那边种了些花，还养了鱼，很漂亮。”

花漾：“……”

二十分钟后，花漾的朋友圈新发一条动态：

数了三遍，第一次 96 条，第二次 98 条，第三次 92 条 _(:з」∠)_

配图是原家凉亭旁的黄蜡石鱼池，里面养了不少珍稀鱼种。

同一时间，在公司开完会的原逸回到办公室，随手看了看手机，刚好就刷到了这条朋友圈。

看着那句就差把“无聊”两个字刻在额头上的话，原逸无意识地把图片放大再缩小，缩小又放大，好像在考虑着什么。

这时，助理翟羽敲门进来。

“老板，昨天公布结婚的消息后，很多品牌公关都打来电话咨询太太的尺寸，说要寄礼物给她。”

尺寸?

蓦地，原逸又想起了昨晚裹着浴巾站在自己面前的花漾，雪白的皮肤，娇小却玲珑有致的身材。

今天真的见鬼了！怎么又想起了她！原逸神色有些懊恼，当即丢开手机，手轻抚额侧，努力让那个画面从脑海中抽离。

翟羽看老板好像突然想到什么不开心的事似的，马上很有眼力地往外退。

可到了门口，身后的人却喊住他：“你现在去一趟我家。”

凉亭里，就在花漾趴在石桌旁第五次数鱼池里到底有多少鱼的时候，管家引了一个人进来。

男人西装革履，留着干净整洁的短发，很利落的样子。

“太太，您好。”

花漾陌生地看着他：“你是？”

男子自我介绍：“我是原总的特助，我叫翟羽。”

哦，他的人。

花漾点头，又有些不解：“你来找他吗？可他上午就去公司了啊。”

“我知道。”翟羽笑着，“是原总让我来接您的。”

花漾眨了眨眼：“接我干什么？”

翟羽：“原总知道您无聊，让我带您出去逛逛。”

“……”

花漾怔了好几秒，直到翟羽侧身做了个请的动作，她才缓过神：“逛哪里？”

身为国内时尚圈第一集团总裁原逸的太太，想要逛街，去的也必然是城中最有排面、最奢侈的商场。

走的时候花漾没换衣服，直接穿着郭荷芝给她买的格子裙就出发了。

在郭荷芝眼里，那条裙子就是乖宝宝、淑女的象征。

可在花漾眼里，身上这套说得好听叫复古，叫古着，说得难听一点儿——真不怪陶印印损自己一身土味气息。

因此当花漾穿着这条裙子进到海城顶级的奢侈品时尚圣地恒泰中心时，就连门口的侍应小哥都有些懒得替她拉门。

看在跟在旁边的翟羽衣着体面的情况下，小哥勉为其难地弯腰：“欢迎光临。”

恒泰中心进驻的大部分都是国外奢侈品牌，衣服价格五位数起是常态，一般人根本不敢进来。

花漾边走边看，翟羽告诉她：“太太，原总说了，您有喜欢的直接买，不用考虑价格。”

“哦。”花漾随口瞎贫，“那我要是把这个商场都看中了怎么办？”

翟羽沉思了几秒：“那问题也不是很大。”

“？？？”花漾转头，一脸“你在给我掰扯什么玩意儿”的表情。

翟羽淡定地解答了她的疑惑：“因为恒泰最大的股东是我们KR。”

花漾不自觉地张了张嘴，想说一句脏话，又被总裁夫人的身份限制住，及时闭嘴。

她迅速收起这副没见过世面的样子，清了清嗓，端得四平八稳：“哦。”

说话间隙，她随手指了一家店：“那我去那家看看。”

翟羽这时刚巧来了电话，他边点头边示意：“不好意思，您先进去，我接完就来。”

“好。”

花漾一个人先走了过去。

刚进门，柜姐一边打量花漾一边迎上来，等走到面前时，多年积累的经验已然让她对花漾的消费能力有了基本定位。

“您好小姐，请问是我家会员吗？”

花漾：“不是就不能进来？”

“抱歉，我们只接待会员哦。”

“……”

奢侈品店有门阶这一点花漾理解，眼前这个牌子虽然处在一线，但还没有高贵到只接待会员。

这些莫须有的规则，都是柜姐的借口罢了。

花漾当然知道原因，她笑了笑：“没关系，我可以办会员。”

柜姐这时转到一边低声发语音，花漾隐约听到她说“好的亲爱的，我给你留一件”。

花漾就那样站在门口等着，柜姐回复完才记起了她这个人似的：“对不起小姐，我们这里一次性消费满十万元才可以成为初级会员的。”说完也不等花漾再说，转身就准备去招待另一位进来的客户。

花漾被晾在旁边。

这个态度已经很明显了，柜姐觉得她不是那种能消费得起十万的人。

花漾好气又好笑，掏出一张卡拦住她：“我说了，我可以办会员。”

这是国内某行的小金卡，需要年消费在一定金额以上的用户才可以申请。

柜姐当然认识，她愣了愣，还没回神时，花漾又慢条斯理地掏出一张卡。

刚刚那张是她自己的，现在这张是原逸给她的，美国运通全球限量黑卡，光是开卡费都是近万美元，而且根本不对外公开发售，只内部邀请，可见其稀缺性。

手握这种卡，等于握着顶流社会的身份证，都是银行的超级 VIP 用户。

花漾瞬间把范儿装到了九霄云外，震得柜姐态度一百八十度大转变，几乎是鞠躬似的朝着花漾道：“亲爱的，请进。”

花漾不慌不忙收起卡片：“亲爱的？”她目的已达到，微扬下巴转身，高傲地留下三个字，“你配吗？”

柜姐：“……”

花漾故意走到了对面的店，同样是女装品牌，甚至消费门槛还要高一个段位。

对面的柜姐倒是没有戴有色眼镜，很礼貌地把她迎了进去。

进去前，花漾特地转过身对还在傻愣愣地看着自己的势利柜姐挥了两下手，柜姐面如白灰，神情相当复杂。

翟羽的电话是原逸打来的。

“带出来了？”

翟羽：“是，我带太太在恒泰二楼购物。”

原逸停顿几秒，轻哂道：“你倒是会挑地方。”

这句话语气有些微妙，翟羽也不知是夸还是骂，就在忐忑揣摩时，原逸又问：“你不知道我刚过来恒泰开会？”

翟羽微怔：“知道。”

原逸挂了电话。

翟羽：“……”

他当然知道，就是知道才故意带过来的啊。

老板开完会，太太逛完街，恩恩爱爱一起上车回家，这难道不是 Surprise？

为什么老板不夸他贴心？

这不符合逻辑啊……

翟羽有些摸不着头脑，猜不透老板的心思，他只好赶紧先去找花漾，却发现花漾并没有在之前的那家店，而是跑到了对面。

他跟过去，一进门就看到老板夫人好像在菜市场搞批发一样。

“这件要了。”

“这款来两件，一色一件。”

“那个丝巾，五条。”

翟羽：“……”

十分钟内，花漾把整排店都逛了下来，最后停在一家珠宝店门口。

翟羽有点吃不准了，前面的衣服小件也就罢了，这家百万起跳的珠宝店要是也按刚才批发的节奏来，那……

翟羽马上给原逸发了条微信，简单又隐晦地说了这件事。

就在原逸看到微信的同时，会议室里也有人敲门进来，在商场经理耳边汇报着什么。

经理听完后站起来："抱歉，你们先说，我下去处理个事马上回来。"

正开着会，旁边的股东不满道："出什么事了，非要这个时候下去？"

经理皱了皱眉："楼层通知说二楼有个女客人十分钟内消费了五百多万，我怕又遇上前段时间新闻上那种婚姻不幸受了刺激来商场发泄的神经病，最后号啕大哭，闹得兴师动众，我还得出于人道主义给她退款。"

众人一听有道理，纷纷道："那你快去看看。"

经理赶紧起身，转身欲走时，坐在主位的原逸忽然出声拦住："不用去了。"

他声音平静，十分淡定。

经理疑惑地回头："？"

所有人也都跟着看过去。

原逸不慌不忙地端起面前的咖啡，语气淡而温和："是我太太。"

第三章
拴住总裁 /

原逸说完，现场有长达数秒的沉默。

尤其刚刚对这个购物的女人加了一连串前缀词，最后以神经病收尾的经理，额头已经微微冒出了汗——

今天出门一定没看皇历，才会撞到面前这尊大神的枪口上。

开什么玩笑，别说五百万了，他女人就是直接把商场搬回家也不是问题啊!

众人屏息，气氛一时之间微妙又紧张。

经理动了动唇，想做一点儿解释，可还未想好怎么说，原逸先一步打开了之前的文件，淡淡地道：“说到哪儿了，继续。”

他开了口，众人背脊一松，顿时如释重负。

经理擦了擦汗，马上将 PPT 翻页接着汇报，会议也重新进入流程。

众人面上都好像在谈工作，实际上私底下早已用短信、微信各种方式将事情传了出去——“原总的太太在恒泰扫货，都长点眼睛！”

消息从一人手中放出，瞬间传遍恒泰上下，所有门店柜姐都在群里暗暗祈求这位挥金如土的时尚大佬太太能扫到自家店里拉动一下季度 KPI。

只有那位拒绝了花漾的柜姐一脸生无可恋地坐在店里。

她怎么都想不通，那个穿得土里土气的女人，竟然是原总夫人……

手机陆续收到账单，原逸眉峰动了动，看了几眼，给翟羽回过去：“不用管太太买什么，买完送她回家。”

收到消息的翟羽思考三秒，还是小心翼翼地问：“不用等您吗？”怕原逸不记得似的，又贴心补上一句，“您今晚没有应酬。”

几秒后，原逸回了一个问号。

跟在原逸身边好几年，翟羽马上明白了这个标点的意义。如果老板的不悦按十级分类，现在已经是三级了。

翟羽即刻闭嘴：“明白了。”

整个恒泰都在翘首以盼总裁太太的出现，而当事人花漾早就离开了珠宝店。

不知道是不是衣服买爽了，珠宝倒是一件没看上。

花漾外婆那一代的确是苦过来的，但恰恰因为那一代的勤劳，花漾外公经商有道，逐年合并附近的养殖户，农场越做越大，到郭荷芝手上，农业林业畜牧业样样涉及，不少产品更是与品牌合作，特供货源，出口海外。

所以花漾的小金库足够她在这个所谓的奢侈品中心挥霍。

但她今天刷的是原逸的黑卡。

不为什么，就是为了体验一把刷别人卡的乐趣。

果然，爽极了。

一想到他看到账单时皱眉的样子，更快乐了呢。

在五楼喝了杯咖啡，阔太花漾终于逛累了想回家了。

翟羽毕恭毕敬地道：“太太，您买的东西商场会有专人晚点送到家里。”

花漾无所谓地点点头：“随便啦。”

翟羽遂安排司机老秦送花漾回家。

车从恒泰朝碧江澜庭开，途经淮北路的海城艺术学院时，花漾突然喊了停。

“我下去买点东西。”

花漾大学是在南城上的，毕业有一年了，现在走在学校周边，她有种重回校园的喜悦和兴奋，以及——久违的自信。

当年艺术学院好几个系，她是全院之光，追她的人没排到法国也排到了食堂，饶是模特系的系花孟禾都只能羡慕嫉妒，最后拜服。

所以原逸这个人吧，花漾边吃火爆鱿鱼边总结——说到底就是个没眼光的。

沿着路边吃了几样小吃，经过一家美术用品店时，花漾在门外驻足片刻，最后走了进去。

花漾买完东西回到原家是晚上六点四十。

宋孜已经从医院照顾老太太回来了，包括宋凌和陶印印在内的一家人端端正正坐在餐厅，气氛有些微妙。

见花漾进门，宋凌抬眼唤道：“哎哟，可回来了。”

看到桌上丝毫未动的菜，花漾立即明白了是怎么一回事。

果然，宋孜有些不悦道：“漾漾，你出去也不说一声，什么时候回来也不告诉家里，不知道我们都在等你吃饭吗？”

花漾过去在农场自由惯了，从没这些约束，她想玩就玩，想吃就吃，没人管她必须要掐点回家吃饭。

这或许就是豪门所谓的规矩?

花漾自知理亏，也没打算辩解，正想老老实实给婆婆宋孜道声歉的时候，宋凌忽然开口：

“漾漾，我昨天就跟你说了，你既然嫁进了原家，有一些礼节规矩还是要学一学，不然以后跟着原逸出去应酬，丢的可是原逸的脸。”

话里话外还是一副花漾高攀了原家的语气。

花漾心中腹诽，但始终克制没吭声。

宋凌故意煽风点火激她，一旦她还了嘴，原家人必定更加觉得她就是个没教养的野丫头。

花漾才不会如了对方的意。就算是看在外婆和夏奶奶的分上，她也会暂时忍耐下来，不在明面上闹僵。

她深吸了一口气，说：“知道了，我以后会准时回来吃饭。”

花漾说完，宋孜没有马上表态，颇有几分立规矩的意思。花漾站也不是，坐也不是，最后还是陶印印呜哇地大叫道：“哎呀，我饿死了，快吃吧！”

陶印印在原家几乎是二小姐的地位，宋凌宠她，宋孜这个姨娘更是惯爱，她嚷着饿，大家自然依了她。

也算托了这只小刺猬的福了。

见大家都动起了筷子，立规矩的事也算结束了，花漾平静地欠了欠身：“我在外面吃过了，你们慢用，我先回房了。”

宋孜抬头，皱了皱眉：“你吃过了？”

“看看，多笑人，我们在家等着她吃饭，她倒好，一个人吃饱了回来。”宋凌抓住各种机会见缝插针地损花漾。

这次花漾没忍住，带了些情绪地看向宋凌。

宋凌顿时像受到了侮辱似的：“你这是什么眼神？”又转过去跟宋孜急，“姐，你看这孩子，咱们跟她好好地讲规矩，她好像还不服气似的，到底小地方来的，半点家教都没有！”

说别的花漾都能当她放屁，但提到家教，就是在变相侮辱自己的父母了。

这个花漾没法忍。

一股热血冲上脑门心，她冲动地往前走了两步，却忽然被人从身后拽住。

“我去停车，你怎么先回来了？”

“……”

花漾一怔，回头，果然是原逸。

两人前后脚进门，大家马上都明白过来，原来花漾是和原逸一起吃的晚餐。

新婚小夫妻出去吃个饭有什么不行的。

风向忽变，刚刚还被训斥不懂规矩的花漾立即成了被冤枉的小可怜，阿姨们的目光全都充满了同情。

宋孜其实是那种很传统的人，见自己怪错了人，面色也缓和下来：“外面的东西没营养，以后尽量回家吃。”

“好。”原逸点点头，很自然地牵起花漾的手，“那我们就先回去了。”

众人目光随之一聚。

原逸这个亲密的动作想要暗示的太多。

安静几秒，宋凌垂下了眼。

宋孜亦拿起筷子淡淡地道：“知道了，去吧。”

两人刚转身，原逸好像想起了什么似的：“对了。”

他又转过来，声音轻轻淡淡，没有故意朝着谁，却又像是在对着所有人说：“漾漾初来乍到，不用那么苛责，就算她哪里做得不对，可以告诉我，她是我太太，轮不到别人指手画脚。”

原逸这两拨的意思已经很明显。

这个家谁做主，谁越俎代庖狐假虎威，自己得有点数。

家里一阵寂静沉默，宋凌脸色难看，连陶印印都微张着嘴巴不敢置信地抬起头。

她嘴里还挂了根菜叶：“表哥，你真的喜欢她啊？”

话刚说完，就被宋凌在桌下踢了一脚。

陶印印闭了嘴，宋孜也揉着太阳穴，有种儿子娶了媳妇忘了娘的落寞：“行了行了，你们回去吧。”

这次原逸没有再停留，他的警告已经到位，就没什么好说的了。

花漾被他牵在手里，整个人还有些恍惚。

漾漾?

他叫自己漾漾?

她没听错吧?

原逸的掌心很柔软，却并不如想象中那么温暖，带着一点儿凉意，无形中让人觉得有种难以靠近的距离感。

花漾大脑一片空白地被他牵着，只是刚走出主楼离开众人视线，男人便松了手。

以至于花漾还没从上一秒的亲密接触中回神，眼下手心一空，又有些突兀。

别墅里夜灯星星点点，穿过静谧的鱼池，花漾跟在原逸身后，一路无言。

回到住的地方，原逸说公司还有没做完的事，又去了书房。

看着他的背影，花漾张了张嘴，想说什么，又不知道从何说起，就觉得，两人之间有些奇怪微妙的感觉来得很快，却去得也悄无声息。

发了会儿呆，花漾慢吞吞回了卧室，随手按了墙上的灯。

漆黑的房间笼上一层明亮。

她坐在床上，想起原逸刚刚在餐厅那一声暧昧而宠溺的“漾漾”；想起他牵自己手的那一刻；想起陶印印不敢置信地问“表哥，你真的喜欢她啊”？

花漾起了一身鸡皮疙瘩，也红了脸。

她赶紧去打开窗，让风透进来，驱散身体里开始发散的小悸动——冷静，冷静一点儿，不要因为一点儿小事就乱了。

花漾不停告诫自己，自作多情是魔鬼，要不得。

就在努力让自己不要沉浸在这种自我高潮的情绪里时，她忽然后知后觉地意识到一件事。

她并没有和原逸一起吃晚餐，自己倒是吃过了，可原逸显然是回来看到自己在被为难才那么说的。

也就是说，原逸很可能根本就没有吃晚饭!

花漾立即从床上站起来。

先别说原逸是自己拿了证的老公，就算只是普通朋友，为了帮自己而饿了肚子，她良心也过不去。

她在家里找了一圈，连个挂面都没有。

现在再去餐厅拿吃的肯定会被宋孜问三问四，花漾想了想，下午在艺术学院甜品店买的草莓蛋糕还在袋子里，临时饱腹还是可以的。

花漾献宝似的拿着草莓小蛋糕，来到书房。

书房的门虚掩着，透着一点儿光亮。

花漾心跳得有些快，深呼吸了两下，鼓起勇气推开："原逸？"

原逸从一堆文件中抬起头，看到花漾站在门口，只浅浅一秒，便重新垂下视线："有事吗？"声音有点淡。

花漾愣了下，觉得这和自己想象中的反应好像不太一样。

但她马上宽慰自己，男人在工作的时候都是不喜欢被打扰的，尤其听说原逸本来就是个工作狂。

于是花漾决定速战速决，她走进去，先把刚刚没有说的话说了："谢谢。"

原逸依然没有抬头："谢什么。"

"刚刚帮我出气啊。"花漾心直口快，说完才觉得好像说错了话，又解释道，"我的意思是，谢谢你刚刚帮我解围。"

花漾觉得自己好像又脸红了。

然而静默几秒。

原逸："不用。"

两个字硬邦邦地蹦出来，像两块锋利的冰块无情地砸到花漾脸上。

花漾："……"

男人好像真的很忙，桌上放着很多设计稿和文件，指尖的笔一直没有停过。

花漾站在那儿，忽然就觉得有点无趣和尴尬，刚刚的满腔热情也熄得七七八八，她把草莓小蛋糕放在桌上："我猜你没吃晚饭，这个你先垫垫肚子吧。"

"谢谢。"

依旧惜字如金。

花漾不禁开始怀疑面前这位浑身上下都写着"离我远点"的冰雕哥和刚刚在餐厅袒护自己的霸道老公是不是同一个人。

多重人格在线分裂?

花漾也不是那么没自知之明的人，既然他都这么明显了，自己也不想自讨没趣。

她什么都没再说，转身朝外走，原逸却叫住了她。

“花漾。”

花漾身体一顿，下意识以为是他良心发现要挽留自己，马上积极地回了头：“嗯？”

没想到男人先是淡淡地说了一句：“以后进来之前记得先敲门。”再接着二连送客，“晚安。”

花漾：“……”

刚刚是漾漾，现在是花漾?

刚刚是别对我太太指手画脚，现在是进来请敲门?

花漾一脸迷惑地看着无事发生般继续伏案工作的男人，他衬衣松开了两颗纽扣，灯光下皮肤偏白，样子淡漠又冷情。

偏袒自己的时候，帅到两米八。

而现在，花漾一时之间竟找不到恰当的形容词。

大概就是——

渣得别出心裁，让人眼前一瞎吧。

花漾心里冷笑一声，笑自己竟然一时天真心疼起了他。

真是给他脸了。

她两步上前麻溜地拿走桌上的草莓蛋糕。

“那麻烦下次牵我手之前也先打个报告，谢谢。”

这一晚，花漾在恒泰广场豪掷千金的消息在圈子里流传开来，孟禾不知从哪儿听到了，特地跑来告诉她：“知道吗，原逸那个新婚老婆十分钟在恒泰花了五百万！简直不是人！”

花漾：“？”

她认真反思了下，问：“为什么不是人？花老公的钱不是天经地义？”

孟禾继续送来一线爆料：“不是，因为我还听说这个新婚老婆超丑，原逸不喜欢她，所以她才会去恒泰发泄购物。你说吧，这种只剩金钱的爱情惨不惨？”

花漾趴在床上出神地看着这句话，而后轻轻一笑。

什么惨不惨的。

他不爱她，她也不爱他，就让他们做一对快乐的物质夫妻吧。

这一夜，两人依然相安无事，一个在书房，一个在卧室。谁也没去打扰谁，将同居室友的身份演绎得淋漓尽致。

第二天清早，还在睡觉的花漾被阿姨急促的敲门声吵醒。

等她发着牢骚起来去开门的时候，看到原逸已经到了门口。

深蓝系法式衬衫配黑长裤，贴身的剪裁让整个人有质感又高级。

两人互相看了一眼，又各自收回视线。

不知道为什么，花漾下意识地去捋自己的头发，等碰到一头顺直的长发后才想起——她的头发已经烫直了，从前睡醒后能爹成烟花的羊毛卷已经没了。

习惯性的动作落了空，花漾有些尴尬，她把手移到嘴边，假装打了个呵欠，然后转身回房。

可原逸开门后，阿姨急切的声音让她脚下顿住："少爷，二小姐她上吐下泻了一夜，太太让您赶紧过去！"

陶印印虽然平时骄纵，但到底是原逸的表妹，花漾如果这时候还回去睡觉怎么都说不过去，便赶紧也洗漱换了衣服跟过去。

收拾整齐赶到时，一大家子人都围在二楼陶印印的房间里。

陶印印躺在床上打着吊瓶，家庭医生检查一番后，结合病史，告诉全家人："小姐是因为饮食不当导致的急性胃肠炎，多喝水多休息，没事的。"

医生说完，大家才松了口气。

宋凌马上叫来管饮食的阿姨，破口大骂："你昨晚弄的什么给印印吃？"

阿姨脸颊涨红，怯怯地回："没有啊，每天的菜都是新鲜采购的，而且太太和您都一起吃了……"

宋凌一身怒气正无处发泄，哪听得进半句解释："让印印吐成这样你还有理了？印印从小就肠胃不好，我怎么知道你们有没有克扣工钱去买些什么便宜的菜！"

虽然宋凌是宋孜的妹妹，但管饮食的张姨也是跟了她很久的老人，宋孜两面为难之时，原逸淡淡发了话："张姨在家里做了十多年了，不可能会犯这样的错。会不会是印印自己吃了什么东西？"

宋孜松了口气，正想附和一句帮张姨解解围，宋凌又掉转枪口对准原逸。

昨晚的事宋凌本就有气，现在更是借题发挥："原逸，小姨没有哪里对不起你吧，从小你爸妈忙，我帮着带你，想着将来还有外甥可以依靠，哪想到你现在竟然对我们母女俩这样漠不关心，如果真的碍了你的眼——"宋凌拉着憔悴的陶印印起身，"我们母女俩搬出去就是了！"

宋孜忙上去拉住她："你别胡闹，印印还难受着呢！"

场面又是一度混乱。

原逸皱了皱眉，实在是对宋凌的胡搅蛮缠没了办法。

亲妈就这一个妹妹，离婚后带个孩子投靠家境好的姐姐也是无可厚非。可宋凌太过泼辣，来到原家后又常以主人的身份管上管下，日常的小事原逸已经睁只眼闭只眼。

眼下陶印印吐得委实可怜，原逸也不想跟一个情绪不稳定的妇人争辩什么，叮嘱了医生两句后就准备离开。

就在他转身那一刻，陶印印忽然呜啦啦地哭起来："表哥，是姐姐故意整我，呜呜呜！"

原逸已经走到门边的身体一顿，回头，先是看了一眼陶印印，又看向花漾。

花漾也被莫名其妙飞来的锅弄蒙了："关我什么事？"

她又不做饭又不买菜。

陶印印哭哭啼啼地从床上挣扎着坐起来："是花漾姐姐告诉我，生吃苦瓜蘸醋可以变白，我信了她的话，才……"

陶印印哭得肩膀直抽，是真的委屈极了。

宋凌被女儿的话怔了足足好几秒，等回过神后，当场站起身朝花漾冲过来："原来是你？"

原逸意识到不对，赶紧两步上前拦在花漾面前："小姨你冷静一下。"

宋凌哪里能冷静，她本就不太看得起花漾，之前因为花漾被原逸指责，现在自己的女儿更是因其而吐了一夜，新账旧账叠在一起，现在的她恨不得狠狠抽花漾几下。

但原逸拦着护着，她够不着，只能隔着原逸骂："是因为我说了你几句你就报复我女儿吗？小小年纪就这么恶毒……"

宋凌气得声音都打了战："真是穷山恶水多刁民！"

原逸的这个下意识的举动，多少打乱了些花漾的思绪。

宋凌扑过来的时候她有几秒的确是蒙了的，可就她在胡思乱想忘了反应的一刹那，原逸高大的身躯忽然挡在了自己面前。

他护在身前，完全遮住了自己，也给了自己足够的安全感。

在那一刻，花漾走神了。

她又想起了那句温柔的"漾漾"，想起那句"她是我太太"，心底难以抑制地泛起了一片片涟漪。

直到宋凌那句厌恶满满的“穷山恶水多刁民”后，花漾才稍稍回了神，抬头迎上她的目光。

花漾顿了顿，走出原逸的保护圈，坦荡地站在众人中心：“没错，我是跟印印说过那样的话，可苦瓜蘸醋是道菜，不过苦了点而已，又不是砒霜，怎么可能吃一点儿就上吐下泻一夜？”

一旁的家庭医生也点头道：“是。任何事情都讲究一个量，如果只是吃了几口，不至于会对肠胃造成这么大的刺激。”

医生话说完，宋凌斜了花漾一眼：“你以为谁都跟你一样皮糙肉厚的，我们家印印——”

这时，一直站在人群中没有吭声的采购阿姨忽然弱弱地举手：“太太，昨天二小姐让我买五斤苦瓜，我问她干什么，她没说。”

“……”

房内忽然陷入死一般的寂静。

大家好像都明白了什么，但谁都不敢说。

最后还是花漾忍不住了，憋着笑问：“印印，你别告诉我你一天把五斤苦瓜都吃完了？”

陶印印一张小脸惨白，又羞又恼说不出话，最后干脆“哇”一声哭出来：“妈，她欺负我……”

随着陶印印这一声崩溃大哭，这场清晨的闹剧总算消停。

阿姨们洗脱嫌疑如释重负，一一离开房间。

宋凌则一边轻抚女儿后背，一边没脸地念叨：“你是不是傻，哪有人一次吃五斤的，你不拉肚子谁拉。”

花漾一直在憋笑。

她真的从没见过这么傻的女孩，那天就是随便编的一句逗对方的话，想着最多骗对方去尝一口，苦一苦就完事，没想到对方不仅信了，还疯狂地加码了。

一次五斤，臭妹妹这么贪心，是想白到隐形吗？

花漾的笑有些憋不住，宋孜不满地咳了声，她赶紧收声，站好。

婆婆和老公都在场，这件事终究是因为自己，为表歉意，也为了让他们不难做，花漾坐到陶印印床边：“是我不对，跟你开了个玩笑，我告诉你变白真正的秘诀好不好？”

陶印印还抽泣着，脸转过去，一副“我不听我不听”的傲娇样。

花漾只管说自己的："其实我这么白，是因为从小就用牛奶洗澡，就这么简单。"

陶印印听完比上次还惊讶，立马转过来盯着花漾，边抽鼻子边回："你？从小用牛奶洗澡？"

花漾眨了眨眼："嗯？不行吗？"

陶印印还想说什么，宋凌隔离瘟疫似的把花漾往后一推："印印你睡会儿，以后少跟她来往，满口跑火车的话你信一次就罢了，还打算信第二次？"

花漾被宋凌那么一推，脚下没站稳朝后仰去，就在她以为自己要四脚朝天倒在地上时，一双手及时接住了她。

但也只是轻轻的一下，等花漾回头去看的时候，原逸已经松开了手。

眼神短暂地交汇了一秒，原逸移开视线："跟我出来。"

低沉磁性的四个字，花漾耳根没来由地红了。

她慢吞吞地跟着原逸下了楼。

客厅里，阿姨们张罗早餐、打扫卫生，都在有条不紊地忙碌着。

原逸已经坐下了，花漾迟疑了两秒，朝他旁边的单人沙发处走，然而才动了两步，屁股还没落到沙发上，原逸就开了口："坐过来。"

花漾本想拒绝，可抬头见有阿姨在附近吸尘，只好不情不愿站直。

昨晚的仇还记着，所以即便是坐到了原逸旁边，花漾还是保持了会客般的友好距离，下巴抬得高高的："有事吗？"

"我今天要出差，三天后回来，我已经和我妈说过你有些水土不服，所以如果你不想过来吃饭，就让阿姨送过去。"

还算体贴。

但花漾丝毫不为所动，学他惜字如金："哦。"

"还有，我不在的时候，你少和小姨接触。"

这句话听着有点耳熟。

花漾想起刚刚在楼上，宋凌跟陶印印说了同样的话——以后少和花漾来往。

现在原逸也交代了这一句，不知道为什么，花漾竟然脑补出一个双方家长各自告诫自家熊孩子别跟对方玩的画面。

脑子里冒出一种"老公好萌"的诡异念头，花漾赶紧醒了醒神把自己拉回来，高冷地正襟危坐，以一种朕知道了的口吻回答："哦。"

两人沉默了几秒。

原逸忽然问：“你平时有什么爱好吗？”

花漾差点脱口而出“摇骰子”三个字，还好话到嘴边及时刹车收住，她拨了拨头发：“我有时会画画。”

想起酒吧门口看到的那个热辣妹妹，原逸轻轻一笑。

琴棋书画，的确是一个名门淑女该有的爱好。

她回答得很标准。

司机和助理都已经候在别墅外。原逸站起来，配合地叮嘱花漾：“那要是无聊了，就画点画吧。”

三天，虽说不长，但对新婚的他们来说，也算是小别了。

但花漾内心毫无波动。

毕竟原逸走之前，别说拥抱了，就是个“再见、拜拜”都没有。

走得潇洒，帅气，绝情。

挥挥衣袖，半个字都没留。

阿姨这时来喊花漾：“小太太，吃早餐了。”

花漾慢悠悠晃到餐厅，坐下后看着身边空荡荡的座位忽然反应过来，原逸还没吃早饭就走了？

昨晚没吃，今天早上又不吃？

也不知是怎么想的，花漾马上从透明玻璃盘里拿了一块烤好的红豆吐司，用餐纸裹着往外跑。

她一口气跑到院子里，还好原逸还没走，正弯腰要上车。

“等一下！”

原逸微微一顿，身体站直，视线落过来：“怎么了？”

因着他的这句话，随行的人目光全都投了过来。

大概是要出差的关系，今天院子里停了两辆车，所以现在前前后后，大概有六七个人都看向了花漾。

不知是谁提醒一句，大家忽然集体毕恭毕敬地欠身：“太太早上好。”

花漾被这架势弄得有些措手不及，不好意思地把手里的吐司藏到背后：“你，你们好。”

也就在这时，她忽然眼尖地扫到站在原逸身边的翟羽，左手拿着咖啡，右手拿着包装好的三明治。

……

总裁特助手里拿着早餐，只能是一个可能。

花漾顿时尴尬到笑不出来。

她怎么就没想过，堂堂一个公司的CEO，怎么可能没人把这些细节安排好。

所以现在，她要怎么解释自己出来的原因?

许是见她半天没动静，以为是有什么不好当面说的话，原逸从车边退出来，走到她面前，又问：“有事？”

“没，”花漾赶忙摆手，“没事。”

也怪自己刚刚中了邪，竟然冒出要给他拿早餐的鬼念头。

人家助理早就安排好了，哪还需要自己殷勤献宝，弄不好又跟昨晚一样自讨没趣。

可这么多下属面前，自己唐突地跑出来，总不能什么事没有又回去。

思考三秒，花漾不动声色地把吐司塞到裤兜里，顿了顿，一脸贤妻地看着原逸：“没事，就是你领带有点歪了。”说着，她深情地举起双手，抚摸上了原逸的领带。

原逸：“……”

男人背脊微微一紧。

其实花漾根本不会打领带，现在的动作也是学着电视上那样，一手拉着领带，一手做着往上抽的动作。

她装模作样地扯了几下后，原逸忽然抓住她的手。

她一愣，抬起头。

男人面容清冷，垂眼睨着她，漆黑的眸里似乎有种难以言说的情绪。

花漾被看得有些不自在，缩回手：“干什么?”

原逸觉得花漾不是在给他系领带，倒更像是在给牛羊拴绳子。

他慢慢把已经顶到喉结上差点没勒死他的领结松下来：“你说呢？”

原逸上车后，身边的随行副总恭维又羡慕地夸：“原总，您太太真贴心，我家那位结婚七年了从没主动给我打过领带。”

“是吗？”

原逸很轻地扬了扬唇。

他不动声色地调整着被花漾扯乱的领带，想起刚刚她认真帮自己整理的样子，虽然动作狂野了点，但……

她身上香香的，呼出来的气息很好闻。

意识到思绪突然游离后，原逸马上清了清嗓坐正：“翟羽，把这次的流程表拿给我看看。”

原逸走后，家里趋于平静。

陶印印因为身体不舒服请了一天假在家休息，到底是年轻，身体底子好，加上家里上上下下地把她当公主供着，医生又左右陪护，不过半日就生龙活虎。

宋孜在这件事上也没有过多责怪花漾，毕竟原逸走前在她面前暗示过，她听得懂那些话的意思，虽然对花漾的家庭不是很满意，但既然儿子现在偏袒花漾，那她也没什么好说的。

总归儿子喜欢就好。

但经过这件事，宋凌更加讨厌花漾了。有时在厅里遇到，从她身边经过时都会故意捂住鼻子，生怕沾了花漾身上的穷酸味儿。

花漾懒得与她计较，毕竟原逸交代了——不跟她玩。

原逸出差的第二天，花漾陪着宋孜一起去医院看夏玉婵。

不知道是不是因为孙子结婚成家，老太太的身体奇迹般地恢复起来，之前那段日子，医生每天说的都是坏消息，一家人甚至都做好了最坏的打算。但现在每次去探病，医生都会告知她在一天天恢复的好消息。

宋孜一时高兴，也难得夸了花漾一句：“看来漾漾是奶奶的福星呢，你一来奶奶的病都好了。”

花漾喜欢夏玉婵，撒娇似的抱着老太太的胳膊，诚心地说：“只要奶奶病能好，要我做什么都可以。”

花漾在家也听外婆说过和夏玉婵年轻时的故事。

听说当时山里零下十多度，夏玉婵因为受着伤，不想拖累花漾的外婆，把全身行囊给了她，希望她一个人走出去。可花漾的外婆怎么都不肯，愣是咬牙背着夏玉婵一步步走出了丛林。

正是因为上上代这段弥足珍贵的友情，花漾才会对宋凌的挑衅一再容忍。

唯一宽慰的是，原逸虽然有时候比较冷淡，但在家里，他都会护着自己。

想到这儿，花漾算了下时间，原逸明天晚上就该回来了。

出差这几天也是挺有趣的，一个电话、一条微信都没有。

这个男人看起来对她冷冷淡淡，但有时候又偏帮袒护，不让任何人欺负她。

花漾看不透他，就觉得这人忽冷忽热，跟“精分”似的。

宋孜给夏玉婵削苹果，夏玉婵吃着吃着忽然问：“对了漾漾，原逸出差跟你联系了吗？”

花漾一愣，忙挤出笑，谎撒得相当自然：“肯定啊，我们昨晚还视频了呢。”

夏玉婵这才放了心：“那就好，你们过得好奶奶就开心了。”说着，她费力地坐起来，从盘子里叉了块苹果给花漾，“乖，你也吃一块。”

看着递来的苹果，花漾莫名鼻头一酸。

在农场时郭荷芝就是这样的，总是把切好的水果用小签子叉好了送到花漾嘴里。

来到海城的这些日子，花漾第一次在夏玉婵身上感受到了久违的亲切和温暖。

祖孙三代人正其乐融融，宋孜的手机响了。

是原逸打来的。

宋孜接起来：“是啊，我在奶奶这儿呢……奶奶挺好的，没事，别担心，嗯？你要跟她说话吗？”

宋孜笑着把手机给了夏玉婵。

这应该是很习惯的动作，看得出原逸每天都会给夏玉婵打电话，可今天不一样。

花漾来了。

夏玉婵拿到手机的时候顿了顿，童心未泯似的忽然起了俏皮的念头，把手机塞到花漾手里，用唇语道：“你接。”眼里还颇有一种“别不好意思，给他个惊喜”的暗示。

花漾握着手机像握着一块烫手的东西，左右为难。

刚才的恩爱都是她编出来的，现在要在婆婆和奶奶面前演出来，也太尴尬了。

可如果不接，又会引起她们的怀疑。

无奈之下，花漾咳了声：“喂？”

电话那头的人显然有片刻怔然，过会儿才说：“是你？”

花漾也知道两人根本没什么话好说的，尬聊下去只会惹人生疑，于是抱着早演早超生的想法害羞道：“是我呀，老公，我也来看奶奶。”

原逸手里的手机差点没因为这个肉麻的称呼掉下去。

“你……”

“是吗？嗯，我也想你了。”

“……”

“好，那你要好好工作，早点回来哦。”

“……”

压着鸡皮疙瘩说完那两句话，花漾赶紧把手机还给夏玉婵：“奶奶，原逸找您。”

夏玉婵见两个小孩恩爱的样子乐了，接过来说：“原逸啊，出门在外要记得经常跟漾漾联系，听说你们晚上视频，那不够的，你早上、中午、晚上，都要跟漾漾联系，知道吗？”

花漾偷偷抬了头，不知道原逸回答了什么，总之夏玉婵笑得很高兴——

得了，自己和原逸都是奥斯卡戏精学院毕业的就完了。

宋孜基本是全天在医院陪护夏玉婵，到了中午，花漾自己先回了原家。

回家的时候，陶印印正收拾东西要回学校，经过这一次生病，她先前有些圆润的小脸消瘦了不少，倒显现出了几分立体感。

换而言之——

花漾走上前夸道：“印印，两天没见，你变漂亮了。”

陶印印记着宋凌的话，不搭理花漾：“你别跟我说话，你就是个骗子。”

家里正好没人，宋凌约了人出去打牌，几个阿姨都在打理假山鱼池，花漾刚好无聊，便又逗她：“姐姐怎么是骗子呢，不信你看。”花漾送包里掏出一面镜子，“你看看，双下巴都没了，是不是变漂亮了？”

陶印印也是个经不住吹捧的，嘴上说不，眼睛却不受控制地斜过来。

好像……是瘦了那么一点儿？

“其实姐姐给你的秘方不是错的，只不过呢，苦瓜蘸醋是瘦身秘诀，美白秘诀就是用牛奶洗澡。”

花漾说得像真的一样，陶印印半信半疑地看着她：“你连牛奶都喝不起，哪来的牛奶洗澡。”

花漾：“因为我家养了奶牛啊。”

陶印印盯着她看了会儿。

也是，农村人嘛，养个牛啊羊的太正常不过了。

陶印印悄悄决定从今天开始泡牛奶澡，虽然接受了秘诀，但心里还是记着苦瓜的仇，对花漾的姿态放得很高：“我才不信，我去学校了，你别跟着我。”

看她撅个刺猬屁股去了学校，花漾又被逗笑了。

唉，唯一的乐子都走了，豪宅又变成了枯燥乏味的冷宫。

花漾回到卧室，拿出那天在艺术学院后门买的一套颜料和画板。

有些日子没画了，手的确有些痒。

花漾天性活泼外放，从来不是什么大家闺秀的性格，但或许是从小生活在大自然中，她对色彩十分敏感，大学学的是非常优雅的油画专业。

当花漾坐下来，安安静静地端着颜料盘画画的时候，你很难把她与酒吧里翩翩乱舞的辣妹妹联系起来。

下午快六点，夕阳斜挂天边，金色余晖笼罩在原家的院子里，假山和鱼池被镀上柔和光芒，鱼儿在池里戏水游动。

很美的画面。

花漾找了个很刁钻的角度，在假山的一处小洞处支好了画架。

接下来的半个小时里，她一直没有挪过地方，画板上慢慢呈现出如梦似幻的夕阳美色。

不是花漾吹，她上大学的时候，成绩在系里就是最好的，本想毕业后做个自由艺术家，环游世界，画自己喜欢的画。

可后来发生了自己把人打伤的事。

再后来被郭荷芝一气之下关在农场，修身养性。

再再后来——

她结婚了。

生活的轨迹总会出其不意地发生改变，但花漾心态很好，她一直相信，上天让自己走的每一步必然有他的安排。

画到一半，天边光芒渐敛，面前的景色也变得暗淡，花漾只好收起画板，打算改天有时间再接着画。

把东西都收回房里后没多久，她的手机忽然响了。

刚好是傍晚六点半。

花漾看到手机上的两个字的时候愣了下，似乎是有些不敢相信，可铃声一直不停，她才赶紧接起来。

她没说话。

那边的人倒是开了口："晚饭吃了吗？"男人的声音淡淡的，透着电波传来，带着温柔的磁性。

花漾咽了咽嗓子："准备去吃。"

"嗯，那去吧。"

就这样，本次通话结束。

花漾："？？？"

莫名其妙？

到了晚上十点左右，花漾正在床上看综艺，手机又响了。

还是原逸。

花漾有些迷惑："喂？"

"睡了吗？"

"准备睡了。"

"嗯，那睡吧，晚安。"

本次通话再次结束。

花漾："？？？"

这人什么毛病，掐着点儿来跟自己说那么几个字就挂是什么迷惑行为？

缓了半天，花漾才隐隐约约琢磨出了原因。

在医院的那通电话里，夏玉婵曾经叮嘱原逸："……你早上、中午、晚上、睡前，都要跟漾漾联系，知道吗？"

原来是上面下了命令，这会儿是在跟自己公事公办联系问候呢。

花漾骂了一句脏话。

以为原逸忽然良心发现知道家里还有个老婆，原来还是自己的妄想。

花漾关掉综艺，莫名有些烦躁，在手机里寻了一圈，到底没忍住给孟禾打去视频电话。

孟禾刚好在家没事，接了视频："怎么了宝贝，想出来玩了？姐妹现在马上给你组一个？"

花漾没什么心情："不了，你陪我说说话。"

"说话可以，"视频里的孟禾忽然抻长了脖子，好像要钻过来一样，"但你能不能先告诉我，你身后那个C家的浮雕玻璃杯哪儿来的？全球一共就两百个，你也有？"

花漾没注意杯子入了镜，她暂时还不想告诉闺蜜原逸的身份，于是随便搪塞过去："假的，我网上买着玩的。"

犹豫纠结了半天，她缓缓开口："宝贝，我告诉你一件事，你千万别跟其他人说。"

"嗯？"孟禾眼睛一转，"你还不信我？我保证谁都不说，说了是小狗。"

孟禾不保证还好，一保证花漾就想起这人大学时每个告诉她的秘密都活不过二十四小时。

算了。

花漾还不想自己明天就成为朋友们口中的话题人物，于是稍微改编了下告诉她："其实，我这次来海城是和一个男人相亲的。"

果不其然，听到这个消息孟禾炸了："相亲？对方帅不帅？快，照片发一张我看看！"

花漾的倾诉欲望瞬间被咋呼得退了大半，可眼下她又实在找不到第二个能交心的人。

无奈之下，她将就着继续："别闹，你先听我说，我觉得这个男的有点问题。"

孟禾马上严肃起来："你说。"

于是花漾把原逸这段日子的精分表现都模糊细节地说了一遍，孟禾谈过几次恋爱，经验丰富，听完后马上给她分析："你这个问题，有两种可能。"

花漾赶紧坐直，生怕自己听漏了什么。

"第一，你们都是被父母安排的，所以大家都还不熟，处起来有些束手束脚放不开。第二……"孟禾顿了顿，"你要了解清楚他是不是有喜欢的人，例如白月光啊青梅竹马之类的，如果有的话，人家就是在应付家长呢，你还和他处什么啊，趁早散了。"

一瞬间，花漾仿佛醍醐灌顶。

到底是没经验，她怎么就从没想过原逸有喜欢的人这个可能……

像是为了印证这种可能似的，花漾赶紧把原逸那些迷惑精分的行为又说了几件给孟禾听，正说到兴头上，视频忽然嘟一声中断。

花漾再打过去是忙线。

她猜想应该是孟禾有电话进来，所以虽然有些扫兴，但只能耐着性子等。

终于，一分钟后，视频电话又打了过来。

迫不及待地，花漾看都没看就按了接听。

画面接通，还没等对方说话，花漾就继续激动地对着空气吐槽道：

“我接着说，上次他没吃晚饭，我好心好意给他送草莓蛋糕，结果他竟然给我摆张冷脸爱理不理的，真的，我当时都想把蛋糕糊他脸上了，但我忍住了。宝贝你说我容易吗？”

手机那头的人沉默了两秒。

“嗯。”

“不容易。”

花漾是先闻其声再见其人的。

明明等着的是一个细尖的女声，不知道怎么突然就变成了一个低沉略带一丝沙哑的男声。

当看到屏幕里的那个人影时，花漾鸡皮疙瘩瞬间起了满身，被吓得差点抖掉手机。

“你……”

花漾揉了揉眼睛，确定不是闺蜜魂穿，是真的原逸本人打过来的视频。

疯了。

刚刚她一番激情辱骂岂不是全被他听到了？

花漾当即乱了思绪，茫然瞪着手机里的男人，嘴嗫嚅了几下也不知该说些什么，最后干脆挂了视频。

好像这样就把男人死死摁住了似的。

还好原逸也没有再打过来。

花漾心怦怦跳，背地嚼人舌根被抓了现行已经够尴尬的了，更尴尬的是说的还是自己的老公。

刚刚那种话，名门淑女是万万说不出来的。

花漾垂头丧气，恨不得抠了自己的眼睛，看都不看就接，这下完全不知道该怎么收场。

孟禾过了会儿打来电话解释，说刚刚手机没电了。

花漾叹一口气，这都是命，活该她背后说人是非。

想了一百零八种给自己解释的说法都行不通后，花漾看着天花板，反倒释然了。

有些话当面不好说，既然上天注定要用这种方式让原逸听到自己的心声，未尝不是一件好事。

她理直气壮，又没瞎造谣编排，那天的原逸本来就摆着一张欠打的脸。

而那边，被挂了视频的原逸坐在酒店的办公桌前亦皱了皱眉。

他那天，是不是的确有些过分了？

思索半晌，原逸往外打了一通电话。

第二天上午。

又是花漾睡得香的时候，阿姨在外面敲门："小太太，有人找您。"

花漾正在睡懒觉，早饭都没吃，因为原逸的关照，宋孜也睁只眼闭只眼，现在忽然有人来找她，她不得不爬起来："谁找我？"

在海城，除了那几个过来谋生的大学同学和马哲，花漾一个人都不认识。

阿姨回："是少爷公司的助理小姐，您快起来吧。"

"哎呀。"花漾不太乐意地嚷了声，觉得豪门事儿是真多，睡个懒觉都不顺当。

简单地洗漱了下，原本还想穿郭荷芝买的那些衣服，但想着是个女的，花漾犹豫了下，换了那天从恒泰买的一件水粉色蕾丝长裙。

这个颜色很衬肤色，显得特别贤惠淑女，花漾本就白，被这么一衬，皮肤更是白到发光。

她把头发随意扎了个马尾披在身后，怕客人久等，踩着拖鞋就去了楼。

客厅里，一个陌生女人坐在沙发上，双腿靠拢，手里捧着一杯咖啡，姿态很优雅。

宋凌在旁跟她说着什么，倒是难得对人露了笑脸。

花漾走过去，懒声懒调地打了声招呼："早，小姨。"

宋凌正笑着的脸蓦地一垮："早？都几点了还早？"

花漾懒得给她眼神，直接无视了她，就近坐在沙发上看向陌生女人："你找我？"

千夏面带微笑，站起身颇恭敬地伸出手："您好，太太，我是原总的助理千夏。”

又是助理?

还是个挺漂亮的助理。

花漾瞥了一眼，抬手递过去：“翟羽辞职了？”

千夏淡笑道：“翟羽跟原总在C城出差，原总有四个助理，每个人的分工不同。”

“这样啊。”花漾见世面了，点头，“找我有事吗？”

千夏：“和KR有过合作的各大品牌最近陆续给太太送来礼物，我按照原总的要求，今天统一拿来。”

花漾一时半会儿还没反应过来：“给我？”

旁边的宋凌嫉妒得眼睛都要冒火了，说出来的话酸了吧唧：“还不是看在我们原逸的面子上，不然你以为会有人白送你这些！”

“那也没见人家看在原逸的面子上给小姨您送啊。”花漾随口就怼了回去。

自从撕破了脸，花漾在宋凌面前也不装了。

果然，宋凌被怼了后脸上有些挂不住，碍于千夏在不好发作，便黑着脸找借口离开：“我还有事，先上去了。”

千夏：“好的，您忙。”

千夏的声音特别好听，清清脆脆的，像清泉流到了心里，莫名地甜。

花漾还挺喜欢这个助理，坐有坐相，站有站相，举手投足都像极了郭荷芝要的那种名门淑女。

花漾下意识地学她，把双腿也悄悄合拢，但两秒后就不自在地恢复了原样。

算了，她还是淑女不起来。

千夏看到花漾在打量自己，笑了笑：“太太，不如我去把东西送到您房里吧。”

“好。”

花漾原以为千夏说的所谓的礼物就是两三件，可当她看到千夏让三个男人从几辆车里陆陆续续往自己房里跟搬家似的运货时，她有些惊了。

“等等，一共多少件？”

千夏拿出手里的记事本：“给太太送来礼物的服饰品牌十六个，美妆品牌十二个，箱包品牌八个，其他类型品牌二十四个，共计礼物礼盒六十件整。”

花漾从小到大没收过这么多礼物，此时目瞪口呆地站在门边看人把礼物一个个运进去后，原以为已经结束了，千夏又说："还有一家顶级水疗美容会所给太太赠送了终身会员卡，原总让我带您今天就去体验。另外，原总还让我订了餐厅，今晚七点与您一起共进晚餐。"

"……"

前面那一大篇废话花漾都没怎么在意，最后那一句听得她扶了扶门。

共进晚餐?

他为什么要这么好心跟自己共进晚餐?

太突然了，无事献殷勤，准没好事。

思来想去，想来思去，花漾觉得还是跟昨天的激情辱骂有关。

最后的晚餐? 散伙饭? 还是男人心机的报复?

原逸会不会吃饭的时候忽然拿出一个草莓蛋糕："我给你带过来了，你糊一个试试。"

花漾不敢想了。

"可以不去吗? "

千夏笑："太太是指哪件事? "

花漾还没回答，千夏又说："美容可以改期，但和原总的晚餐已经定好，原总出差三天了，一定是想跟太太共度一个愉快的夜晚。"

千夏笑起来有两个小酒窝，又甜又软，弄得花漾都不好意思说"不"字，再说当着助理的面拒绝和老公共进晚餐，传出去不知道别人又会怎么想。花漾只能硬着头皮应下："好吧。"

千夏看了眼手表："那太太我们尽快出发吧，今天您要做皮肤和头发的护理，还有美甲、SPA 等。"

花漾脚上穿的是拖鞋，她说："那我去换双鞋。"

千夏却直接从刚刚送过来的礼物里拆开一个鞋盒："太太，这双很配您今天的裙子。"

千夏手里拿的是 J 牌的满天星系列，璀璨奢华，妩媚风情，走起路来好像徜徉在星辰银河里。

名媛圈都争抢的一款鞋，市价已经炒到了六位数一双，如今竟然主动送到了花漾面前，不用抢，不用订，不用炒。

花漾真实感受到了宋凌口中的"原逸的面子"有多大。

她小心翼翼地踩进去，六厘米的高跟，穿起来不是很习惯。

从前在学校里，花漾偶尔会穿高跟鞋，但被罚禁足农场后几乎习惯了平底鞋，甚至很多时候还赤脚水上漂，乍然穿这么高的鞋，第一脚差点没站稳。

千夏扶住她："太太小心。"

花漾走了几步才慢慢适应："没事，走吧。"

这一下午千夏也是尽职，把花漾带去某顶级美容会所做了一下午的 SPA 按摩、美容护发加美甲，最后走时还美美地做了个造型。

一头黑长发吹出性感柔软的波浪大卷，眼角红棕色眼影提亮肤色，透着温柔的诱惑，睫毛拉出卷翘的密影，唇上抹着带亮粉的豆沙色。

配上水粉色的蕾丝长裙，钻石珍珠耳环，头发散开的那一刻，花漾完全变身成了书中描写的那种豪门千金。

端庄大气，优雅迷人。

对着镜子，花漾都快认不出自己了。

"太太，您真漂亮。"千夏站在镜子后，发自内心地称赞道。

花漾不是第一次被人夸，可这次，就连她自己都有几分自恋陶醉。

这是个什么绝世美人儿啊!

趁千夏不注意，花漾赶紧拿出手机来了个自拍，拍完臭美地发给孟禾，正想酝酿五千字夸一夸自己，孟禾回："这是谁？"

？？？

花漾："你眼睛呢？"

估计孟禾又仔细地看了一遍，总算认出来了："宝贝你不会是哪个国家流落在外的公主吧？太美了太美了，你在哪儿？我要马上过来跟你合影！"

孟禾的吹捧极大地满足了花漾的虚荣心。

到底是顶级的美容会所，化个妆就跟换头似的，花漾第一次看到这样的自己也挺新鲜，没忍住，又自信满满地把照片发给了郭荷芝。

毕竟这就是郭荷芝理想中的自己，满以为亲妈会激动地一眼认出来，结果郭荷芝的回复更扎花漾心："发美女照给我干什么？"

花漾："……"

这母女关系太脆弱了，都经不起几笔眼线口红的干扰。

花漾："您不觉得这位美女长得有点像我？"

郭荷芝："你做梦吧。"

花漾："……"

过了会儿，郭荷芝又回：“哦，看了看是有点像，你用什么软件P的，我也下一个。”

花漾：“？？？”

花漾想删除好友顺带解除母女关系了。

她没回郭荷芝，郭荷芝的电话倒是打了过来。

好几天没联系，郭荷芝看到花漾打扮得这么漂亮，八卦心又熊熊燃了起来：“怎么，今晚要去约会？”

别的事没见你说得准，这种事倒是一说一个准。

约会……提到这两个字，花漾莫名有些耳热。

“算不上吧，就是原逸出差回来了，约我一起吃个饭。”

郭荷芝欢喜得很：“那你到时候和原逸一起拍个照给妈妈，你们来张合影，我也好发给你爸和外婆看，他们都想见原逸。”

郭荷芝这个要求对花漾来说有些为难，可对一个母亲来说，让女儿女婿合张影再正常不过了。

为了避免她起疑，花漾只能暂时答应下来，心想，合个影这么小的事，原逸应该不会拒绝的吧。

第四章

用面换啵啵 /

全部收拾完毕，临走前，沙龙美容师还给花漾喷了一点儿极具女人味的Diptyque杜桑，使得她浑身都散发着一种恬淡慵懒的花香。

如果用一句话来形容现在的自己，花漾觉得就是镀了金的孔雀，高贵极了。

坐进车里，千夏接了个电话，说了几句后挂断。

千夏："原总已经下飞机了，待会儿就会到餐厅与您会合。"

花漾："嗯，好。"

表面淡定如水，心却扑通扑通跳起来。

这一下午的氛围被营造得好像与喜欢的男生第一次约会似的，仪式感十足，紧张、忐忑，又有些兴奋期待。

可花漾马上又清醒似的摇了摇头。

呸，她才不喜欢他。

现在不过是两国之间的友好会面而已，走个形式，走个流程。

就算是塑料夫妻，也需要定时定点地做个样子。

离开美容沙龙，司机将车开到海城最高的世嘉中心，千夏预约的是楼顶的旋转餐厅，来的路上花漾查过，米其林大师坐镇，人均消费都是五位数起。

塑料老公还挺舍得花钱的。

到了楼顶，大厅传荡着悠扬的钢琴声，侍者们手持盘子穿梭走动，途经客人身边都会弯腰行礼，是个很有情调的地方。

千夏带着花漾坐在一处视角很好的地方，可以俯瞰整个海城夜景。

"太太，原总一会儿就到，我就先走了。"

"好。"

千夏走后，花漾看了看时间，六点三十五分，正好是晚餐时间。

原逸是算准了时间要和她吃这顿晚餐的吧。

大张旗鼓地花这么多心思，难道是被昨晚的自己骂醒了，内疚了？来赔罪了？

花漾忽地抿唇笑了笑。

她撑着下巴看窗外，私心对两人未来的关系有了一些好的期待。

其实认真说起来，原逸也不算那么渣。

或许就像孟禾说的，他们只是因为结婚是父母之命，所以相处的时候有些束手束脚呢？

应该是吧，花漾想。

等了十多分钟，六点五十，原逸没来。

又等了十分钟，还是没来。

七点了，花漾肚子都等饿了，正犹豫着要不要给原逸打个电话问问，原逸恰好打了过来。

看着号码，花漾嘴角不自觉地弯起来，回头在餐厅里寻他的身影，边看边接起电话：“你到了吗？”

那头的人顿了顿，低沉的声音在手机里响起：“抱歉，临时有些急事要处理，你自己吃完早点回家。”

原逸说完就匆匆挂了电话，甚至没等花漾问一句——

你是不是耍我？

我又是美容又是化妆被你助理带出来打扮了半天，临到饭点儿了你跟我说你有事来不了？

花漾握着手机一时没能回神，侍应生这时走到旁边，递上平板电脑：“您好小姐，可以点单了吗？”

花漾心中五味杂陈，失望、愤怒、难过、难堪……种种情绪一拥而上，将之前冒出的悸动一扫而光。

她现在只想疯狂地做些什么去报复原逸，胸口快速起伏着，忍着怒气给孟禾打去电话：“宝贝，我请你吃饭，带上小丽她们，就现在，世嘉顶楼旋转餐厅，你身边没吃饭的都可以带过来。”

孟禾满脸问号：“我吃过了，明天可以吗？”

花漾撂电话：“那没事了。”

她根本等不到明天，必须现在，马上发泄!

还好海城还有个认识的马哲。

马哲刚刚打完篮球准备去吃晚饭，接到花漾的电话：“蚂蚱，请你吃晚饭，你身边没吃的都可以带过来，我请客。”

马哲是被爷爷下过命令一定要时刻帮衬花漾的，只要花漾一个电话，说难听点，他就算是在上厕所也得马上提着裤子过来复命。

所以马哲问都没问，毫不犹豫地应下：“好! ”

他挂了电话，对着身边一帮准备一起去吃饭的兄弟道：“去吃饭吗? 旋转餐厅，我姐请客! ”

半小时后，马哲带着同学出现了。

花漾心里生着气，她今天不仅要吃，还要大吃特吃，刷爆原逸那张黑卡才解气, 所以当马哲带着一整个篮球队出现的时候, 她先是愣了下, 而后大快人心。

“全给我坐下，想吃什么就点什么! ”

因为来的是海城最高档的餐厅，马哲怕给花漾掉面子，特地带着整个篮球队回宿舍换了西装衬衫，一排花样美男整齐地走进来时看得侍应生一愣一愣的。

“现在的富婆越来越年轻了。”

“看来小姐姐喜欢高大威猛的，可惜我身高不够。”

“唉，我也好想吃软饭哦。”

马哲把同学们安排在别的餐桌上，自己单独陪花漾坐一桌，边吃边吹：“漾姐，你今天太漂亮了，我哥们儿刚刚都问我要你电话。”

花漾还没开口，马哲又献宝似的拍胸脯：“那我当然不能给了，不然姐夫不得打死我? ”

说着，马哲左右看看，很不知趣地问：“咦? 姐夫没跟你一起来吃吗? ”

真是哪壶不开提哪壶。

花漾拿叉子狠狠扎了一块牛排，冷漠道：“他死了。”

马哲：“……”

放纵地吃完晚餐，结账时花漾拿出原逸的黑卡：“刷! ”

侍应生看了看消费金额，怕日后产生纠纷似的，特地提醒花漾：“小姐，您今天一共消费了十五万六千零八块。”

花漾表情一愣：“才这么点? ”

侍应生：“……”

也是，吃个饭能有多贵，花漾想了想，想到一个砸钱快的地方。

她转身笑眯眯地对着一众花样美男道：“帅弟弟们，姐姐带你们转场继续玩呀。”

一帮人热热闹闹地打了几辆车去兰桂坊。

晚上快到九点，MIKO 酒吧正是上客的时候，这个酒吧是某明星开的，来玩的大多是海城的年轻人。

酒吧这种地方，门口都是成群结队的人，所以当花漾和马哲他们下车走进酒吧时，虽没有那么突兀，但一个漂亮女孩身后跟着十来个高大帅气的男人，画面还是吸引了不少人的注意。

来到大厅，花漾直接潇洒地喊客户经理：“三楼豪包来一个。”

经理看到花漾这身打扮就知道消费得起，马上堆着笑脸相迎：“V301，美女请。”

就在等电梯上楼的间隙，花漾的手机响了下，她瞥了眼，是原逸打的。

花漾直接按掉，顺便关机。

电梯这时到了一楼，花漾正要踏进去，忽然听到身后传来女孩尖叫的声音。

犀利的、刺耳的尖叫声，划破嘈杂的舞池。

花漾无意识地朝发出声音的地方看了眼，不看不要紧，一看却发现了一个熟悉的身影。

靠近舞池的卡座里，有几个女孩坐在一起，面前还围了几个男人。

男人们的神情一看就喝得不少，他们手里拿着酒杯，一看就是来撩妹的。

显然那几个年轻女孩不想搭理，因此才产生了纠纷。

这种事在酒吧里挺常见的，比如之前花漾把人打伤的那次，也是这样的情况。

花漾看着那个熟悉的身影，犹豫了几秒，还是掉头走过去。

马哲跟在后面，“怎么了姐？”

花漾边走边说：“家里的臭妹妹好像遇到麻烦了。”

马哲：“……”

今天是陶印印小姐妹过生日，说好了来 MIKO 开个小包，结果到的时候小包已经满了，几个女孩开大包又有些浪费，便挤了挤，坐在一楼的卡座。

女孩们刚坐下没多久，隔壁的油腻大哥就组团过来搭讪了。

相差了最少一轮年龄的男人，清纯女大学生们怎么可能看得上，自然也没给什么好脸色，加上油腻男们也有几分醉意，拉拉扯扯之间就吵了起来。

陶印印坐在外侧，油腻男第一个就对她动起了手脚，小姑娘在家是被宠惯了的，在外面哪能受这种气，狠狠地就推了油腻男一把："烦不烦啊，让开！"

这一推，激怒了喝醉的男人。

其中一个上来就要对陶印印动手，可手才举到半空中，就被另一只纤细柔白的手抓住了。

"干吗呢？"

花漾漫不经心地睨着，对付这种流氓完全是轻车熟路。

男人们看到又来了个美女，而且还挺带劲儿，不由得邪魅一笑："这个我喜欢，小妹妹，跟哥哥喝一杯，哥哥送你一个包。"

油腻男的手往花漾身上探。

陶印印虽然不喜欢花漾，但毕竟是自己的嫂子，就算看在哥哥的面子上也得护着，于是赶紧跳起来："别碰——"

她话还没说完，忽然看到花漾身后齐刷刷地站了一群穿黑西装的男人。

为首的那个更是上来一个过肩摔，把要流氓的男人制伏在地上："想啥呢，我姐缺你送包？"

陶印印被马哲的身手吓蒙了，卡座里几个小姐妹也都吓得不轻。

来找事的男人被这么一教训，再回头一看花漾仿佛带了一个团的打手，酒也醒了一半，夹着尾巴老老实实回了自己的卡座。

陶印印瞠目结舌地看着花漾，称呼马上就变了："嫂子，你怎么会在这儿？"

花漾瞄了几个姑娘一眼："过生日呢？"

陶印印的小姐妹也不知是哪里冒出来的女侠，哆哆嗦嗦点了点头。

谁知花漾转身勾了勾手："行，上来吧，我请客。"

陶印印和她的小姐妹："？？？"

就这样，请客的队伍又多了四个人。

领着陶印印的小姐妹和马哲的兄弟团来到豪华包厢，花漾直接跟服务员开口："拿你们这儿最贵的酒来，千万别给我省钱。"

说完，花漾坐到陶印印身边，似笑非笑地调侃："原来豪门大小姐也出来泡吧啊？”

宋凌要是知道陶印印上学期间来这种地方，百分百不会再让她住校，那就完全被困在笼子里了。

陶印印抿抿唇，小声恳求：“别告诉我妈。”

见花漾不说话，陶印印赶紧“上道”地给她倒满了一杯酒：“嫂子，求你了。”

花漾像揉刺猬一样揉了揉陶印印的脑袋。

嘁，让你奓刺，最后还不是给我摸了。

她接过来把酒喝完，算是答应了：“放心和朋友去玩吧。”

陶印印松了口气，看到花漾起身朝十大猛男的位置走去，心情复杂地看了几眼，没忍住，又叫住她：“姐姐，这些是你朋友吗？”

“嘘……”

花漾用食指按住自己的唇，靠近她耳畔压低声音说：“一人十万包的，帅吧？”说完还故意眨了眨眼，有种“我替你保密，你也得替我保密”的意思。

陶印印不敢置信地瞪大眼睛。

看着花漾离开的背影，她第一次发现，原来她这个嫂子打扮起来真的很漂亮——皮肤白，身材好，头发还跟丝绸似的，身上也香喷喷的。

只是，行为举止稍微江湖气息了些，比如——高跟鞋脱掉了，酒喝起来了，骰子摇起来了……

“一柱擎天！”

“比翼双飞！”

“六个六！”

陶印印在做心理斗争——

要么自己被骂不能住校，要么表哥被绿。

陶印印艰难地思虑再三，最终还是决定牺牲自己，小心翼翼地给原逸发了条短信。

KR 集团大楼 23 层 Tanna 的办公室，盛博和几个副总、执行企划都到了。

今晚的事来得紧急，众人已经提供了好几个方案，见原逸时不时看手机，盛博停下问：“你是不是有什么事？”

这一晚上，几乎每隔半小时，原逸就会收到一笔消费通知。

第一次十五万，第二次六十万，第三次五十多万。

虽然都是些小数目，但一晚上加起来也消费了百来万了。

原逸知道自己放了花漾鸽子，花漾可能是在故意花钱解气，倒也没说什么，可给花漾打电话，一开始不接，后面直接关机。

女人难哄。

生气的女人更难哄。

原逸淡淡地回了盛博一句：“没事，接着说吧。”

明晚 Tanna 承接了一场大秀，早前所有安排都已经到位，可就在今天，两个略有名气的模特因为续约问题没有谈拢，竟然带着几个小模特拿这场秀做要挟，说是身体不舒服，可能参加不了了。

临演出不到二十四小时了，一旦出现模特罢演，后果无法预计。

盛博虽然是 Tanna 的总监，但这样棘手且紧急的问题，只能让原逸出马解决，所以原逸一下飞机就被他叫来了公司。

从没有人能威胁到原逸，即便是最 Top 的模特也一样。

这个圈子也从没有离了谁就不能走的秀。

原逸当即让法务部给那两个模特出了解约合同，并联系了在国际上知名度更广的超模卫语蓝，用私人交情换来了这场走秀。

卫语蓝很少在国内露面，明晚空降必然会引起轰动，热度可以预见地暴涨，品牌当然也乐见其成。

只是临时更换模特需要调动很多事，房里一众人正商谈着，原逸忽然收到一条微信，是陶印印发来的。

“表哥！ MIKO 酒吧三楼 V301 豪包，嫂子和一群男人在这里！速来！”

原逸皱了皱眉，以为是陶印印的恶作剧，可他翻消费记录仔细一看，果然，后两笔支出都是在某酒吧内产生的。

安静了几秒，他站起来：“我去办点事。”

盛博早看出他这一晚上都不是很专心，便跟上去：“我陪你。”

两人驱车来到 MIKO 酒吧，这片灯红酒绿的地方，原逸并不陌生。

新婚夜当晚，他就是在这里看到的花漾。

从那时候开始他就知道，两个人在彼此面前演戏，都不过是为了满足彼此家庭的愿望。

他走到陶印印说的豪包，推开门。

里面乌泱泱的一片人，唱歌的唱歌，喝酒的喝酒，视野虽黯淡不清，但原逸还是很快从一堆人里看到了坐在中间的花漾。

她的皮肤实在太白了，在昏暗的灯光下尤为明显。

原逸的脸色略沉了下来。

盛博在旁一脸蒙：“这谁的局，有点嗨啊……”

花漾正和马哲、陶印印的小姐妹玩游戏，快活得很，桌上堆了好几个空瓶，在场所有人脸上均有了醉意。

只有陶印印还倔强地坐在角落保持着清醒——一定要坚持到表哥来为止！

所以当她看到原逸终于出现后，激动得热泪盈眶，手指过去：“哥！你快看他们！”

原逸一言不发地走到花漾面前，她坐在一堆帅哥中间，面色微醺，两颊微红，像个熟透的桃子。

他只是看了两眼，伸手抱起了她，然后对陶印印道：“印印，把鞋子拿上。”

陶印印赶紧提上花漾的六位数高跟鞋。

一群人本来在玩纸牌游戏，忽然被人抱起，花漾迷迷糊糊地问：“谁啊？”

马哲也醉醺醺地抬起头，发现冒出个陌生男人抱着花漾，马上高度警觉地拦住不让走：“你给我松手，你谁啊抱着我姐？”

“那你是谁？”

“我是她弟！”

原逸撇开马哲放在花漾身上的手，声音在聒噪音乐声里显得清淡又冷硬：“我是她老公。”

花漾今天喝得不少，原逸把她抱起来都还是迷迷糊糊的，还以为抱自己的是马哲，反手上去就往他胸口拍了一掌。

“谁允许你抱我了。”

但或许是因为喝了酒，她没多大力气，反倒像故意撩了下似的。

原逸稍用了点劲按住她：“别动。”

花漾一听，哟，喝了几杯酒啊，这小子就敢跟自己玩霸道总裁这一套了。

她才不吃这一套，顺着胸口胡乱摸到了原逸的领带，一手扣住往前拽，发出羊式警告：“臭弟弟，在姐姐没有生气之前，最好赶紧放我下来。”

花漾的动作幅度有点大，几乎把原逸拽到了自己面前。

温柔香气扑面而来，两人的唇也因为惯性而有了一秒的快速接触，后又因为花漾的后仰而离开。

原逸顿住，呼吸微滞，对上女人漂亮迷蒙的眼睛。

虽然只是短暂的、轻轻擦过的意外，可他竟记住了那一瞬的触感。

很软，很……勾人。

可原逸并不想承认这一点。他试着忘了刚刚那个不到一秒的吻，刚好跟在旁边的盛博笑了出来：“臭弟弟？你们是在扮演什么奇怪的角色游戏吗？”

原逸从思绪里抽身，抱着人低头匆匆离开包厢。

夜晚的酒吧灯光迷离不清，从电梯到停车场，倒也没人认出原逸。

平稳地把花漾放到车里扣上安全带，原逸才关上车门。

他脱了西装外套，松了松被花漾扯得歪斜的领带，盛博一直靠在车边看，边看边笑：“这就是嫂子？”

原逸不想跟他解释：“卫语蓝那边你继续跟进，我先回去了。”

盛博耸耸肩：“好。”又看了车里一眼，对原逸竖了个意味不明的拇指。

原逸懒得理他的调侃，临上车前从陶印印手中拿走花漾的高跟鞋，又看了眼她，低声说：“这周回来了我再跟你算今天的账。”

一直等着表扬的陶印印：“？”

不是应该奖励她一大笔零花钱或者一个限量的包什么的吗?

这种无情无义的表哥，就该给他戴绿帽子!

回去的路上，花漾开始还迷糊着闹了几句，到最后估计是也玩累了，倒在原逸这一侧闭上眼睛睡着了。

她的身体轻轻挨着原逸，无声地传递着自己的温度。

原逸一动不动，开始想把她推回去，可才伸手她就不耐烦地把他摁了回去，顺便还抱住他一只胳膊当枕头。

他顿了顿，深吸气，算了。

谁让自己放鸽子在先。

于是他就那么保持着被花漾扣住一条胳膊的姿势，开车回了家。

到家后，原逸把人从车库抱到房间，拧了条毛巾擦干净脸。

花漾躺在床上，长发微乱地揉在一起，睫毛很长，睡着的样子安静而温柔。许是睡得不太安稳，她眉头轻轻蹙着，时不时翻个身，嘴里咕哝着好像在唱什么。

原逸听了好几遍才听清她唱的内容：“原逸不要脸，原逸吃便便。”

原逸：“……”

就在这时，手机突兀地响了起来。

铃声打破了安静，也打扰了花漾，她皱了皱眉，抓起身边的枕头扔出去：“别吵！”

枕头不偏不倚，刚好朝原逸站着的方向飞过来。

他一把接住，发现跟着枕头一起飞出来的，还有一块从未见过的红布。

两样东西拿在手里，原逸顿了顿，不觉轻哂摇头。

这种场面他生活了二十多年从未遇到过，这个女人更是超乎自己想象之外的率性随意。

铃声持续在响，原逸有些无奈，只好放下枕头，从花漾包里翻出她的手机。

是郭荷芝打来的。

一声接一声，原逸犹豫片刻，走去窗口接起：“喂。”

听到是个男人的声音，郭荷芝愣了下：“原逸？怎么是你接的，花漾呢？”

原逸回头看了眼床上睡得香甜的女人：“她睡了。”

“睡了？难怪我发微信找她都不回，不是说今晚跟你一起吃饭吗？她还答应了拍你俩的合影过来给外婆瞧瞧，结果一晚上没信儿，我还以为你们小两口闹别扭呢。”

原逸不知道要合影给外婆看的事，他垂眸，无意识地转着手里的婚戒：“没有，我们很好，吃完晚饭回来她说累了，就先睡了。”

安抚好郭荷芝，原逸挂了电话。

重新坐回床边，看着仍呓语不满的女人，原逸似乎有些明白了她今晚宣泄情绪的原因。

这一觉，花漾直接睡到第二天下午五点。

她做了个美梦，梦里原逸一改往日的高冷，各种贴着自己，自己走哪儿他跟哪儿，还臭不要脸地深情告白“老婆我爱你”这样肉麻的话。

花漾终于扬眉吐气，抓住了机会，马上无情拒绝了他。

当初的我你爱理不理，现在的我——对不起，我很高贵，是你不配。

滚吧！

这个梦做得太爽了，爽到花漾根本不想醒来，正准备在梦里把原逸绑起来凌辱时，原逸忽然对她说：“醒醒。”

不，花漾才不肯醒。

你给我闭嘴。

可声音由远及近，由空灵逐渐变得真实。

“醒醒。”

花漾睁开了眼。

突然重回现实世界，她一时没能回神，看着四方天花板，还沉浸在刚刚的梦里，忽然，冷不丁的声音从旁边传来：“终于醒了？”

花漾迟钝地反应了几秒，一个激灵惊醒。

她稍一侧身就看到站在床边正看着自己的原逸。

他什么时候站在这里的？怎么一点儿声音都没有？

所以刚刚真的是他在喊自己？！

原逸穿戴齐整，正扣着袖子的袖扣，看上去好像要出去，语气清清淡淡：“做什么梦了这么高兴，我看你一直在笑。”

“？”

天，她竟然开心到笑出来这么夸张了吗？

花漾忙心虚地捂着嘴，背过去不看他：“没什么，就梦到你破产了，在街上要饭。”

原逸：“……”

自己放了个鸽子，这女人又是刷卡又是诅咒自己破产的。

“我破产了，你还能眼都不眨地喝几十万一瓶的酒？”

花漾听完一笑，正想送他一句狂妄自大，可话到嘴边，她忽然后知后觉地get到了关键词。

酒？

几乎是一瞬间，花漾从宿醉里苏醒过来。

昨晚和马哲他们在MIKO玩的画面也逐渐碎片化地浮现出来。

花漾头皮凉了，低头一看，自己穿着的还是昨天出去玩的那件水粉色蕾丝裙。

她似乎意识到了什么，有几分不敢相信，却还是抱着一丝希望地看向原逸：“我是怎么回来的？”

原逸淡淡睨过来：“你说呢？”

“……”

明白了，希望破灭。

安静的房里，花漾捧着脸默默缩进被子里，全身交织着一种茫然无措、无颜见人，甚至还想把自己就地埋起来的冲动。

她喝醉酒是什么样，自己再清楚不过。

最近的一次，大概就是非要给家里的羊剪毛，最后薅了一晚上，薅出来的造型直接让羊抑郁。

演了这么久的淑女，这次终于人仰马翻。

花漾从被子里探出头：“我……”她努力地想要解释点什么，“我其实……”

可原逸似乎没什么兴趣听，他扣好衣袖，平静地往外走：“我现在有点事要出去，昨天的事等晚上回来再说。”关门前还特意叮嘱一句，“你最好在家躺好，别再到处乱跑。”

直到关门声落到耳里，花漾还有些蒙。

原本被放鸽子自己是底气十足的，可一场冲动的报复，把假淑女的本性给暴露了不说，自己反倒成了没理的一方。

也不知道原逸是怎么想的，他会告诉郭荷芝吗？晚上回来要说什么？

花漾有点乱，心里毫无头绪，想了想，给军师孟禾发了条消息：“在哪儿？我又遇到了点问题。”

海城艺展中心，今晚，著名设计师品牌 Uro 的秋冬高级成衣大秀将在这里进行。

这场秀由 KR 旗下的 Tanna 承接举办，因此原逸和盛博都会出席。

艺展中心场外红毯熠熠，人头攒动，一拨拨身着华服的身影在媒体面前站定接受采访，无论是从哪种渠道得到的邀请卡，今夜大家都是时尚圈的人。甚至不少明星的通稿在活动开始之前就已经发出，“时尚宠儿”“品牌特邀”各个标签贴得不相上下。

一般来说这样的品牌大秀能受邀参加的要么是娱乐圈和时尚圈的流行明星，要么是投资合作方的金主爸爸，像孟禾这样的十八线模特根本拿不到邀请卡。

她靠朋友混了个工作证，顺便把找她排忧解难的花漾也叫了过来：“天大的事先陪我看完这场秀再说，这里帅哥多着呢，随便挑一个，甩了你那相亲对象！”

花漾跟着孟禾混在人群里，心想指不定原逸已经在计划要甩了自己了。

孟禾边走边拽她：“看到没有？那个是你偶像，*Marver* 的总编 Sherry lee。还有那个，Tanna 的总监盛博，死活卡着一厘米不让我进的魔鬼。还有那边，博主 Koka，哇，真的好多人！”

换作平时，能看到这些时尚界的代表人物花漾肯定也很激动，但今天她心思都在自己翻车的事上，整个人完全心不在焉。

花漾正走神，入场处忽然传来此起彼伏的快门声和略显沸腾的嘈杂声，像是来了很重要的人物。

孟禾也莫名激动起来，猛拽花漾袖子：“快看谁来了！”

花漾下意识地去看孟禾指的方向。

被无数人簇拥着走来的男人身着笔挺黑色西装，眼眸低垂着走近，气场肃然清冷，在周围人和闪光灯的衬托下，油然而生一种与生俱来的尊贵感。

花漾心猛地咯噔了一下。

他怎么也来了？

可很快花漾就懊恼地捶了捶自己。

她太大意了，这样的时尚盛事，原逸怎么可能不出席。

花漾的视线跟随原逸移动，直到男人在正前方的 C 位坐下，眼睛不经意一抬，正好朝她的方向看过来——

虽然隔着几重人海根本不可能看见，但花漾还是快速闪到了孟禾身后。

孟禾：“你干吗？”

花漾心虚地捋了捋头发：“没，那边灯光太刺眼了。”

她们站在秀场最后排的角落，一人挂着一张工作证，完全没有引起别人的注意。后排两个三线女明星聊的八卦零散传到了花漾耳朵里——

“原总怎么一个人来的，他那老婆见不得人吗，就没露过脸。”

“谁知道啊，对了，听说 *Marver* 十周年的封面给了卫语蓝。”

“卫语蓝从不走国内品牌的秀，今天肯来救场，给个周年封也正常吧。”

“资源互换呗，我猜卫语蓝也没少上原逸的床。”

两个女明星窃窃笑着，孟禾鄙视地看了眼身后，自言自语道：“这俩糊咖瞎说什么呢，原逸是出了名的不近女色，多少模特主动送上门都不要的。”

说着，她又凑到花漾耳边小声八卦："不过我听说那个卫语蓝好像是有点贴原逸。"

花漾上齿轻轻咬着下唇，平静地答："哦。"

开场后，灯光渐暗，秀准时举行。

原逸大部分时间都是在看画册，偶尔会抬起头来看一看走过去的"几款衣服"，细碎夸张的光影打在他脸上，他眼神幽淡平静，坐在喧嚣之中，浑身都透着一种强烈的距离感。

但饶是这样难以靠近，周围的名媛、模特、女明星们都还是在暗自翘首打量，就算只有1%的机会，她们都希望能与这个手握时尚界无数资源的男人说上两句话，哪怕只是得到他一个眼神都可以。

孟禾看到花漾一直在看原逸，揶揄道："那个是极品，你就别打主意了，再说人家也结婚了。"

花漾怔了下，看向其他地方："喊，我才不稀罕。"

正说着，现场忽然爆发出小小的轰动声，花漾朝舞台看过去，发现是卫语蓝出来了。也就是刚刚三线女明星口中，那个即将登上*Marver*十周年刊封面的女人。

卫语蓝是国际超模，也是这场秀的闭场模特，她身穿设计师主打的繁花系列廓形外套，九头身身材很惹眼，仙气十足，跟之前那些普通模特走在一起，气场瞬间拉开了一大截。

台下闪光灯噼里啪啦一顿快闪，都捕捉着这位国际超模的魅力。

花漾从卫语蓝一出场就目不转睛地盯着，她也不知道自己为什么要盯，但就是想印证一下刚刚那两个三线女明星的话，想看看卫语蓝会不会当场对原逸来一个眉目传情。

结果就是——

什么都没有。

卫语蓝全程专业地走秀，直视前方，原逸全程看画册，偶尔和旁边的人说着什么。

两人眼神没有一丁点的交流。

虽然知道这样的场合本就不可能出现自己脑补的那些画面，但花漾还是对着卫语蓝下台的背影在心里轻轻地哼了一声。

随着卫语蓝的闭场演出完毕，秀也圆满结束。

花漾和孟禾随人流离开现场，走出会馆才发现外面竟然下起了暴雨。

夏末秋初的天气本就不定，这会儿一场雨落下来，也不知什么时候能停。

场外的红毯被打湿，一大堆人挤在入场处，嘉宾倒是陆续有座驾接送离开，留下的多是没车的工作人员和十八线网红嘉宾。

花漾也可怜巴巴地站在门口躲雨。

她出门的时候穿的是一件很单薄的短裙，这会儿温度转凉，风携着雨滴偶尔溅到肩头，她抱着自己阵阵发抖。

本就在下雨，又赶上大家一窝蜂地叫车，花漾打滴滴最快也要等二十分钟，还不一定有。

孟禾打了好几个朋友的电话，最后宽慰花漾："我一个朋友刚好在附近，她马上过来接咱们，不过是辆 polo，有点挤。"

正说着，会馆侧面的停车场方向依次开来三辆黑色轿车。

三辆车齐刷刷划破氤氲雨幕，最后并排停在红毯中央。雨丝打在车上，车灯在雨雾中安静闪着，中间的那辆黑色宾利慕尚显得神秘又显赫。

众人目光都被吸引了过去。

孟禾边看边酸唧唧地说："又是哪个名媛的座驾来了，派头还不小，三辆呢。"

花漾也朝车的方向看过去。

前后车上相继下来两个人走到中间的宾利后车门处，一人站一边，开门的开门，撑伞的撑伞。

顷刻，车里下来一个男人。

男人宽肩窄腰，穿着黑色笔挺西装，伞檐微微下压挡住了他的面貌，可就算只看到他的身体，花漾也一秒就认出——那是自己偷看了一整晚的便宜老公。

旁边的人都窃窃私语起来：

"谁啊？好帅。"

"这是刚刚的男模队？"

孟禾也疑惑地看自己身后："怎么朝我们这儿走过来了？"

眼看着原逸步步走近，边走还边单手解着西装扣，花漾的心几乎已经跳到了嗓子眼，她不知所措地想要后退，脚却跟扎了根似的，怎么都迈不开。

她异常清楚地认出在原逸身旁撑伞的是翟羽。

他们身后还有三个男人，打着清一色的黑伞，一步步靠近。

直到最后，一行人全部停在花漾面前。

众人几乎屏息看着这一幕。

男人的正脸终于从伞檐下隐隐露出来，漆黑的眸子藏了些许光亮，他睨着冻得瑟瑟发抖的花漾，把解开的带着余温的西装披在她身上，淡淡地说："上车。"

在场的每一个人都迅速认出了那张脸。

刚刚聚光灯下还清冷矜贵，对周围各种示好的女人都无动于衷的时尚圈大佬突然出现已经很震惊了，更震惊的是他竟然脱下了他那件手工西装外套给一个女人！还带着她上了自己的座驾！

吃瓜群众惊到甚至都来不及拿手机拍照，等花漾坐进车内，大家才反应过来。

"我的天，那是原逸吗？是吧？是我认错了？"

"你没认错！我疯了，那女的是谁？你们有拍到正脸吗？"

"我只顾着看了，没拍啊！"

"呜呜呜，只看到了一个背影，好瘦好白！"

刚刚还被暴雨弄得有点烦闷的女人们几乎瞬间炸了，纷纷猜测这一定就是原逸那位金屋藏娇的新婚老婆。

众人议论纷纷，方柔站在后排，心里也起了一丝涟漪。

方柔今天原本是没有资格走这场秀的，她才进公司，论资排辈都轮不上，可或许是足够幸运，因为那两个模特被原逸取消了资格，她身材好，加上之前在宁园公馆给盛博留下的三分印象，其中一个替补的名额就落到了她头上。

走秀的时候方柔在台上看到了原逸，她心情很激动，哪怕活动结束倒霉地遇到了暴雨，和那些观众挤在一起等雨停，她也觉得是值得的。

可现在……

方柔的视线一直落在汽车开走的方向，眼中淡淡染上几许落寞。

她真后悔刚刚没有看清楚那个女人的模样，但光是看打扮，似乎不像是什么名媛千金，倒更像普通女孩，个子也不高。

方柔忽然又宽慰了些，自己也并不是完全被比下去了。最起码，她有让整个公司模特都羡慕的比例，有男人们都爱的身材。

方柔手里的包是从二手店里买来的爱马仕红色 lindy，虽说只花了不到三万，但这已经是她消费能力里最大的奢侈。这个圈子没有名牌傍身无法混下去，人人都爱时装华服，都爱纸醉金迷。

而她，也在努力朝最高处爬着。

看着车子消失的道路尽头，方柔握紧了包带，眼里露出一种从未有过的坚定。

车上。

原逸心里其实是有些不悦的。

本想配合演一出视而不见，可当看到外面下那么大的雨，花漾抱肩缩在路边等车的样子，心里不知道为什么又软了下来。

两人从上车起就各坐一边，原逸在右侧，花漾紧挨着车门缩在一角，中间隔着很大一段距离。司机老秦偶尔从后视镜里看一眼，大气不敢出一声。

花漾身上披着原逸的西装，车里隐隐弥漫着淡淡的海洋香调，带着一点儿凉意。

她心里有点虚，昨天喝酒被抓到的事还没完，今天又不听话地偷跑出来。

许久没有人先开口，花漾抿抿唇，打算用余光探测一下原逸此刻的表情，刚把脸掉转了 30 度，一阵手机铃声突兀地响起。

是孟禾打来的。

花漾能预见闺蜜此刻的八卦之心，毕竟刚刚在她身上发生了“我崇拜的大佬居然当着我的面带走我的闺蜜”这样的魔幻事件。

这电话要是接了，没半小时出不来。

所以花漾果断地挂了。

孟禾倒是识趣地没有再打来，但她接连发来了五段语音。

花漾：“……”

考虑到现在的环境，花漾小心按在第一段语音条上，打算转化成文字，看看孟禾说了什么。

谁知道是不是老天故意整她，花漾手一抖，稍微碰了那么一下，孟禾惊天动地的声音就从手机话筒里炸了出来——

“之前你说的那个不大正常有点精分的男人难道就是原逸？”

花漾蒙了半秒，大脑一片空白，手忙脚乱地去按手机。

但是已经来不及了。

她扭头，对上男人漆黑幽深的双瞳。

原逸静静地看着她。

最怕空气突然安静，最怕闺蜜突然的关心。

花漾也是个反应神速的，当着原逸的面拿起手机，义正词严，态度诚恳地对孟禾否认三连：“当然不是，怎么可能，你听错了。”

原逸淡淡扫了她一眼，像是懒得理这种女人之间的秘密八卦似的，收回视线，没再说话。

气氛再次回归之前的沉默冷淡。

过去了两三个红灯，花漾实在受不了这种令人窒息的氛围了，忍不住主动解释道：“我一个人在家无聊，所以出来玩玩，不行吗？”

是啊，不行吗?

她又没给他戴绿帽子，犯得着这么凶吗?

再说了，昨天他放鸽子的事还没完呢。

原逸听了她振振有词的话，转头看着她。

花漾能看出他的脸色不是很好，似乎是有些生气，正等着他说话，坐在副驾的翟羽忽然接了个电话，几秒后，他转过来：“老板，是卫小姐。”

原逸临到嘴边的话又咽回去，他看着花漾，像是平复了几下情绪才收回视线。

他淡淡地接过电话。

花漾不知道对方说了什么，原逸只寥寥回了三句话：

“嗯。”

“不用了。”

“辛苦。”

虽然没听到什么过界的话，但这个电话至少印证了刚刚在秀场花漾听到的那些小道消息是有几分真的——原逸和卫语蓝私下是有来往的。

花漾一直都知道这个圈子不单纯，像原逸这种身份地位的男人从来不缺女人往上贴，两人算是闪婚，自己对他的过去没有一点儿了解，也不知道他和这个卫语蓝到底什么关系。

想到这儿，花漾莫名有些不爽。

卫语蓝的电话挂断，原逸重新转向花漾，把刚刚没说完的话说出来：“你为什么这么任性？”

花漾一愣：“？”

任性?

他接完超模的电话，转头就说自己任性?

雨滴不停打在车窗玻璃上，车内安静无声，花漾看着原逸几秒，忽然拿开披在身上的外套，使劲扔到原逸身上：“没错啊，我就是这么任性，我不仅任性，我还贪玩，你昨天还没看清吗？”

司机老秦和翟羽听到了后面的动静，两人连呼吸都是小心翼翼的，恨不能当场隐形，生怕打扰到他们。

原逸也因为花漾的举止怔住，不知道她突然的敌意是来自哪里，但自己的司机和助理都在，他不想在旁人面前多说，便将情绪压下来，没再说下去。

两人一路沉默着到了碧江澜庭。

下车后，花漾独自闷头走在前面，气冲冲的，走得很快，原逸也没拦她，独自跟在后面。

先一步到了家，花漾才发现宋孜不知什么时候站在了门口，看上去正准备敲门。

看到花漾突然从外面回来，宋孜似乎愣了下：“漾漾，原逸不是说你身体不舒服在家休息吗，你怎么……”

宋孜看着面前精气神十足的儿媳妇，缓了缓，顿时感觉受到了欺骗：“今天睡了一天的觉，原逸还说你感冒了，不舒服，连班都没去上在家守着，结果你倒好，从哪儿玩完回来的？”

花漾也有些措手不及。

什么感冒？什么身体不舒服?

她怎么不知道……

花漾不知怎么回答，幸好原逸这时赶到，很自然地上前解释道：“妈，晚上有个活动，所以我让她陪我一起去了。”

宋孜有些生气地看着儿子：“我不知道你一天到晚在干些什么，一会儿说她病了不舒服，一会儿又生龙活虎地出去应酬，也不知道哪句真哪句假。”

宋孜没眼看，碎碎念着离去："一点儿规矩都没有，你就护着吧！"

宋孜离开，剩阿姨端着一盅汤站在那儿。

花漾从头到尾不知道发生了什么，但被宋孜这么说了过后，她好像懂了。

这里不是农场，自己一觉睡到下午五点，宋孜那边，必然是原逸去解释过了。

总不能说老婆喝醉酒在家睡觉，所以用了感冒不适的理由。

难怪原逸临走前要她好好在家躺着，可她什么都不知道，跑出去现在被宋孜捉到，白白害原逸被骂一顿。

阿姨把汤端给花漾："小太太，这是太太亲手熬的，您趁热喝吧。"

花漾讷讷地接过来，想跟原逸说点什么，可男人一言不发地越过她打开了门。

花漾咬了咬唇跟进去，却见他一脚进了书房，紧接着关上了门。

真是无情。

花漾也不是没良心的人，知道原逸其实是在帮自己擦屁股，还没去上班在家守了自己一天后，心里多少有一点儿愧疚。

她想去找原逸道个歉，可一时之间又拉不下那个脸，想着总得找个什么理由。

就在思考的过程中，香气逐渐蔓延在客厅里，花漾打开阿姨送来的汤，是松茸猪骨汤，营养又美味。

她端起汤咕噜噜地喝，只是一盅的量也不多，喝了两口就见了底。

花漾一天没吃东西了，晚上去见孟禾前也是满脑子想着自己在原逸面前翻车的事，没顾上吃饭，现在喝了几口汤，倒把饿过头的胃唤醒了。

胃发出要求投喂的强烈信号，可花漾左看右看，没办法。

想过叫个外卖，可是碧江澜庭管理严格，除非业主许可，外来人员不得入内。

又想过自己去餐厅让阿姨帮忙做点吃的，可是一想到有可能碰到婆婆，那还不如不吃。

想了一圈，花漾的视线巴巴地落到了不远处的书房。

这个时候，似乎只能求助书房里的老公了。毕竟宋孜和原逸比起来，还是求原逸能接受一点儿。

而且如果原逸答应了她，刚好可以趁这个机会给自己搭个台阶，和他道歉。

敲定了计划，花漾起身，蹑手蹑脚地走到书房。

在门外听了会儿，打了好几次退堂鼓，都还是没能打败饥饿带来的痛苦。

厚脸皮也就这一次，吃饱要紧。

花漾深呼吸，做好充足准备要敲门后，门突然开了。

原逸站在面前，看着举着一只手的花漾。

四目相对，花漾被吓了一跳，往后退了两步：“你干什么？”

原逸：“？”

“这话难道不是我问你？”

冷静几秒，花漾反应过来，话却不那么自然起来：“哦，我就是过来看看，你有没有什么需要我帮忙的。”

原逸敛眉：“没有。”

他是出来接咖啡的，说完便往外走。

花漾见他离开，准备好的计划都打乱了，忙追上去说：“那个，晚上是我错怪你了，可我也不知道你帮我撒了谎啊，你以后提前跟我说，我才能配合嘛。”

原逸蓦地一顿，侧眸：“还有下次？”

花漾赶紧捂住嘴：“没有。”

原逸没再说，朝咖啡机的位置走过去。

花漾眼看各种机会都跟原逸接不上话，干脆心一横，闭着眼睛一股脑倒出来：“其实是我饿了一天没吃东西，但我不想去餐厅，怕你妈又说我。”

剩下的一句“你能帮我去弄点吃的吗”她没说，她觉得原逸能意会。

原逸当然能意会。

他接了咖啡，转身，面无表情地丢下四个字：“那就饿着。”然后错身从花漾身边离开，重回书房。

“嘭”的一声，关上门。

花漾：“……”

她不敢相信地看着书房发出羊式咆哮——这是什么男人!

她都道歉了啊。

他还是个男人吗?

花漾气到半晌说不出话，顿了顿，转身也回了卧室。

不帮就不帮！大不了饿一晚上，还能饿死她不成?

学他的样子，花漾也“嘭”一声关了门。

这回别指望自己再理他，虽然这次是自己无心造成了过失，可事情的缘由还不是他放鸽子？他才是始作俑者，万恶之源！

不知者无罪不懂吗？

渣男！

花漾盘腿坐在床上，左思右想，右思左想，还是觉得有必要给原逸一点儿震慑和威胁看看。

于是她打开朋友圈，报复性地发了一条动态——

有小哥哥现在请我吃碗面吗？一碗面换一个啵啵哦。

花漾当然不会公开这么发，她故意设置只对原逸可见，就是想气气他，给他一种绿帽子随时从天而降的紧迫感。

发送完毕，花漾觉得神清气爽多了，正想接杯水润润喉，门外有人敲门。

她走出卧室，看到书房门还紧闭着，咕哝了两句，去开大门。

来的人是张姨。

“小太太，您要的牛腩面，少爷交代煮清淡点，您看看合不合适？”

花漾：“？？？”

她大脑迟钝地反应了下张姨的话：“少，少爷交代？”

张姨点头：“对啊，刚刚少爷打电话来让我给您煮碗面，怎么了？”

花漾：“……”

想起自己发的那条朋友圈，花漾啊地叫了声，几乎是飞起来冲到卧室拿起手机，准备删除犯罪证据。

可打开朋友圈，花漾手一抖，傻了。

羊羊：有小哥哥现在请我吃碗面吗？一碗面换一个啵啵哦。

这条内容下，赫然多了一条新回复。

原逸：？

第五章

高贵的老公 /

来不及去分析原逸这个问号的意思，花漾赶紧把朋友圈删了，删完坐在床上，手机丢到了一边。

她淡定地告诉自己，什么都没有发生，刚刚都是幻觉。

对，反正她什么都没看到。

阿姨体贴地把面送进来，叮嘱花漾快些吃了。

闻着香气扑鼻的面，花漾的肚子咕咕叫了两下。

不知道原逸怎么会突然跟自己这么心有灵犀，才发完威胁的话就把面送了过来。

他这是开天眼了，还是在自己大脑里装了什么窃听器?

花漾静静地看着热气腾腾的面，虽然很想争口气不吃嗟来之食，可胃里的馋虫一阵阵地折磨她，到最后，她咽着口水拿起筷子。

无论如何，人气死都不能饿死，她可不能亏待了自己。

至于原逸那边，她打死不承认曾发过这条朋友圈就是，反正原逸肯定没有聪明到截图做证。

万般不离一句话——一切活动解释权归自己所有。

给自己找到充分的开脱理由后，饥肠辘辘的花漾终于还是对面下手了。

她把卧室的门反锁好，一边吃一边顺手打开微博，习惯性地查看热搜时，忽然手中一顿。

热搜第一位赫然写着：“原逸新婚妻子疑似曝光”，后面还跟了个红色的“沸”字。

一根面条耷拉着从花漾口中掉出来，她一愣，赶紧吸回来，不敢置信地又看了一眼手机。

没错，活了二十二年，她第一次上热搜了。

虽然只是个背影。

营销号大肆爆料：今晚 Uro 秋冬大秀结束后，KR 集团总裁原逸宠溺高调护送神秘女子离开!

配图是雨夜中几张模糊不清的照片。

照片里，花漾披着原逸的黑色西装，一米六五的她在一米八五的原逸身边站着，显得格外小鸟依人。

网友们纷纷评论：

“现实版的霸总小娇妻了，呜呜呜，羡慕。”

“拥有了一座奢侈品博物馆的女人原来长这样，可惜只看到背影。”

“我想象中的总裁夫人应该是端庄优雅的名媛小姐哎，这个小姐姐有点接地气。”

“楼上你说什么？接地气？了解一下人家脚上那双鞋的价格你再来评论好吗？这样的地气我也想要。”

“听说这位原太太之前在恒泰十分钟刷了五百万，惊呆各路柜姐。”

“原逸太宠了吧。”

花漾以前在网上吃别人的瓜津津有味，现在吃到自己的，总算知道什么叫因果轮回报应不爽。

网友们的部分评论让她很心虚，明明他们猜想的那些都没有发生在自己身上。

奢侈品博物馆？并没有。

太宠了？不存在的，原逸时常对自己冷头冷脸玩精分。

还有营销号带的那个让花漾尴尬无比的节奏——超宠溺?

花漾把照片放大，发现有一张拍到了原逸的侧脸，可是哪里有超宠溺?

这人明明面无表情好不好? 这些编新闻的都不确认一下随口就来吗?

花漾口中的面突然就不香了。

她在想，要是哪天被网友们发现自己其实和原逸是塑料夫妻怎么办。现在网络这么发达，郭荷芝有事没事就在网上冲浪，分分钟能了解到最新的信息。

手机忽然“嘀”一声响。

果然，亲妈的问候只会迟到，不会缺席。

郭荷芝：“羊羊，妈妈看到你和原逸上新闻了，那个博物馆是个啥？给妈看看？”

花漾：“……”

闺蜜的关心也接踵而至。

孟禾：“热搜上说的是不是真的？你真是原逸的老婆？好了这些可以慢慢告诉我，但你先告诉我真的有博物馆吗？我可以卑微地求参观吗？呜呜呜呜呜，我太激动了！我听说光是包都有几千个，个个都是顶级限量版！”

花漾：“……”

花漾真没脸回复她们自己是个假的原太太，什么奢侈品博物馆，她嫁进来这么久也没听说有这么个地方。

忽然自闭，花漾搁下筷子。

不吃了。

同一时间，在书房的原逸似乎是想印证心中的猜测，拿起手机看了眼。

果然，那条示威的朋友圈已经消失了。

就在刚刚阿姨敲门之后没几秒，他就听到了花漾嗒嗒嗒飞奔回房里的声音。

几乎能想出她手忙脚乱的样子，不知怎么，原逸嘴角竟难得浮起一丝浅淡的笑。

他拉开抽屉准备拿份文件，却无意拿出了之前一直没送出去的那份结婚协议。

他目光停在协议上片刻，翟羽忽然打来电话：“老板，您和太太上热搜了，需要处理吗？”

原逸目光微敛，同步打开网页上的微博，快速浏览了热搜的内容后，淡淡道：“不用了。”

挂了电话，原逸重新端详起了手中这份协议。

上次没能送出去，一连过去快一个月了，他竟好像忘了这件事。

原逸看了看最近的工作计划，日程都被安排得很满。

迟疑片刻，他把协议重新放回抽屉底层。

太忙了，等空闲下来找到合适的机会再跟她说吧。

第二天。

因为昨天的事花漾起得特别早，打算也规矩一次，老老实实去餐厅跟大家一起吃早饭，顺便在宋孜面前也表现一下。

毕竟婆婆昨晚那碗汤是带着真心实意的关心。

换好衣服来到客厅，花漾正好遇见从书房出来的原逸，两人无声对视一眼，想起昨晚那条朋友圈，她心虚地移开视线。

她咳了一声，主动打招呼："早。"

原逸无视了她的装模作样，边披外套边走过来："手机给我。"

花漾怔住："哈？"

原逸懒得说似的，直接从她手里把手机拿过来："密码。"

花漾："？？？"

虽然花漾一点儿都不想告诉他，却魔怔般脱口而出："六个六。"

她最喜欢的骰子组合。

说完，她自己都吓了一跳："你，你要干什么？"

原逸不理她，直接打开了微信。

花漾一看他打开了绿色的小图标，马上就联想起了昨晚那条朋友圈，以为原逸是来找证据再索吻的，马上心虚地去抢手机："看什么看，我都删了，过时不候，别打算——"

花漾话还没说完，忽然瞥见原逸点开了一个对话框。

她怔住，还未回神，下一秒原逸就搂着她的肩往自己怀里拉，却又保持着不那么亲密的距离。

男人点开相机"咔嚓"一下拍了张照，再点了发送。

所有动作一气呵成，完成后才把手机还给花漾。

"过时不候？"他似乎是轻轻笑了下，"我从没打算过。"

"……"

被这一通操作弄得目瞪口呆的花漾有些蒙。

等等。

突然拍照什么的先放一边，他最后那句话怎么听着那么欠呢？

花漾："你什么意思？"

"不懂？"原逸淡淡地瞥她，"那我说明白一点儿，你那条朋友圈我并不在意，你也别放心上。"

花漾被他直白的话弄得耳朵瞬间烧了起来。

她闭了闭嘴，强行给自己“挽尊”：“谁放心上了，我——”

“没放就好，去吃早饭。”

没等花漾把话说完，原逸开门出了房间。

花漾嘴动了动，似乎还想说些什么，可不甘心地憋了半天，最终还是软软地塌下肩膀。

原逸总是开口无情，还能一句话把人怼得死死的。

别问，问就是她自作多情地想要打他主意。

花漾嘴里咕哝骂着，不情不愿地跟着朝外走，边走边点开刚刚拍的照片，发现原逸竟然是把照片发给郭荷芝的。

花漾蓦地顿住，忽然好像明白了什么。

之前说好一起吃饭的那天，自己答应了郭荷芝要拍合影给爸爸和外婆看，可后来原逸爽约，自己又跟他较了两天的劲，都忘了这茬了。花漾有些莫名其妙，原逸是怎么知道的?

视线重新落在照片上，花漾点开，放大。

照片里，她被原逸半搂着，半边脸贴在他胸口不说，还抬着头茫然地看着他，像极了农场里往主人怀里拱着撒娇的羊。而他的神情在那一刻竟也意外地有几分柔和。

虽然被原逸的眼神弄得心里莫名抽了两下，但花漾还是十分清醒地在时间内撤回了照片。

上次发给郭荷芝的是流落在外的美貌皇室公主，今天怎么能发一个傻了吧唧仰望老公的白痴。

也是绝了，原逸把她拍得只剩一米三，脖子都没了。

郭荷芝瞬间错过了照片，发来一排问号：“撤销干什么?我才晃了一眼就没了?”

花漾胡乱搪塞过去：“原逸说他拍得不好看，晚点重新拍。”

郭荷芝：“女婿还怪臭美的啊?好嘞，妈妈等着啊。”

花漾没再回，把手机塞进兜里，追上原逸。

今天是周六，昨晚陶印印也回来了。

上次大家见面还是在酒吧，当时的陶印印不是宋凌口中的乖顺宝宝，花漾也不是众人眼中的淑女太太，两人都见到了彼此的另一面，算是扯平了。

但这会儿在家里碰头，陶印印对着花漾多少有些心虚。毕竟当初自己敬了嫂子一杯酒后，转头又给原逸通风报信，背叛得毫不留情。

所以眼下两人对视一眼后，陶印印十分积极地开口：“嫂，嫂子早。”

惊得旁边的宋凌瞪眼转过来，一副女儿中了邪的样子。

陶印印这会儿顾不上亲妈了，又献媚夸道：“嫂子，你今天真漂亮。”

宋凌坐不住了，摸了摸陶印印的额头：“印印你没事吧？”

花漾当然知道这位积极示好的小表妹在怕什么，故意似笑非笑地逗她：“印印，咱们是不是前几天在哪儿见过啊？”

宋凌又瞪向花漾：“印印在学校，怎么会跟你见面？”

陶印印心跳到了喉咙口，紧张得不知所措，偏偏花漾迟迟不说话，不慌不忙地看着她玩心理战。

陶印印这会儿就是个被人握着刺猬屁股的小可怜，就怕花漾一个不高兴把自己混酒吧的事爆出来。情急之下，她赶紧站起来走到花漾身边，殷勤地给花漾倒果汁：“嫂子，今天这个苹果汁很新鲜。”

她趁机附在花漾耳边谈判：“我拿表哥的秘密跟你交换。”

花漾微微挑眉，看着陶印印，似乎在掂量这个交易做不做得。三秒后，她笑眯眯地看着陶印印，意味深长道：“好啊，谢谢表妹。”

陶印印总算松了口气。

跟被宋凌剥夺住校资格比起来，这会儿短暂地讨好一下嫂子没什么大不了的。

唯一就是——陶印印边吃边想，要卖个什么秘密给花漾呢？

吃完早餐，众人离席，花漾打算回房间再睡个回笼觉，哪知宋孜忽然提出去医院看夏玉婵。

“原逸你今天有空吗？去看一下奶奶吧，她昨天一直念叨你和漾漾。”

恰好今天没什么事，前段时间也确实一直在忙，原逸便答应了下来：“好。”

老公去了，花漾这个做老婆的当然也得跟着，毕竟夫唱妇随的戏码要两个人一起演。

回笼觉计划泡汤，花漾只得跟着婆婆和老公出发去医院。

去的路上，花漾还不断收到郭荷芝的微信，一直催她拍个照怎么那么磨蹭。

花漾被催得没了办法，心想待会儿下车无论如何要抓着原逸重新拍一张。

到了医院，宋孜走在前面，花漾和原逸走在后面，快到病房门口的时候，原逸忽然把手伸了过来。

他想要牵花漾。

花漾被原逸突然的举止弄得怔了下，停下看他：“干吗？”

原逸显然也有些不自然，但还是努力平静地解释自己的行为：“我奶奶没那么好骗。”

在家里对着宋孜和宋凌她们演的戏，在夏玉婵这儿很有可能一眼就被识破。

老太太活了六十多年了，人精着呢。

花漾慢慢理解了原逸的意思。

原逸以为自己解释到位了，便又理所当然地把手伸过来，想要牵花漾。

可花漾倏地一躲：“哎……”

她身体往后退了两步，神情忽然得意了起来。

这是个什么天降的好机会？这么好的机会不利用起来，简直对不起自己过去被他怼时受的气。

原逸皱眉看花漾：“你干什么？”

花漾故意悠闲地玩起自己的指甲：“上次你让我进你书房前先敲门时，我有没有说过，以后牵我的手也得先打报告啊？”

原逸：“……”

花漾挑着眉，好整以暇地看着他，脸上亮堂堂地刻着两个字——求我。

原逸当然看出了她的心思，可宋孜已经走到了病房门口，他无意因为这件事和花漾在这里浪费时间，到时候引来长辈的注意更难解释。

于是他开诚布公谈条件：“你想怎么样？”

花漾要的就是这句话了，她笑了笑，拿出手机：“跟我重新拍一张照片给我妈。”

原逸松了口气，还以为这个女人要想些什么古灵精怪的招数为难自己，原来只是拍个照。

原逸松了松领结，没当回事地站到她旁边：“拍吧。”

花漾拿出手机，意味深长地眨了眨眼：“那麻烦你配合一下我哦。”

原逸：“？”

宋孜先一步进了病房，可进去半天也没看到原逸和花漾跟进来，夏玉婵起了担忧："小两口是不是吵架了，你快出去看看。"

宋孜也觉得奇怪，便转身折回去寻。

她走到门口，刚打开门就被眼前的景象怔住，顿了顿，像是怀疑自己打开的方式不对似的，她把门关上，又打开。

再确定地看一次，依然如此。

她没眼花——

病房外的过道上，自己的儿子靠在墙边，面色淡然，一只手弯曲举过头顶，似乎在努力与身边的花漾拼凑一个心形。

"你太高了，弯一点儿腰行不行啊？"

"咱们是在比心，不是比圆！"

"我这张没拍好，再来一次。"

"给我笑，马上。"

生无可恋被摆布的原逸："……"

牵个手太难了。

原逸纵横时尚圈，最看不惯的就是那些拍照时喜欢装可爱比心的女明星。

每每看到那些照片，他都会轻嗤一声丢到旁边：幼稚。

可现在，堂堂 KR 集团的总裁竟然就这样任人摆布地在病房门口做着他此生觉得最幼稚的动作。

原逸不断深吸气，只庆幸这会儿的过道没人经过，他一世英名得以残存。

折腾了好一会儿后，花漾才满意地放下手机，嘴里还叨叨："都舍不得笑一下，弄得好像我在逼你似的。"

原逸静默不说话，看着她。

花漾顿时反应过来，自己都笑了："噢 sorry，是不小心逼了你一下，不过这也没办法啊，谁要你想牵手呢，嗯？"

一副你自己找事能怪谁的样子。

她眯着眼睛笑得跟朵花儿似的，显然憋着的气都在刚刚撒完了。原逸本来被摆布得有些不耐，但看到她低头乐滋滋地选着照片，浮上心头的那股情绪又莫名退了下去。

算了，懒得跟女人计较。

在外面耽误了好几分钟，原逸整理了下衣服，跟花漾说："该进去了。"

说着，再一次伸出了手。

花漾不是说话不算话的人，再说他们的婚姻本就建立在满足夏玉婵心愿的基础上，这个时候一起演戏装恩爱让老太太开心，也算是分内的职责所在。

“OK，走吧。”花漾把自己的手放到原逸手上，眨眨眼，“老公？”

刻意的两个字娇嗔又做作，听得原逸喉头微动，想说些什么，但最终没能说出来。

他不太能像花漾这样快速进入角色，可骤然听到这个称呼，心里竟有种奇怪的滋味掠过。

像是有什么东西勾了下他的心脏，只轻轻一下就松开，让人措手不及后，又莫名回味起那一刻被勾住的感觉。

思绪微乱，原逸定了定心，牵着花漾的手走进病房。

“奶奶。”

“奶奶好！”

两人亲密地拉着小手进了房间齐声唤着，夏玉婵精神不错，靠在床榻上笑眯眯地看着他们：“来啦？”

她拍拍床边：“漾漾，快来，坐。”

花漾坐到床边，乖巧地拉着夏玉婵的手：“奶奶，您最近好点了吗？”

夏玉婵眼里蓄着笑：“好，好。”

能不好吗，刚刚宋孜偷偷把原逸和花漾在病房外的迷惑行为拍了下来，老太太看了一脸笑容，病都瞬间好了大半。

原逸给夏玉婵削水果，还很细心地切成小块递过来。夏玉婵看了直摆手：“不吃了，刚刚你妈才给我剥了一个橙子。”说完指着花漾，“你喂漾漾吃吧，她爱吃这个糖心苹果，上次来吃了一盘呢。”

花漾忽然尴尬。

明明她就吃了三块，怎么就成一盘了！

夏玉蝉下了懿旨，明显是故意撮合两人亲密互动，原逸端着果盘，似乎在犹豫。

花漾比他更不想两人尬演恩爱夫妻，便抢先摇头：“不了，我不——”

话未说完，原逸竟然用叉子叉着一块递了过来。

苹果横在两人之间，四目对视，男人黑眸分明。

很冷静，不是冲动。

花漾眨着眼使眼色：不用了吧？

原逸叉苹果的手抬了抬：张嘴。

两人眼神一番往来，花漾再品了品夏玉蝉一脸期待的样子，尊老爱幼的道德观受到了挟制，被迫张开了嘴。

下一秒，原逸就把苹果送到了她口中。

看小两口恩恩爱爱，夏玉婵高兴得弯了眼，冷不丁冒出一句："漾漾，你和原逸打算什么时候给我抱个曾孙啊？"

花漾吃下去的苹果差点卡在喉咙里，脸颊也腾地烧了起来。

"曾……孙？"她不知所措地看向原逸。

这道题超纲了，她答不上来。

原逸倒是不慌不忙，很镇定地回："奶奶，花漾还小，这事不急。"

"怎么不急？"夏玉婵眼里的光蓦地暗下来，语气缓缓地道，"趁奶奶还在。"

趁奶奶还在。

多么无奈又让人无法拒绝的一句话。

花漾闭着嘴，不知道该怎么说。原逸似乎也有些逃避，低头不语，只惯性地往花漾嘴里送着苹果。到最后还是夏玉婵提醒了一句："你慢点，漾漾还没吃完呢。"

原逸一怔，抬头，发现花漾正鼓着腮帮子，满嘴苹果看着他，好像在说：大哥咱演戏能不能走点心？你就算不想跟我生孩子也用不着这样噎我吧？

原逸赶紧放下盘子："你没吃完怎么不说一声？"

花漾反瞪他，含混不清地咕哝："你给我机会说了吗，喂猪一样往里塞。"

小两口闹喳喳的，夏玉蝉看得内心很是宽慰。原逸从小话不多，也不爱亲近女孩子，她一直担心和花漾的这段闪婚原逸会接受不了，现在看来——

他倒是比自己想象中要关爱这个新婚妻子。就比如现在，虽然嘴上怪着花漾，手却很自然地去扯了纸巾给她。

老太太活了六十多年，人老心不老，很多事情一眼就能看透本质。

一家人正说着，原逸的手机忽然响了。

可他只是看了一眼，挂掉没接。

宋孜随口问："谁的电话？"

"不重要。"原逸漫不经心地收起了手机，转头继续跟夏玉婵聊天。

花漾瞧着他，莫名嗅到了一股不寻常的味道。

直觉告诉她，打来电话的是个女人。

柏沙酒店总统套房里，卫语蓝的助理小声告诉她："打通了，不过原总挂了。"

卫语蓝坐在电脑面前，鼠标慢慢滑动着画面，半晌才道："知道了。"

"还打吗？"

"不必。"

卫语蓝是连夜赶飞机来的海城，这场秀如果不是看原逸的面子，她根本不会费这个力。

没想到引起轰动的秀走完，头条却不是她的。

满屏都是对原逸和他那位神秘新婚妻子的讨论，卫语蓝的国内首秀被压到了热搜十多名的位置。

这完全不在她的计划之内。

反复看了网上的爆料图，卫语蓝并没有看出原逸身边那个女人的特别之处，她记得很早之前国外有家媒体曾经采访过原逸，当时聊过他的择偶条件。

卫语蓝记得很清楚，原逸说过，或许是身处时尚界的原因，出于职业习惯，对高的女人会格外多一份注意。

言下之意，当然可以理解为不会考虑矮个子的。

照片里的女人最多一米六五，从气场上来说，跟一米八五的原逸一点儿都不配。

卫语蓝能走到今天的位置，背后的团队自然也不是什么吃素的，艳压的通稿早就准备好，谁能想到半途杀出一个原逸的妻子，抢了所有模特的风头。

包括卫语蓝自己。

团队一直在迟疑，静待了一上午，卫语蓝的话题还是没能爬上去，眼看热度逐步下降，卫语蓝喝了口咖啡，授意道："做吧。"

卫语蓝当然不敢公然去和原逸争头条，但她知道用更吸引眼球的话题去给自己引流。

半小时后，# 卫语蓝入急诊 # 的话题空降热搜第一。

花漾也很快刷到了，当时他们探望完夏玉婵，正要一起回家，忽然看到微博推送了这条新闻。

大致意思是——昨晚卫语蓝带病走秀，撑了一晚上，今天才去医院输液治疗，专业素养一流。

花漾看到照片里躺在病床上输液的卫语蓝，再想起刚刚原逸没有接的那个电话，立刻脑补出卫语蓝柔弱地躺在床上打电话让原逸去看她的剧情。

果然，花漾这边还在想，那边原逸就跟宋孜说："我今晚有点事，不回家吃饭。"

宋孜："好。"

花漾："……"

来了来了，他果然是要去了。

OK，你敢去找超模，我马上就去翻篮球队的牌子。

花漾跟在宋孜身后腹诽着，可走到车边却被原逸喊住："花漾，你跟我一起。"

花漾转身："啊？"

估计小两口有什么安排，宋孜也没多问，上车后叮嘱一句："早点回来。"

宋孜走了，花漾还有些茫然："你要我跟你一起？确定吗？"

带着自己去看超模会发生什么事那可说不准。

原逸让司机把车开来，声音淡淡："吃个饭需要确定什么，上香拜神问时辰吗？"

"吃饭？"花漾愣住，"我和你？"

原逸不知道她这副表情是在惊讶什么，帮她拉开车门："补上次的。"

花漾平静了几秒，默默看车窗外。

哦，今天的太阳并没有从西边升起。

是真的，原逸竟然良心发现要补之前"鸽"掉的那顿饭了。

"意大利菜喜不喜欢？"原逸这时在身边问。

花漾其实不太喜欢吃那些规矩烦琐口味单一的西餐，她摇头："能吃点别的吗？"

"法国菜？"

"不。"

"那中餐？"原逸顿了顿，又补充，"或者你想吃什么？"

花漾听到这儿，眼睛蓦地一亮："我想吃什么都行？"

"嗯。"

不管吃什么，今天必须把欠她的那顿饭还了。

得到许可，花漾想了想，马上安排司机老秦："秦叔，麻烦你开到江武路那条美食街。"

原逸眉头微皱，思索了一下花漾给出的关键词后，下意识想要开口阻拦，可花漾瞪着一双无害的眼睛看着他："哦，你是想再放我一次鸽子吗？"

原逸被这个眼神逼停了动作。

缓了片刻，他妥协："等会儿停车，去给我买只口罩。"

江武路是海城出了名的美食街，七百多米的小巷隐藏了很多老字号小吃店，是很多吃货的朝圣之地。

原逸长这么大从没来过这种地方，他出入的都是星级酒店、米其林餐厅，入口的每一样东西都是有讲究的，经过营养师测评过，对身体有好处的。

但现在，为了不再做一次鸽子得罪女人，他被逼无奈地跟在花漾后面挤在人潮里。

下午六点，美食街里来吃东西的人很多，其中一部分是外地的游客。大家挤在熙熙攘攘的巷子里，要么吃着地道的手工冰粉、麻辣烫，要么拿着中西结合的芝士小龙虾热狗，各自满足快活。

花漾之前在网上刷到这个美食街就想来，可家里破事多，一直没能找到机会，今天好不容易原逸开了金口，她必须来吃个爽。

虽然平时跟便宜老公不大对付，但既然跟着来了，花漾还是很义气地照顾了他。

她先是自掏腰包买了一串火爆鱿鱼，认真"安利"："这个好吃，尝尝？"

辛辣刺鼻的辣椒味涌入鼻内，原逸皱眉："不用了。"

他咽不下去。

花漾又递来一碗小豆花："这个清淡，试试？"

原逸口罩戴得严严实实："不用了。"

"马卡龙小蛋糕总能吃了吧？"

"不用了。"

花漾拿着一堆吃的瞪了原逸三秒，最后统统塞到自己嘴里。

爱吃不吃！

热脸贴冷屁股三次后，花漾彻底放弃了让原逸融入这条街的想法。

这个男人就只配帮她提包付款!

之后吃了半条街，花漾都没管原逸，直到走到一家烤羊肉串的店门口，花漾忽然停住。

原逸几乎难以置信：“这个你也要吃?”

花漾摇头，对着烧烤摊沉默了几秒，低声伤感道：“前几年我家有头叫毛豆的羊跑丢了，不知道是不是也像这样被人烤了吃了。”

周围的人熙熙攘攘，原逸个子高，一身穿戴价值不菲，过多停留很容易引人注意，他难得看到花漾这样感性的一面，便多嘴安慰了一句：“这就是自然界生物链的淘汰法则，不用难过。”

花漾点点头：“我知道，所以……”

她叹了口气，指着翻滚的烤炉：“老板，给我五串孜然味的。”

原逸：“？？？”

花漾看出了原逸的迷惑，主动解释道：“我想，如果正在烤的就是毛豆，被我吃了它应该会安心的吧。”

原逸：“……”

他就不该用正常逻辑跟这个女人交流，还为她白白浪费表情。

烤羊肉串的味浓，吃惯了星级餐厅的原逸无法习惯这种街头小吃，强忍着站了几分钟。

“你不觉得这种食物都带着一股味道吗？”

花漾挑眉睨他：“呀，高贵的老公，那你离我远点，我就喜欢吃这种有味道的。”

原逸闭了闭嘴，懒得跟她呛，如她所愿地朝旁边的奶茶店走过去，打算站在那边等。

刚迈出腿走了两步，有些异样的声音隐约从背后传来，原逸回头去看，发现羊肉店的遮雨板忽然垮了半边，摇摇欲坠，眼看就要整片掉下来。

来不及反应，原逸马上伸手去拉花漾。

顷刻之间，雨棚突然坠地，“哐当”一声成片跌落。

所幸店门口就只有花漾一个顾客，而她，也在一瞬间被人拉开了。

事发突然，还在专心敲碗等串儿的花漾吓了一跳，心有余悸地拍着胸口：“好险，差点就被砸到了。”

话说完，她才发现自己竟然趴在了原逸怀里，人被他搂着，温热沿着皮肤传遍全身。

花漾蓦地有些蒙，抬起头，刚好对上原逸的视线。

两人眼中均有些意外和愣怔。

这种诧异的复杂情绪既是对自己，也是对对方的。

原逸原本只是想把花漾拉过来而已，并没有想过在拉来之后，还要用手臂去挡，将她圈到怀里。

之后的这一系列动作好像完全是大脑发出的指令，他没有考虑，纯属一种本能。

站在人潮拥挤的巷子里，两人迅速从这个暧昧的拥抱里分开，神情都有点不自然。

尴尬了几秒，还是原逸清了清嗓，主动打破了微妙的气氛。

他问："看到了吗？"

花漾心跳在悄悄加快，抿着唇点了点头，心想——看到了看到了，终于看到你没怼我，做了一次老公该有的样子，今天你是人，今天你最帅，今天你最牛！

然而下一句，男人清清淡淡的声音落下来："这就是毛豆对你的惩罚。"

花漾："？"

花漾原本觉得原逸这个人在紧急关头还是有一些良心和担当的，没想到他的良心真的只有那么一点点，一句话就把她刚刚涌上心头的那点悸动打散得七七八八。

被他这么一顿硌硬，花漾也取消了羊肉串的单，悻悻地往回走："不吃了不吃了，饱了。"

给气饱的。

原逸因为各种龟毛清高，在美食街什么都没吃，回来的路上吩咐了厨房，在别惊动宋孜的情况下弄一些吃的送过来。

回家后，原逸先回了房间。

花漾在凉亭里看到陶印印支了个画架在画画，走过去，猛地坐在她后面拍着她的肩问："天都黑了，表妹这是在画夜太美吗？"

陶印印大学学的是公关管理，日后也是要进 KR 集团的，但因为宋凌要将她培养成名媛闺秀，所以平时会给她安排一些油画、钢琴、芭蕾的训练课程。

陶印印对这些都不太感兴趣，为了应付宋凌，偶尔会拿着颜料对着外面画两笔，不用跳不用唱就可以把宋凌忽悠过去。

见花漾来了，陶印印吓了一跳。

她还记着早上跟花漾交易的事情。

果不其然，花漾坐在她旁边伸出了手：“我要的东西呢？先说好，不劲爆我可不认账。”

说实话，原逸在陶印印这儿根本就没有什么可以拿得出手的秘密，她苦思冥想了一天，总算憋出了一个。

但对花漾来说算不算劲爆，她就没底了。

“嫂子，其实是这样……”陶印印先来了一堆铺垫，“我表哥这个人特别完美，从小学习成绩全校第一，真学霸，后来在美国上大学都是拿奖学金的，一堆妹子追求他……”

“等会儿，等会儿。”花漾越听越不对劲，打断道，“我是听你来吹他的？”

陶印印闭了闭嘴，这才硬着头皮道：“我的意思是，他真没有什么秘密，唯一就是，就是……”

陶印印欲言又止，花漾被勾了起来：“说啊，就是什么？”

陶印印左右看了看，小声附到花漾耳边说了一句话。

花漾听完不可置信地看着她：“真的假的，不至于吧？”

“是真的，从小就这样。”陶印印遭受着来自亲情的谴责，无奈道，“嫂子，我告诉你了，你千万别去问表哥，不然他会打死我的。”

花漾赶紧憋着笑摇头保证：“不说不说，我肯定不说，你放心好了。”

陶印印告诉花漾的这个秘密，显然算不上什么惊天爆料，但是对于花漾这种从小在农场长大的人来说，能笑到明年过年都不止。

所以当她回家看到原逸依旧高冷的紧闭着的书房后，不由得暗爽地哧了声：“总算捏到你的小把柄了。”

——你最好别再惹我，否则本羊将让你原形毕露。

从秀场回来还一直没空和孟禾说清楚自己的事，于是第二天，花漾约了孟禾在一家咖啡馆见面。

“天哪，我真的做梦也想不到你竟然就是原逸的新婚老婆。”

似乎在过去了两天后，孟禾还没能接受这件事。她很八卦地问：“你们是怎么认识的？你之前跟我说的那些都是真的吗？不应该啊，那天在秀场，我看原总对你特别好，那些人都嫉妒死了。”

孟禾嘚吧嘚说着，花漾听得有些头大，解释道：“这件事一两句话也说不完，总之就是——父母之命难违。”

孟禾可太惊讶了：“你家不是住在南原吗？跟海城隔了十万八千里，你们两家是怎么认识的？”

这要说起来又是一个很长的故事了。

花漾揉了揉头发：“牵扯到上上一代，我外婆的关系了。”

她顿了顿，看着窗外颇无奈地讷讷道：“反正就是孽缘吧。”

“孽缘？你可别了，这孽缘你不要多的是人想要。”

一旦确认了闺蜜原来就是大佬的老婆，孟禾蠢蠢欲动地起了小心思，拉着花漾的手：“宝贝，那你真的要帮帮我。我想进 Tanna 很久了，面试了好几次，就因为身高差了一厘米不让我进。既然你是原逸的老婆，你晚上睡觉的时候在老公旁边撒个娇说句话，让我过关行不行？”

Tanna 是亚洲最具实力的模特公司，隶属 KR 集团，资源强大，的确是很多模特追求的归属。

花漾有些为难：“不是我不帮你。”她难以启齿自己跟原逸从没睡在一起的事，“就……我跟他的关系，没有你想的那么好。”

“怎么可能？”孟禾完全不相信，“关系不好，他能大庭广众之下把衣服脱下来给你？关系不好，你能穿 D 家这件限量的高级定制？”

花漾今天穿的裙子是之前品牌给自己送来的礼物，人家的确是看了原逸的面子才送给她这位原太太的，但跟原逸是不是宠自己根本无关啊……

孟禾是花漾最好的姐妹，花漾有口难言，虽然很想帮闺蜜，但她不认为原逸会卖给自己这个人情。

与其到时候让别人失望，还不如现在就不要给对方希望。

花漾只好试着向孟禾证明她跟原逸的感情是真的塑料。

“我们关系真的不怎么样。”她当着孟禾的面打开微信，“比如我给他发消息他从来都不回的。不信我发一个给你看。”

孟禾半信半疑地看着她：“真的假的？”

“当然是真的。”花漾找到原逸的对话框，随便打了一个呵呵脸的微笑表情发过去。

然后她把屏幕对着孟禾，胸有成竹地道：“你等着吧，等到明天他都不会回我的。”

然而下一秒，孟禾看着屏幕：“他回了啊。”

“？？？”

花漾忙把手机拿回来看。

原逸：“你在哪儿？”

花漾大脑蒙了下，只觉是见了鬼了，正要确定一下自己打开的是不是原逸的微信，男人的电话又打了过来。

“你在哪儿？”

花漾措手不及：“跟朋友在外面喝茶……”

“待会儿让秦叔接你来宁园公馆。”

因为上次在秀场外落魄打车的事，原逸之后特地让自己的司机老秦负责花漾的出行。

花漾听到他的话愣了下：“去那儿干吗？”

原逸没有详说，只道：“一个应酬。”

花漾从没有参与过原逸的圈子，上流社会那些所谓的优雅她也学不会，犹豫了下拒绝道：“不是很想去。”

电话那头顿了一秒：“随你。”

接着就挂了电话。

花漾：“……”

呵，这就是他邀请别人的态度。

绝了，她去才怪。

孟禾当然不知道他们聊的内容，只亲眼看见了一场大佬秒回微信秒回电话的恩爱戏码，她撑着下巴看花漾：“还有人性吗，你们是在故意秀给我这个单身狗看吗？”

花漾欲哭无泪：“真不是。”

她也没想到今天怎么这么巧，自己随便发了条消息原逸就秒回了，弄得她现在骑虎难下。

孟禾拽着她的袖子：“姐妹的命运就握在你的手上了，好不好？拜托拜托。”

再拒绝下去难免显得不近人情，花漾没有办法，只能硬着头皮先答应下来：“那我尽量试试吧。”

孟禾马上高兴地发了几段自己走秀的视频给花漾。

这件事花漾根本不知道怎么跟原逸开口。

别说有求于他了，他们平时在家里话都说不上几句，除了例行在长辈面前演恩爱夫妻，没事都不会互相打扰。

而且花漾也听说原逸这个人在公事上原则性特别强，走后门这种事情用脚趾想一想也知道，多半都会被他无情拒绝。

从咖啡馆聚完，花漾坐车回原家，路上，司机老秦问：“太太，您怎么不跟先生一起去宁园公馆？”

花漾看着窗外：“不乐意。”

老秦也是无聊多嘴：“今天是先生好朋友盛总的生日，原本他打电话叫我送您过去，可后面又说不用了。”

花漾听着没吱声，顿了顿，脑中忽然闪过一个名字。

“盛总？哪个盛总？”

“啊？就少爷的好朋友盛博。”

盛博这个名字花漾好像在哪儿听过，仔细一回忆，就是孟禾说的那位死死卡着一厘米不让她进 Tanna 的总监。

倏地，花漾觉得这个棘手的问题似乎找到了突破口。

她完全没有必要去越级求原逸啊，直接去找这个盛博不就行了吗？

花漾计上心头，忙说：“秦叔，掉头掉头，送我去宁园公馆。”

盛博的生日趴在宁园公馆举行，这是他们一票朋友常来玩的老地方，安静又隐蔽。这一次的生日趴没有隆重举办，请的都是经常在一起玩的几个熟脸。

当然，这种入会费就是数万美元的地方，进来的人不一般，一般的人也进不来。

花漾来的路上给原逸打了个电话，但是没打通，到了公馆后门前侍应生上前问她：“请问小姐是会员吗？”

“不是……”

花漾联系不上原逸，只好试着报了下原逸的名字，说：“我来参加盛总的生日聚会。”

侍应生原本还要打电话进内场询问，可看到花漾身后老秦开的那辆熟悉的迈巴赫后，马上明白了什么。

到底是在高级会所工作的，反应都很快，侍应生立马恭敬地弯腰：“原太太这边请。”

花漾微怔，惊叹侍应生的观察能力，忍不住问：“你怎么知道我是原太太？”

侍应生亲自在前面引路，笑着回：“原总的车从不坐女人，您是我见过的第一个，当然只有原太太才有这个资格。”

花漾一时之间竟不知道是否该觉得荣幸。

侍应生把花漾带至包间，推开门：“原太太请。”

“好。”

花漾没有马上进去，站在门口打量了下。

这个包厢的面积有点类似自己之前在 MIKO 开的那个豪包，只是装修陈设更加质感贵气，入眼一张极具传统特色的古香屏风，中央圆形玻璃茶几上放着几瓶不知年份的红酒。几个西装革履的男人手夹雪茄，坐在棕色真皮沙发上说着什么。

花漾没有看到原逸，她试探着往里走了几步，四下寻找。

现场有不少男人的目光落了过来，这个圈子从不缺美女，只是眼前这个女人身上的气质，倒是与在宁园公馆常出入的那些名媛小姐不同。

花漾眼里有一种灵动和生气，像束明亮光辉，单纯又炽烈，一进来就吸引了他们的注意。

有好事的公子哥觉得有趣，上前搭讪：“嗨，没见过你呢，盛博的朋友？”

这个圈子里的人常聚，大家彼此都很熟，突然进来了一个娇俏的女人，在场一众男人都悄悄议论着，屏风后的牌桌上也终于有了动静。

“哎，门口来了个漂亮的，看着面生。”

盛博咬着一根烟：“甭管谁，今大小盛爷我生日，漂亮的都是客。”他洗好牌，把头探出去，“让我看看是——”

话未说完，盛博用手接住差点掉出来的烟：“我的妈。”

原本没在意的周南叙都被弄得抬了头：“谁啊，你一惊一乍的。”

盛博像是怀疑自己看错了似的，伸手去拉屏风。

“哗啦”一声，挡在花漾面前的屏风被拉开了。

几乎是一瞬间，花漾的视线猝不及防地和坐在屏风后的原逸对上。

花漾：“……”

身后的琉璃玻璃折射着星点光晕，原逸穿着休闲的暗灰色衬衫，领口松了两颗扣子，握着一杯酒，漫不经心地抬头望过来，而后，眼瞳似有轻微的收缩。

还未等原逸开口，盛博先一步起身走过来，推开跟花漾搭讪的男人：“一边儿去，知道谁的人吗你也敢往上凑。”

那人有些莫名其妙：“谁啊？”

盛博不理他，笑眯眯地把花漾往里引：“嫂子，你怎么来了？”

一声嫂子，全场皆知。

盛博和原逸、周南叙三个人的关系在圈子里是出了名的好，能让盛博恭敬喊一声嫂子的，当然不可能是整天上八卦杂志的周南叙。

花漾好奇面前的人是谁，怎么对自己这么客气。

“你是？”

盛博特谦虚：“我是盛博，叫我小盛就好。”

原来他就是自己的目标对象？

“啊……”花漾马上热络地和盛博打起了招呼，“你好你好，我常听朋友提起你的名字。”

“是吗？哪个朋友这么有眼光？哈哈哈……”

老婆进来就和兄弟在自己眼皮底下热热闹闹地聊起了家常，原逸反倒成了不相干的人。

看到原逸微沉的脸色，周南叙咳了一声，可盛博好像没听到他的暗示。

周南叙服了，只好放下酒杯，生硬地插入他们的对话：“嫂子，刚刚听原逸说你有事不能来，怎么突然又来了？”

花漾笑容一顿，但很快又镇定回道：“我开始不知道是小盛的生日啊，他又没说。后来我听秦叔说才知道，小盛过生日这么重要的日子我当然要来。”

周南叙：“……”

原逸一句话都没说，手里掂着酒，目光淡淡地看着花漾。

这女人可真有意思，要她来不来，说不来自己又跑过来。

小盛？重要的日子？

原逸给听笑了。

他眉头轻轻挑了挑，懒得理似的起身，面无表情地从两人中间穿过去，拖起周南叙：“宋宸来了，去那边打个招呼。”

夫妻俩双双演了一把视对方为空气的戏码。

周南叙：“？”关我啥事？

花漾丝毫没察觉原逸神情的变化，见他走了，眼睛转了转，决定办正事要紧。

“小盛，第一次见面也不知道送你什么。”花漾掏出一份包装精致的礼物，“生日快乐啊。”

盛博一怔，明显受宠若惊：“这，嫂子你也太客气了吧。”

礼物是花漾在来的路上特地买的，求人办事不下点本钱贿赂怎么能行。

花漾客套地又说了几句生日祝福后，趁原逸不在，赶紧悄悄跟盛博说：“小盛，虽然有些唐突，但有件事我想求你帮帮我。”

盛博神情立即肃然起来，拍拍胸口：“嫂子你说，只要我能帮得上，一定没问题。”

花漾一听盛博这个保证心里顿时有底气了，娓娓道来：“是这样的……”

原逸这边跟业内某彩妆品牌的老板宋宸正聊着，周南叙忽然拱了拱原逸的胳膊，低声道：“看来你老婆跟盛博很投缘啊。”

原逸皱眉，回头去看。

花漾和盛博各自手捧一杯香槟站在窗边，不知在说着什么，花漾弯着唇，柔和光线打在她脸上，每一帧的笑容都生动分明。

原逸冷淡地看了两眼便收回视线，继续跟宋宸聊合作的事，只是虽然说着，余光还是会时不时扫过窗边的两个人影。

花漾拿着自己的手机给盛博看，好像在跟他分享什么有趣的东西。

宋宸没注意原逸的分心，他在和原逸谈自己的品牌上 *Marver* 内页做广告的事，吧啦吧啦说了半天，最后道：“原总，我最多再随刊附送三万份赠品小样，你看行不行？”

半晌，原逸没表态。

周南叙提醒他：“哎，宋少等你话呢。”

原逸眸光微动，缓缓地抿了口酒，终于有了反应：“是我过生日吗，让他滚过来招待客人。”

周南叙：“？”

周南叙立刻明白了原逸的意思。

还在蜜月期的老婆和自己的兄弟谈笑风生，换了谁心里都不舒服。这个盛博也是没一点儿眼力，周南叙走过去一把拽过他：“谁过生日啊，一堆客人指望我跟原逸帮你接待吗？”

盛博当即不好意思地笑着跟花漾道："真是对不起嫂子，你看我今天确实忙，这样，你先玩着，我让原逸来跟你说这个事。"

花漾忙摇手："别别别，不用——"

没等她把拒绝的话说完，盛博就积极地去报信儿了。

她伸着尔康手，内心"咣当"一声。

完了。

刚刚自己提出给孟禾放宽那一厘米的要求后，盛博就告诉她，原来必须一米七五的身高这个规矩是原逸定的。

他严格地卡在这儿，别说别人，就算现在是盛博的女朋友或亲妈来，差那么一厘米也不行。

所以如果花漾想让孟禾进公司，必须得原逸开金口才行。

绕了一圈，还是白费心思。

花漾无奈地叹了口气，找原逸，那不是为难她这只羊嘛。

花漾闭着眼睛都能想到原逸冷漠无情拒绝自己的样子，但眼下，比如何求原逸更急切要解决的，似乎是如何面对原逸知道这件事后的反应。

花漾已经瞥见不远处的原逸冷下来的脸了。

那边，盛博被周南叙拉过来好一顿说："你是不是缺根筋，没见原逸脸色不对了吗？"

盛博很无辜："这不关我的事啊。"

他说着朝原逸走去，解释："你老婆找我有事，我总不能晾着她不理不睬吧？"

这两人上次见面还是在 MIKO 酒吧，当时一个喝得醉醺醺，一个在旁边看笑话，两人没有任何交流，今天甚至可以算是第一次见面，花漾竟有事需要找盛博帮忙?

原逸淡淡抬眸："她找你能有什么事？"

于是盛博就把孟禾想要加入公司的事情说了一遍，末尾还不忘夸道："视频我看了，那女孩台风不错，各方面条件都很好，之前来 Tanna 面试就是身高差了一厘米卡着，专业没问题。要不……"

盛博试探着问："看在嫂子面子上放行吧？"

原逸扫了不远处的花漾一眼，恰好她也看向了这里。

两人视线隔空碰撞，可下一秒，花漾淡定地移开了视线。

她这个动作让原逸不太舒服，冷冷道：“如果规矩这么随便就能破，最初为什么还要立？”

工作上的事原逸向来公事公办、六亲不认，说好的原则就不能改动，这也是圈里都知道的，不然别人在背后也不会说他变态。

所以盛博也预料到会是这么个结果，耸了耸肩：“那你自己去跟她说，我倒是无所谓，不过你就不怕嫂子不开心？”

不开心？

原逸觉得她刚刚笑得挺开心的，求别人都不来求自己。

第六章

情敌见面 /

花漾一个人站在窗边，原逸到底还是不想冷落了她，又听盛博废话了几句后，原逸放下酒杯，朝窗边走过去。

正琢磨要怎么解释的花漾忽然看到男人朝自己走来，马上不淡定地站直，又咳了两声，心里大抵还是有点虚的。

毕竟盛博那边没能成就算了，还把这事捅给了原逸，弄得花漾现在里外不是人。

明明老公是最大 Boss，自己却暗戳戳地去找他兄弟帮忙，这是有多看不起他。

原逸越走越近，花漾也越发往后躲，待他终于在面前站定，一言不发地看着她。

“听说你还给盛博带了礼物？”

花漾闭了闭嘴，小声给自己辩解：“没刷你的卡，花的我自己的钱。”

原逸不由得轻哂，她是挺骄傲还是怎么的。

这话不说还好，说了反倒更让原逸有些硌硬。

“怎么，你钱很多？”

花漾继续不怕死地往回顶：“还行。”

原逸：“……”

过去还会在自己面前装一装，自从在酒吧翻车后，这个女人是越来越敢了。原逸心里堵着一口莫名的气，没再说话。

这时侍应生从外面又引进来一个女人。

她踩着高跟鞋走进来，长发披在背后，闪亮的钻石耳环在灯光下熠熠生辉，一进门立刻吸引了众人的目光。

“咦，卫语蓝来了？”

模特和流量明星最大的区别就是身材和气质，卫语蓝的确是男人喜欢的那一类，但她一贯有些清高，普通富二代从来入不了她的眼。

圈子里一直有传她背靠原逸，所以资源才会那么好，几年内迅速成长为超模。现在她突然出现在盛博的生日趴，和原逸的老婆正面遇上，气氛不免有些微妙。

可很快，大家发现了一件更微妙的事。

卫语蓝身上穿的衣服竟然和花漾的是同一个品牌的同一个款式。

花漾愣愣地看着不远处的卫语蓝，一下子有些蒙。

人生中第一次与人撞衫，虽说没有撞出谁丑谁尴尬的境界，但卫语蓝到底是国际超模，妥妥的衣架子，在这样的场合下，再漂亮的女人也压不过超模的身材和气场。

花漾有些尴尬，低头看了眼自己，顿了顿，又看向原逸。

这是一个下意识的眼神，虽然什么都没说，但在这个节骨眼，原逸感觉到花漾需要自己。

他的心莫名动了下。

现场的气氛有一点点凝滞，撞衫是这个圈子里最忌讳的事，但眼下发生在原逸的老婆和力捧的模特身上，简直是雪上加霜的灾难现场。

半晌无人说话，众人都在静静等当事双方的反应。

卫语蓝初始也有一刻的怔然，但她到底是在圈子里历练过的，很快就从容地笑了笑，对盛博道了一句生日快乐后，朝原逸这边走过来。

她站定，看着花漾，递来手：“你好，我是卫语蓝。”

在场那么多人，她偏偏要来跟花漾打招呼，这份微妙的心思花漾感应到了。

卫语蓝的声音和表情都很自信，一点儿都不像生病输液的人。

本来在身高上就被比下去了，花漾不想连气势都被比下去。

于是她缓缓伸手回应，摆出总裁夫人的姿态微笑道：“知道，之前看过你的走秀，不错。”说着，不着痕迹地挽上原逸的手臂，“你病这么快就好了吗？我和原逸还想今晚去医院看你的。”

花漾语气里带着一点儿嘲讽，就差直接说“你戏这么快就演完了吗”。

卫语蓝看到了花漾故意秀出的亲密，也听出了她的弦外之音。

一开始盛博邀请的时候，卫语蓝没想过要来，她不爱参加这种公子哥的聚会，但想到原逸可能会在，又改变了主意。

但卫语蓝没有想到的是，原逸竟然会带着花漾一起。

愿意带女人出入自己的社交圈，必然已经在心里肯定了她的身份。

卫语蓝笑了笑，又朝原逸伸出手："还没恭喜原总新婚快乐。"

原逸肢体没有回应，只淡淡扫了她一眼，道："这衣服不适合你，太过凌厉。"

卫语蓝停在半空的手顿了顿，笑着收回："是吗？"

她垂眸，停顿半晌，意味深长地说："原总倒是比以前生分多了。"

花漾："……"

什么意思，他们以前很熟吗?

卫语蓝还是有自知之明的，就算她再怎么压倒了花漾，她们之间依然隔着遥远的距离。

用最简单的话说，她是走秀的，而花漾是看秀的。

因此说完那句话后，她与盛博道别离开。虽然只在这个 party 里短暂地打了个照面，但已然让气氛变味。

人是盛博请的，但谁能想到会遇到撞衫的事，还撞到了原逸的人面前。眼下他脸色难看，盛博不敢开腔，撺掇周南叙去说两句缓和气氛。

两人还在商量怎么开口，那边原逸拿起外套，撂下一句："走了。"

周南叙："……"

盛博："……"

原逸牵着花漾往外走，临到出门前想起了什么，回头跟周南叙说："停了所有和 Delin 的合作。"

这就是今晚让两个女人撞衫的牌子。

虽说有种飞来横锅的味道，但无论如何，这个品牌的公关让从来高傲骄矜的原逸今晚丢了面子。

他老婆穿出来的衣服竟然这么容易就撞了，可想而知对方是送了多少同款出去，对花漾这个原太太又是多么不上心。

两人离开宁园公馆，上车后，都没有先开口说话，似乎各怀心事。

其实对于撞衫，花漾不是非常在意，过了就完了，况且刚刚卫语蓝也没占多少上风，真正让花漾不太舒服的是卫语蓝最后那句"生分"。

花漾不知道卫语蓝和原逸到底是哪种关系。

“你们以前很熟吗？”路程行至一半，花漾还是没忍住问。

“谁？”

“卫语蓝。”

“以前是公司的模特，后来约满离开了。”

“就这样？”

原逸微顿，回过头反问：“不然你以为呢？”

男人回答得干脆坦然，没有一丝犹豫迟钝，花漾转过去想了想，好像没什么破绽，便没再接话。

回家后，两人依旧各回各房，花漾躺在床上闭目休息，忽然收到孟禾的微信。

“宝贝，你帮我问了吗？怎么样？”

孟禾家里条件一般，父母是工薪阶层，供她读服装表演专业不容易，谁都想往高处走，花漾也理解，所以内心来说很想帮孟禾这个忙。

可她今天主动先找盛博，多半已经惹恼了原逸，现在再去求他，胜算估计也不大。

花漾坐起来，思考要怎么做才能让原逸答应帮忙。

求人办事必须得有诚意，于是花漾决定先去做点好吃的，只是原逸不一定就接受。

她觉得自己必须得有 plan B。

在房里踱步徘徊了片刻，花漾忽然想起陶印印之前说的那个关于原逸的秘密。

她顿时停住，眼睛骨碌碌转了两下，有了办法。

二十分钟后。

花漾敲响书房门：“原逸，我可以进来吗？”

须臾，男人的声音传来：“进来。”

花漾把带来的一个盒子暂时放在墙角，然后捧着自己亲自去餐厅做的水果沙拉，殷勤献宝般地走进去：“你饿了吗，我做了水果沙拉，你要不要吃一点儿？”

原逸抬起头。

花漾笑眯眯的，已经换了家居服，一套粉色的棉质睡衣，颜色嫩嫩的，很可爱。

男人心里轻哧了声。

花漾这会儿打的什么算盘，原逸心里清楚得很，她上一次这么好心还是送草莓蛋糕的时候。

原逸不动声色地说：“我不饿。”

“……”

花漾的计划当即宣告失败，虽然已经有心理准备，但她缓了缓，还是挣扎了下：“真的不吃一点儿吗？很好吃的，里面有西瓜，很甜。”

原逸晚上喝了酒，这会儿其实胃里空空的，吃点沙拉也不错。

他顿了顿，垂眸看着文件，淡淡地道：“你朋友的事我帮不上忙。”

“……”

“这样还要给我吃吗？”

花漾没想到原逸完全识破了自己，识破也就罢了，还一点儿面子不给自己留。

她顿时收起满脸笑容，舀了一口西瓜塞到自己嘴里：“就算我给，你好意思吃吗？”

花漾气呼呼地边吃边抱着玻璃碗转头往外走，走了两步又回头：“真不吃我的西瓜？”

原逸很轻地抬手挥了两下。

意思是，这瓜我不吃，这忙我不帮。

花漾看懂了：“好。”

她径直离开，门也没关，不到十秒又走了进来，这次怀里抱着一个四方小盒子。

原逸皱眉：“干什么？”

花漾心平气和地说：“我是很真诚地请你帮我朋友一次。”

原逸莫名觉得那个小盒有些诡异，他放下笔：“你抱的什么东西？”

花漾没答他，左手抱沙拉碗，右手抱神秘小盒，走至原逸办公桌前，又确定地问了一次：“你真的不打算选沙拉吗？帮我一次，我以后天天给你做沙拉吃都可以。”

原逸心里还堵着她先找盛博的那股气，冷淡道：“我决定的事不会变。”

花漾站着不动了。

顿了顿，她把沙拉放到桌上，人走至原逸面前，举起手里的盒子：“那你是要选这个了？”

原逸感觉不对劲，正想问一句盒子里装的什么，忽然——

“呱！”

清脆的一声蛙叫在安静的书房响起。

原逸迟钝了一秒，当即反应过来，不可置信地看着花漾：“你把什么带进来了？”

花漾眨了眨眼：“一只小青蛙。”

原逸顿时炸了，倏地从座椅上站起来。

花漾看到他这个反应“扑哧”一声笑了：“你不是吧，真的怕青蛙啊？哈哈哈哈哈！”

之前陶印印告诉她关于原逸的秘密就是，这个男人从小就讨厌青蛙这种生物，每次看到都会躲很远。

花漾原本是决定先来软的招，用水果沙拉做糖衣炮弹哄一下原逸，没想到男人不吃这一套，没办法，她只能放大招了。

花漾看着原逸的表情，忍住笑，故意把盒子往他面前送：“答不答应我？”

“让开。”

“那你答应我。”

“我叫你让开。”

“啊，那我只好放它出来喽……”

花漾被逗得笑到不行，原逸往后退一步，她就往前进一步。

“花漾，我再说一次别让它靠近我！”

“就不就不。”

花漾一点儿都不怕原逸，又特地跨了一大步靠近，甚至这一次还把盒子送到男人面前，做出一副要打开的样子。

只是她嘚瑟的动作还没来得及完成，人突然一个后仰，被原逸一把反压在办公桌上。

桌上的文件稀里哗啦散了一地。

下一秒，花漾拿盒子的那只手也被举过头顶，死死按在桌上。

她手一松，盒子应声掉落，她被制伏得妥妥帖帖。

……

周围的声音骤然静止了。

花漾整个人被压着，空气里迅速涌进男人灼热的呼吸和味道，带着丝丝暧昧的酒味。

花漾心跳加快，却不敢动，仿佛一动就能抵到男人的唇齿，她轻垂着睫毛，却不小心看到原逸微敞的衬衫里若隐若现的锁骨和皮肤，脸颊腾地烧红，眼睛躲开眼神闪烁，不知该看向哪里。

半晌，她似乎觉得无法呼吸了似的，身体动了动，试图挣扎出原逸的控制，可发现自己动弹不得。

无奈之下，她尽管心跳如擂鼓，仍壮着胆子："你，你干什么，你松开我。"

话音刚落，花漾另一只手也被抽起举过头顶，她一惊，抬起头。

只见原逸眸色渐深，微微倾身下来，目光紧盯着她："你是不是觉得，我不敢把你怎么样。"

寂静书房，孤男寡女，裹着荷尔蒙冲动的气氛很暧昧。

花漾呼吸着原逸的呼吸，一动不敢动，明明心里已经虚得要死，却倔强地不想在他面前露出半分害怕的样子。

输什么都不能输气势，毕竟一分钟前，自己可是举着青蛙吓唬他的那个。

花漾心提到了嗓子眼，嘴上还镇定地逞强："你最好松开我，不然我每天往你书房放一只青蛙。"

原逸笑了："你真以为我怕？"

花漾眉头一皱，感觉事情不妙。

难道陶印印给的是假情报？

不对啊，刚刚原逸明明一直在躲，那种反应是最真实的，装不出来的。

花漾心里快速酝酿对策："你怕不怕我不知道，但是……"她眼神落到原逸肩上，"青蛙跳到你肩上了。"

原逸："……"

其实原逸不是真的怕，只是对这种动物有种谜之生理反胃，看到就不舒服。

他身体轻轻抬了几分，余光去扫肩头。

趁原逸分神的工夫，花漾偷偷想溜，可原逸反应快，察觉到她的小动作立即加重力度将她重新压住。

"你耍我？"

他的肩膀处明明什么都没有。

花漾才往外钻了一点儿又被按回来，骗人的小伎俩也露了馅，还惹恼了男人似的，他把她压得更紧。

花漾闭着眼睛又急又羞，思绪乱成一团，只觉两人的呼吸全都缠在一起，她每个细胞都能感应到原逸的味道。

都说喝了酒的男人容易冲动失去理智，两人合法领证，相敬如宾了这么久，花漾还不想就这么在书房里那样了。

那也太潦草了……

于是她态度立即转软，不再顶嘴，认错的话吧啦吧啦往外蹦："我错了我错了，我不该拿青蛙吓唬你，我闺蜜的事不行就算了，我就是问一问，你当我什么都没说吧。"

花漾倒豆子似的说完，房间陷入沉默，久久无人回应。

花漾眼睫轻颤着，鼓起勇气眯开一丝眼缝。

本想观察原逸的反应，睁眼却看到这人一动不动地看着自己，表情冷峻，眼里还翻滚着奇怪的情绪。

这个眼神让花漾心里莫名一跳，耳根蹿上一股热。

她躲开这个对视，试着推了推原逸："可，可以松开我了吗？"

原逸的确有片刻的出神。

跟花漾那一连串的话一起带出来的，还有她口中某种淡淡的、水果味的甜。

刚刚是一时应激把她按在身下，现在平静下来，他似乎才真正从生理上感受到了女人柔软的身体。

花漾扣好的睡衣在牵扯间略有凌乱，领口下的皮肤白皙柔软，玲珑瘦削的锁骨清晰可见，唇和自己几乎贴在一起，香气丝丝传入鼻尖，像蛊惑迷乱人心的毒药。

原逸体内忽然不受控制地涌出一些冲动。

正值气盛和年轻的身体，都有着最敏感的反应。

他无意识地又下压了些，贴近她的唇。

以为就要发生什么，花漾脸噌地涨红，闭紧了眼。

可就在这时，突然响起的手机铃声打破了所有气氛。

铃声一阵阵地响，让原逸刚刚那几秒脱离掌控的理智瞬间回归。

他怔了怔，回神般蓦地起身，拿起身边的手机。

电话是翟羽打来的，这么晚了应该是公事。

“老板，Delin 那边已经知道了今晚的事，他们大中华区的负责人刚刚亲自打来电话致歉，希望和 KR 的合作不要受到影响，尤其是过两天的 *Marver* 十周年名人宴。”

Marver 这次的十周年主题为名人宴，将汇聚圈内顶流明星和模特，对任何一个时尚品牌来说都是一个绝佳的宣传机会。

Delin 赞助了数套服装给到场嘉宾，其代言人也会出席，如果这时候和 KR 的合作出了问题，也就意味着失去了这次名人宴的所有曝光机会。

这个圈子风声就是传得这么快，尽管这个公关很迅速，但原逸并不想接受：“没别的事可以挂了。”

“老板，”翟羽却叫住他，“Delin 负责人说愿意以太太的名字定制一个主题系列的礼服，在明年的法国秋冬时装周展出。”

本已耐心告罄的原逸轻轻挑了挑眉。

这个弥补方式倒挺新颖。

他看了眼还躺在桌上缩得跟鹌鹑似的女人，想着明年的这个时候给她看一套以自己名字命名的高定系列，应该还蛮有趣的。

思考片刻，原逸松了口：“你去安排。”

原逸这样回答便是受了这个礼，类似 Delin 这样的高定品牌愿意单独为一个人出一个系列，这种操作在圈子里闻所未闻，算是非常有诚意的了。

电话挂断，原逸之前的冲动也退去不少，他松开花漾，不太客气地赶人：“带着那个东西出去。”

花漾揉着被按到有点痛的手腕坐起来，敢怒不敢言，只能在嘴里嘀咕：“走就走，凶什么凶。”

原逸坐在转椅上睨着她，也是好奇：“你从哪儿弄来的青蛙？”

花漾绕到桌后去捡盒子，从里面翻出自己的手机，把还在呱呱叫的闹钟声按了暂停。

“你以为谁都跟你一样没心肝，我要是真想吓你，早就捉一只真的直接放你桌上了，还装什么盒子！”

原逸：“……”

花漾刚刚的确是有去花园里捉一只青蛙的想法，毕竟原家是中式园林别墅，假山花园鱼池应有尽有，特别原生态，夜晚经过偶尔也能听到几声蛙鸣。

但她最后还是放弃了，怕万一青蛙跳出来，真的会吓到原逸，所以只是下载了一个声音用来做闹钟反复播放。

谁能想到善良的自己最后被原逸反控制了呢?

真是羊算不如天算!

花漾默默擦了擦手机，耷拉着脑袋离开了书房。

书房终于恢复了原先的宁静。

原逸捡起散落在地上的文件，整理的时候忽然看到花漾用来讨好自己的沙拉没带走。

透明玻璃碗里，好几种水果混在一起，五颜六色花里胡哨的，就跟花漾那个人一样，一堆小聪明。

原逸看了几秒，把玻璃碗端到面前，漫不经心地用勺子挑起一口送到嘴里。

西瓜冰冰凉，的确爽口沁脾。

他把精致的黄铜雕花小勺从嘴里抽出来，在灯光下端倪片刻。

刚刚自己拒绝花漾时，她好像生气地也拿勺子吃了一口。

不知怎么，原逸嘴角轻轻一扯，笑了。

他放下玻璃碗，习惯性地去拿咖啡杯，却发现咖啡不知什么时候见了底。他起身去客厅，经过卧室的时候看到房门没有关紧，淡黄的光从缝隙里透出，里面隐约有人声传出。

原逸慢慢上前，透过门缝见到花漾坐在床上，好像在跟谁手机视频，语气低落。

听了会儿才听出对方是郭荷芝。

“宝贝，你怎么瘦啦？在原家吃得不习惯吗？”

“不是。”花漾似乎欲言又止，“还好吧。”

“你跟原逸什么时候有空回家玩玩？”

“再说吧，他工作忙。”

寥寥说了几句，花漾就挂了视频，然后一个人发呆似的托着下巴坐在床上，也不知在想什么，抱着手机半天不动。

原逸眼明心亮，当然知道这个才从自己这里战败而归的老婆在烦恼什么。

只是奇怪，自己刚刚没对恶作剧的假青蛙屈服，现在却莫名地轻而易举地被这个背影触动了心。

原逸咳了声，敲门。

花漾转身："谁？"

"我。"

看到是原逸，花漾顿时转过去拿背对他："干吗？"

"明天让你朋友下午三点去公司找盛博。"

原逸说完就走了。

突然的大起大落让花漾有些蒙，刚刚还在烦恼要怎么跟孟禾说这件事，转眼所有问题迎刃而解。

等后知后觉地明白了原逸的意思后，男人已经回了书房，只剩空气中残留的一点儿咖啡香证明他曾经来过。

花漾心底微动，想追上去说声谢谢，临到门前又留了步。

她倚在门框边看着不远处的书房，心里忽然生出些异样的情感。

仔细回忆从结婚以来的点点滴滴，花漾不难发现，原逸虽然嘴上时常不留情面，但暗地里对她的小心思总是很暖。

月色染上床头，花漾给原逸发了一句"谢谢"，虽然他跟平时一样没回，但她一点儿都没生气。

她躲进被窝，闭上眼睛，脑中冒出刚刚在书房时的画面，心中悄悄泛着悸动。

第二天是周末，陶印印回了家，医院也传来好消息，说夏玉婵下周就可以出院在家疗养。

宋孜心情大好，把这一切都归功在花漾身上："自从漾漾和原逸结了婚，老太太的身体就一天比一天好，看来你们当初想要冲的喜的确冲到了。"

因为昨晚的事情，花漾这会儿特别给面子，挽着原逸嘴甜道："奶奶好我们就好。"

原逸没看她，嘴角很轻微地扬了下。

宋孜对花漾这个回答很满意，婆媳关系算是进了一步。

宋凌见不得这种和和美美的场景，在旁不屑地白了一眼："能不好吗，来了咱们家一身名牌，换谁都好。"

原逸当即皱了皱眉。

宋孜见儿子沉了脸，主动帮了花漾一次："漾漾是原家的媳妇，穿好点不是应该的吗？你少说几句，多对印印上点心，她快到公司去实习了吧。"

突然被提到的陶印印低着头："嗯，不知道表哥会安排我去哪边。"

原逸淡淡地问：“你想去哪里？”

KR旗下最有名的就是国内时尚扛旗杂志*Marver*，几乎每天都和明星、名牌打交道，陶印印自然也想去。

她抿着唇小声道：“我想去*Marver*。”

大Boss的表妹，就算实习怎么也得给几个版面负责，但原逸就是公私分得很清的人：“可以，先从助理编辑做起。”

陶印印抬头：“啊？”

*Marver*最不缺的就是助理编辑，每周都有无数女孩揣着挤入时尚圈的梦想挤进来，但往往都坚持不到三个月就走人。看似纸醉金迷华丽光鲜的圈子，其实充满各种心酸冷暖。尤其是新人助理，每天做的就是打电话发邮件跟各大品牌借衣服，再扛几十斤重的样衣徘徊在各个摄影棚、秀场的工作。

看女儿好像不太情愿，宋凌插话道：“原逸，就让印印跟在你后面做你的助理不行吗？”

原逸还没表态，陶印印马上慌张得直摇手：“不要不要不要，我做助理编辑就可以了。”

花漾被陶印印这个避之不及的表情逗笑了，所以原逸在职场上是有多令人闻风丧胆，以至于自己的表妹都吓成这样？

“那随你，我还有会，先走了。”

原逸吃完后欲离开，陶印印又叫住他，小心翼翼地问：“表哥，后天的名人宴能不能带我进去见识一下？”

反正迟早要在这个圈子里混，提前了解接触也不是什么坏事，原逸没有为难：“到时候让翟羽带你进场。”

陶印印当即高兴地拍手，宋孜见状建议道：“那干脆让漾漾跟印印一起去玩吧，也有个伴。”

原逸似乎赶时间，没有太放在心上似的，边点头边往外走：“随便。”

下午，KR集团。

孟禾按照约定来到Tanna，盛博已经收到通知再次对她进行面试。孟禾的专业能力没得说，台风虽然算不上成熟，但可塑性很高，比公司很多签约模特都还要有潜力些，一厘米的身高差距算是瑕不掩瑜。

盛博很满意，正要拿出合同跟她签约，有人推开门。

原逸抚着衣襟从楼上下来，径直走到盛博旁边坐下，神情严肃又淡漠：“再走一次，我亲自面试。”

说着，他让周围不相干的人都走了，只留盛博和翟羽。

这还是全公司第一个让总裁亲自面试的模特，气氛一时间被营造得有些紧张。孟禾心里直打鼓，万万没想到原逸会过来。

但来都来了，她还是打起精神，强装镇定地又走了一遍，最后发着颤地站定。

也不知道为什么，这个男人即便就那样坐在那儿，都有种让人发怵的气场。

孟禾走完，房里久久没动静。

盛博问：“怎么样你倒是说句话啊。”

原逸翻着孟禾的简历，半晌淡淡地问：“你们认识很久了？”

孟禾蒙了下：“啊？”过了几秒才反应过来似的，“嗯，很久了，快五年了吧，大学就在一起玩了。”

“她平时喜欢吃什么？”

盛博一脸问号地转头——

哥你这是在面试啥玩意儿？

孟禾老老实实地回：“喜欢吃辣的东西，以前我们在学校食堂，她每餐都要点爆煎青椒鸡、麻辣牛肉这类的菜，太淡的她不喜欢。”

“还有呢？”

“……”

孟禾也是个机灵鬼，马上就明白原逸这是还想知道更多，便有眼力地倒出来一堆花漾的日常喜好，最后还不忘从闺蜜的角度敲打一下原逸：“花漾那时候可是咱们学校的校花，追她的人超级多，每次去食堂都一堆人抢着要帮她刷卡，还有小哥哥在宿舍楼下给她弹琴唱歌，不过那个小哥哥后来参加选秀出道了……”

孟禾一口气吹太多，原逸心里轻轻一嗤。

就花漾那样敢抓青蛙的女人还有这么多人追？

什么穷乡僻壤的学校，学生这么没眼光，还弹琴唱歌？

原逸扫了眼孟禾的简历：“你是南城大学艺术学院毕业的？”

孟禾：“嗯。”

“那她呢？”

“漾漾原来是读农贸园林设计的，后来——”

“后来转的油画系”还没说出口，有个女人突然敲门进来，一脸怨气地抱怨：“原总，这事我真办不了，昨天熬了一晚上，头发都快熬掉了，您帮我看看这座位该怎么调。”

来的人是***Marver***的副主编刘月，这次的名人宴是时尚圈的盛宴，也是各大明星流量明争暗抢的地方，每逢这样的场合，座位如何安排都是编辑们最痛苦的问题。

刘月说：“A5这桌位置只剩一个，新流量付竟和老影帝江淮各有优势，实在不知道该怎么安排了。老影帝奖项多，资历深，可付竟的粉丝撕番可怕，他正当红惹不起。这两人我们迟迟无法决定，怕稍不注意官博就会被踏平。”

原逸把座位分布图拿过来，正在看的时候，孟禾忽然小声咳了下：“原总，付竟也是我们学校毕业的，我刚刚说那个小哥哥……就是他。”

“哦？竟然这么巧。”盛博意味深长地拱了拱原逸，玩味笑道，“弹琴唱歌这么浪漫的事，也不知道嫂子还记不记得？”

原逸眉角不经意地挑了挑，很快便不动声色，似乎孟禾的话在他这里没有丝毫影响。

半晌，他漫不经心地把付竟的铭牌磁铁从第一排换到后排，声音淡淡：“人气不高脾气倒不小，谁惯的。”

面试结束后，盛博让孟禾先离开了公司，硕大的练习室里，他笑着揶揄原逸：“昨天还义正词严地跟我说原则不能打破，今天就让人家来面试，你脸疼不疼啊？”

原逸一脸淡然：“所以你觉得她走得不行吗？”

“行，当然行。”

“那你废话什么。”

盛博被这个口是心非的男人气笑了：“原逸你变了，现在会背着老婆偷偷打听人家爱吃什么了。”

原逸面不改色地把孟禾的简历表扔在盛博脸上：“她远嫁过来吃得不习惯，我问一下怎么了，不应该吗？”

“你就在这儿装吧，当初新婚夜都要跑出来避难，现在只是因为撞衫就迁怒品牌，给她闺蜜开后门，你就差把喜欢她写在脸上了。”

原逸轻哂，怎么可能？

他不过是一直记得领证当天对郭荷芝承诺过的话——

他会好好照顾花漾，不会让她受任何委屈。

他们的婚姻是仓促的，彼此的生活环境也是天差地别的，两个喜好完全不一样的人，怎么会产生喜欢这样的感觉。

原逸不认为自己会喜欢上一个能徒手抓青蛙、吃口香糖吐泡泡的女人。

他现在做的一切，都是在遵守当初自己的承诺，履行一桩婚姻里作为丈夫的责任而已。

当天晚上，花漾发现家里的晚餐多了一道与往常不一样的菜。

原家人在饮食方面爱好进补，她自从来了过后一直不大习惯，虽然食材奢侈营养丰富，但味道整体偏清淡，不是花漾喜欢的口味。

来了几个月，除了在美食街那一次吃了个尽兴外，她从没大快朵颐地吃过一顿饭。

可今天饭桌上莫名多了一道水煮牛肉。

张姨说这道菜是丁姨做的，丁姨是四川人，做这种菜最拿手。

宋孜皱了皱眉："干吗做味道这么辛辣的菜呀，咱们家里又没有人吃辣。"

张姨解释道："是少爷打电话回来说想吃的。可能他想换换胃口吧。"

"想吃又还不回来，这孩子。"宋孜念叨了几句便没再多说。

花漾虽然不知道原逸为什么突然变了胃口，但突然来了盘对自己口味的菜，她迫不及待地拿筷子夹了一口。

地道的川味，香辣爽口。

整个桌上除了花漾没人动这盘菜，宋孜看了几眼，心里隐约有了数——

自己的儿子她是最了解的，从小到大什么时候吃过辣。

花漾嫁进来后，除了那一两次和家里的小冲突之外，大部分时候还是乖巧安静的。宋孜对这个儿媳妇也逐渐习惯了起来。

说很喜欢也谈不上，毕竟门户背景摆在那儿，如果不是老太太钦点，宋孜也万万看不上花漾的家庭。

但宋孜看得出原逸对花漾的维护，一个家最重要的就是和谐，既然儿子接受了，她这个做妈的也要学着接受。

宋孜不动声色，只是在餐后叮嘱张姨，以后每顿饭都多加一道辣味的菜。

吃了晚饭，陶印印把花漾拉出来，两个姑娘坐在凉亭里聊天，陶印印很是兴奋：“姐姐你明天穿什么衣服去参加名人宴？”

“随便吧。”

“怎么能随便？明天那么多女明星，我一定要穿漂亮点，让哥哥看到我。”

花漾不是很能理解：“哥哥？”

她琢磨着这两人不是在家里才见了的吗？

自从经历了之前的种种事过后，陶印印对花漾没有过去那么别扭了，两人年龄相近，在家也经常聊天。

陶印印告诉花漾：“我现在特别期待明天看到哥哥的样子，你不知道呢，我好多同学都喜欢他！”

花漾：“……”

知道很多女明星女模特对原逸有好感，没想到连女大学生这个群体都被原逸俘获了。

花漾有些酸地看向旁处：“嘁，他有那么大魅力吗？”

“当然！我哥哥是天下最好的哥哥，我爱他一辈子！”

陶印印这番豪言壮语的告白说得花漾起了一身鸡皮疙瘩，她缩了缩肩：“那行吧，你慢慢爱，我先告辞了。”

回到房间，花漾看了会儿电视，脑子里总冒出陶印印的话。

明天的名人宴盛大隆重，汇聚了无数顶流和模特，免不了又是各种红毯斗艳，那么多人在原逸面前晃，自己怎么能随随便便就去了。

花漾马上打开衣柜，把之前品牌方送自己的衣服全部倒在床上，一件件拿到身上比。

试了好几件，原逸忽然在外面敲门：“睡了吗？”

花漾一愣，提着裙角就去开门：“还没有，有事吗？”

门开后，原逸视线蓦地一顿。

眼前的女人穿了一件超美的薄荷绿轻纱质地露肩长裙，裙子是贴身设计的，衬得她曲线玲珑有致，雪白肩头在迷蒙光线下仿佛镀了一层光晕，胸前曲线半遮半掩，刚刚好的性感，明艳又漂亮。

很让人心动。

花漾见原逸不说话，又问：“有事吗？”

原逸回神，本是想来告诉花漾孟禾面试过了的事，但莫名又不想说了。

他问："你穿成这样干什么？"

"哦。"花漾垂眸看了眼自己，解释道，"我是在试明天去参加名人宴的衣服。"

见原逸一直看自己，花漾抿了抿唇，带着几分小女人的羞涩和雀跃试探道："你觉得这件怎么样？"

明晚嘉宾的名单早已公布，原逸想起孟禾的话，沉默了三秒，面无表情地转身离开："不怎么样。"

花漾："……"

虽然已经习惯了原逸大部分时候的冷淡，但如果不是因为他前一晚大发慈悲帮了孟禾，她这会儿是真的想抓只青蛙丢给他，灭灭他这股盛气凌人的高冷。

关上门，花漾气得脱了礼服，剩下的也一股脑全都堆进了衣柜。

第二天，全城瞩目的 *Marver* 十周年名人宴终于在海城某酒店拉开了帷幕。

这是一场比过往任何一次宴会都盛大的时尚狂欢，聚集了娱乐圈众多顶流和时尚圈数一数二的模特名人。众人汇聚在一起，几乎囊括了微博当晚所有热搜。

陶印印从中午就出门，各种美容美发做造型，花漾默默等了她一下午，好不容易等她收拾完才去了酒店。

"你见你哥哥用不着这么夸张吧？"

"这叫仪式感，你就是缺少这些意识。"陶印印吹着刚做完的指甲，看着穿 T 恤牛仔的花漾，皱眉问，"你就打算穿成这样？"

花漾无所谓地看了自己一眼："我觉得挺舒服。"

陶印印摇了摇头，一副恨铁不成钢的样子："不是我说你，姐姐，你毕竟是我哥的老婆，你要有点时尚意识啊，你穿得跟厂妹似的，也对不起你那颜值是不是？"

难得陶印印这只小刺猬还肯定了自己一次，花漾轻轻一笑，没吭声，自己不是没有上心，只不过昨晚一番热情被原逸泼了冷水后，也就懒得打扮了。

反正他又不懂欣赏。

按照计划，陶印印和花漾在下午六点准时到达酒店，翟羽带着她们进去，因为是家属关系户，原逸不喜高调，翟羽便把她们安排在一处偏远的位置，和公司旗下几个不知名的模特坐在一起，孟禾刚好就在其中。

两姐妹见面，孟禾忙招手让花漾坐过来：“你怎么也来了？”

“陪小姑子来玩。”花漾漫不经心地低声道，“你那边过了？”

孟禾点头：“昨天你老公突然亲自来面试，吓死我了。”

花漾：“……”

“对了，他还问我你喜欢吃什么，问了我好多关于你的问题呢。”

原本还心不在焉的花漾倏地怔住，回头看着孟禾。

“问我？”

“对啊，我觉得他很关心你。”

想起昨晚多出来的那道水煮牛肉，倏然之间，花漾好像明白了什么。

她弯了弯唇，心底随之荡开一丝涟漪，连带着昨晚被原逸奚落审美的怨气也一并退了不少。

刚坐下没多久，陶印印接了个电话，说出去接个朋友。

她走后，孟禾指着坐在自己对面的女人对花漾介绍道：“对了宝贝，这个也是我们公司的模特，叫方柔，竟然跟我是老乡。”

花漾淡淡打了个招呼：“嗨。”

方柔也盈盈笑道：“你好，你是孟禾的朋友？”

孟禾正要显摆一下闺蜜的身份，花漾在桌下掐了她一把。

孟禾当即会意，寥寥敷衍过去：“对啊，我大学同学。”

三个人尬聊了几句，陶印印从外面带进来一个人。

花漾无意回头瞟了眼，顿时吓了一跳：“马哲？”

马哲不好意思地挠了挠头：“姐。”

花漾看看他，再看看陶印印，一时间不能把两人联系在一起：“你们怎么会……”

“这事儿说来话长，总之——”

“总之就是，”陶印印打断了马哲的话，颇骄傲地仰着下巴，“马哲现在是我的私人保镖。”

花漾反应了会儿，才后知后觉地想起来，马哲和陶印印都在海城大学读书，上次在酒吧打过照面，之后在学校碰到也不奇怪。

花漾“啧”了声，瞥马哲：“你很缺钱吗，要沦落到出来给别人当保镖？”

马哲冲她挤眉弄眼：“姐，不是那么回事儿。”

花漾一眼看穿这小子没存什么正经心思，正想劝一句别昏头，陶印印忽然兴奋道：“别说了，快看快看，嘉宾都入场了。”

花漾朝陶印印指的方向看过去，还没看清来的是谁，陶印印已经叽叽喳喳开启了吐槽模式：

“于樱真人怎么长这样啊？整容整过头了吧？”

“哎呀，宋叶这裙子跟朵喇叭花似的，她怎么不顺便带个花盆出来啊？”

“肖鸣怎么跟面瘫了似的不会笑？”

“哇，卫语蓝好漂亮，女人梳长发背头也太帅了！”

她吧啦吧啦叨叨个没完，前面几句花漾都忍了，莫名听到卫语蓝就不太舒服。

她捏住陶印印的嘴：“你能消停会儿不？”

被花漾这么一治，陶印印安静了几秒没吭声。

孟禾这时也悄悄压低声音说：“有句话我得提醒你，这个圈子幺蛾子多，有心机的女人多，你得多看着点你老公，别被有心人钻了空子。”

孟禾虽没有点名道姓，但花漾大概也能猜到她是在暗示卫语蓝，毕竟网上各种流言蜚语都在传卫语蓝背靠原逸才能走到今天的地位。

花漾从来都觉得，一段婚姻里，如果两个人感情好，那么就算有再大的空子，也没人能钻得进来。

只是眼下，她和原逸似乎还没有到“感情好”的那一步。

花漾很轻地叹了一声，没说话。

没过一会儿，消停了的陶印印突然又尖叫：“啊！哥哥来了！哥哥来了！”

花漾心里一动，背脊不经意间挺直，微微抬起头，随她的视线看过去。

原想看看原逸今天是怎么着装的，可看了半天，甚至有几秒自己伸长了脖子够着去看，都没有看到走进来的人里有原逸的身影。

“哪里啊，我怎么没看到？”

“那儿啊！”陶印印指着走进来的一个年轻男人，“付竟哥哥！啊啊啊啊啊啊！”

花漾：“？？？”

她皱眉：“谁？”

“我爱豆啊，付竟，你不会不认识吧？”

这个名字花漾莫名有些耳熟，孟禾适时地小声提醒她：“大学在你宿舍楼下弹琴唱歌的那位，你不记得了？”

花漾想了半天才记起这号人物，她不追星，不知道原来这个人如今已经成了当红爱豆，真是时移世易。

闹了半天陶印印是在喊这人哥哥，害她白伸了半天脖子。

花漾边看付竟在背景墙上驻足拍照，边跟陶印印吐槽道：“我还以为你说你哥来了。”

陶印印一怔：“我哥？我哥早就来了啊，第一排坐着呢，你没看到吗？”

“……”

花漾是真的没注意原逸什么时候入了场。

她朝第一排看过去，果然，男人已经坐在了中间的位置，一身剪裁得体的西装，骄矜又清冷。

巧的是，他也正转头看着自己，而且莫名看了很久的样子。

这样的场合下还记得在人海中找自己，花漾心里微甜了下，正准备眨一下眼回应他，男人忽然面无表情地，跟看了个陌生人似的转了过去。

剩一个冷漠的后脑勺对着花漾。

花漾的眨眼还没来得及发送便僵住了，她缓了许久，在心里哼了声别过脸：“神气什么，谁爱看你！”

那边，付竟在背景板前签完名拍完照，走下台来，坐在第三排的位置。

付竟身材高挑，坐的地方离花漾和陶印印不算远，因为是唱跳型歌手，所以今天穿得非常休闲随意，很是青春帅气。

陶印印直呼主办方不公平，像付竟这样的人气流量应该坐第一排。

孟禾在旁几次欲言又止，又怕昨天自己嘴瓢说多了的事惹花漾不高兴，想了半天还是闭口没提。

七点半，红毯结束，嘉宾入席。*Marver* 的主编上台致辞，说了一大段感谢的话后，颁奖盛典正式开始。

陶印印在台下一直偷窥付竟，不停地在花漾耳边发问：“姐姐，我现在过去要签名要合影，还想要微信，你说付竟会不会觉得我疯了？”

花漾摆出一张冷漠脸：“别给你哥丢人了，老老实实坐着不行吗？”说完，她收起玩了半天的手机，左右看了两眼，猫着腰起身，“我去上个厕所。”

其实花漾不是真的想上厕所，只是想出来透个气，她绕了一圈，在酒店门前中庭的长椅上坐了下来。

刚闭眼深吸了一口新鲜空气，一个清朗明亮的男声忽然响起：“真的是你啊花漾，我还以为自己认错了人。”

花漾吓了一跳，睁眼看突然站在面前的男人：“你……”

付竟手插兜，笑着走上前：“我付竟，你不记得了？”

花漾尬笑两声：“记得……恭喜你啊，刚刚得了奖。”

当时付竟真情实感地追了花漾三个月没追到手，如今名利加身，身份跟过去天壤之别，不管是真心还是不甘，内心的那股征服欲还是冒了出来。

“好久没见，改天一起吃饭吧。”

这种社交常见客套话花漾没当真，随口应下：“好啊。”

没想到付竟下一句说：“那加个微信？”

“……”

这花漾就不愿意了。

别说现在自己结了婚，就算是没结婚，她对付竟这一类的男人都没太大兴趣。

花漾脑筋转得很快，演得跟真的似的：“那个，我手机没电了，微信号太长记不住，要不你把微信号给我，我回去了加你。”

付竟微微一笑：“好。”

他跟侍应生要了纸笔，写上一串数字：“我的微信号就是手机号，你存一下，有空给我打过来。”写完，递给花漾，“你会打的吧？”

花漾语气真诚：“当然，当然。”

怕再待下去被媒体拍到做文章，花漾赶紧找了个借口离开：“我先回去了，朋友还在等我。”

付竟也没有挽留：“好。”

两人很默契地各自一边回内场，花漾打算从左边的门进去，刚准备找个垃圾桶把字条扔了，一个身影拦住了她：“太太。”

花漾听着声音耳熟，抬头一看，竟然是翟羽。

她纳闷：“你怎么在这儿？”

翟羽：“老板已经离场，在车上等您。”

花漾：“……”

花漾被领着来到酒店的后门，一个很僻静的出口。

一辆黑色轿车安静地停在那儿，远离盛宴的喧嚣，此刻的一方静谧越发显其尊贵。

花漾走至车前，翟羽为她开了车门，她一眼便看到了车里的男人。

四目轻轻相对，男人清隽淡然的脸上看不出多余的表情：“进来。”

花漾本想提一提他晚上拿后脑勺对着自己的事，可话到嘴边又莫名觉得这人一身低气压，这时候似乎不适合斗嘴，便收住了话，乖乖坐进车内。

车门关了，原逸却迟迟没有让老秦开车。

他没指示，老秦也就不敢发动。

于是三人就跟入了定似的那么坐着，气氛一度有些凝滞。

花漾完全不知道原逸在干吗，正想问一句是不是要等陶印印，原逸忽然转过来，一声不吭地牵起她的手，从她手心扒走了那张字条。

摊开，是一串手机号。

空气忽然安静。

虽然内心绝对清白，但手握一个男人，还是曾经追过自己的男人的手机号被抓包，难免让花漾有些心虚。她清了清嗓，正想说点什么，原逸忽然轻飘飘地撕了字条，丢在车载垃圾桶里，无事发生般淡淡地道：“开车。”

花漾被原逸这个撕纸的动作愣了下，反应片刻，不知是不是自己想多了，莫名觉得有些玩味。

“你干什么？”

原逸没看她，视线落在窗外不断后退的光影上，淡淡地回：“你已经结婚了。”

花漾顿住，忽而气笑了似的：“你什么意思？”

原逸略微蹙眉，转头看她：“那你什么意思，你是想加吗？”

花漾不喜欢这样生硬又强势的态度，她把话顶回去：“我加个朋友不行？”

原逸看了她几秒，漆黑的眸子看不出什么情绪。

几秒后，他从车载垃圾桶里拿出刚刚撕掉的碎片，重新放回花漾手里：“随意。”

“……”

第七章

祖传重情 /

车里又恢复了寂静，气氛透着一股压抑，花漾捏着碎纸片，余光瞥原逸的侧颜，莫名觉得有些情绪梗在两人之间，却不知道怎么说。

回到家，各自回房，关上门。

花漾心里烦，要回来的碎片看都没看就丢进了垃圾桶。她根本没兴趣去加付竟的微信，单纯就是刚刚那一刻有些赌气罢了。

他管那么宽干什么?

手机忽然响了，是孟禾发来的微信：“你去哪儿了？怎么半天没回来？”

花漾无精打采地回复：“我已经回家了。”

孟禾回了个“OK”，没再回复。

突然横出的一张字条让花漾心烦焦躁，她想了很久，还是没忍住给孟禾发了一大段话倾诉：“我刚刚出去遇到了付竟，他给我留了手机号，你都不知道怎么这么巧，跟见了鬼似的，我老公竟然看到了！现在他好像还生气了。”

孟禾收到消息思索片刻，这件事到底因自己嘴瓢而起，她决定坦白从宽：“其实是我昨天面试的时候不小心说了过去付竟追你的事……你别生气，我是为了暗示原总有很多人追你，让他要珍惜你！”

她又说：“付竟原本第一排的位置是他调到第三排的，付竟现在给你手机号他不开心，原总是在吃醋吧？嘿嘿，要不你哄哄他？”

花漾看到屏幕上孟禾发来的话，脑子蒙了几秒。

吃醋?

原逸吃醋?

怎么可能?

孟禾又噼里啪啦地给她分析：“人家昨天偷偷跟我打听你爱吃什么，今天你就跟旧情人交换手机号，换了我也不开心啊，快！我给你支个招，你现在赶紧去抱着他亲一口，保证什么不开心都烟消云散！”

花漾换位思考，假如现在自己看到原逸和卫语蓝在偷偷交换什么隐私的东西，那可能已经闷闷不乐气炸了。

所以……

原逸喜欢自己？

虽然不是很相信这个设定，但是一旦按照孟禾的猜测去想，似乎一切又变得可以解释得通了。

花漾忽然感觉浑身不自在了起来。

她一直认为自己跟原逸是塑料夫妻，相处到现在三个多月的时间，最多是在塑料的基础上多了一点儿面子，即原逸对内对外都给足了她这个总裁太太的面子。

但是喜欢？

花漾真的感觉不到。

她只感觉到了自己单方面对他日渐加深却偷偷藏着的好感。

外面一阵风刮过，窗户被风弹回来，发出不小的声响。

花漾思绪被打断，起身去关窗，边关边想，深秋了，原逸好像还一直盖着一条薄薄的被子。

她站在窗边默默想了会儿，在柜子里找出一床毛毯。

从盛典现场回来，原逸就在书房坐着没吭声。

他什么事都没做，就那么坐在那儿，反复沉淀和清理着自己的思绪。

付竞出来的时候，他看到花漾一直在伸长脖子看，后面她出去了，付竞也跟着出去了。

自己当时也不知道中了什么邪，竟没控制住离开了现场，刚走到门前中庭，就看到付竞和花漾站在中庭说着话，没过多久，付竞就给了花漾一张字条。

到现在回忆起这番画面，原逸仍然极度不适。

原逸不清楚自己这种突然生出的带着占有欲的情绪从何而来，他松了松领结，无意中想起盛博说的话——你就差把喜欢她写在脸上了。

可原逸觉得不可能。

他了解自己，从最初见到花漾的那一刻起，他就知道对方并不是自己的理想型，他们的结合不过是一场迎合长辈心愿的戏。

假戏怎么可能会成真。

原逸目光落在桌面，想起了什么似的，拉开抽屉拿出那份协议书。

好像现在只剩下这个能证明自己当初果断的心意，一开始他就决定了他们的婚姻时限和结果，怎么可能会半路变了心思。

他渐渐地在意花漾每天是否过得快乐，吃得好不好，穿得好不好。

他曾将这一切归于责任使然。

可仅仅是责任的话，今晚的他不该会是这样的反应。

原逸思绪有些乱，书房门忽然有响动，花漾在外敲门："原逸！"

还没等原逸出声，花漾就推门进来了。

原逸下意识地将协议书按到一堆文件下面，不动声色道："有事吗？"

花漾看到了他这个动作，只是没有多想，以为是工作上的事。

她抱着毯子走进来："都降温了，你睡在这个单人沙发上会冷的吧？我给你拿了一床毯子来。"

花漾突然的关心让原逸心底憋着的那点情绪莫名散开不少，只是他惯于藏起自己，神情仍淡淡的："谢谢。"之后再无多言。

饶是花漾心里有再多想说的话，在这种场面下也说不出来了。

这个男人根本就毫无反应啊……

这哪里像吃醋的样子？他明明就很平静。

再说，正常的男人在半夜收到老婆送来的爱心毛毯，怎么可能就回一个谢谢？

花漾觉得这事不对，她回到房里翻来覆去，抱着枕头各种分析，还是觉得不能轻信孟禾的话。

这种事不能光听女人的，得问男人，说不定男人的立场又不同。

于是花漾先找到了马哲："我有个朋友，她和一个男的交换联系方式被男朋友看见了，男朋友很生气，你说那个男朋友是不是吃醋？"

马哲的回复犀利无比："有两种可能。一、男朋友吃醋；二、男朋友和那个男的关系匪浅。"

花漾："？？？"

她怎么没有想过这种可能？

花漾坐正，开始认真地分析起了第二种可能，她快速打开微博，搜寻付竟和 KR 相关的合作消息，找着找着，她的神情渐渐严肃起来。

次日清晨，原逸刚从客卫洗漱出来，就看到花漾靠在门口看着他，眼神带着一种严厉的考察和审核意味。

原逸莫名有种被带进局子用眼神逼问的既视感："干什么？"

花漾只看不说话，过了会儿，一阵风似的飘走。

原逸："……"

在餐厅吃早饭的时候，吃到一半，原逸又发现花漾撑着脑袋在看自己，神情莫名严肃。

原逸被看得不自在："你有什么事就说。"

花漾摇了摇头，又叹了口气，头埋进碗里吃面。

原逸："……"

这一早上，花漾幽幽的身影时不时就在原逸面前闪一下，用复杂的眼神观望原逸几秒，什么都不说又离开，弄得原逸十分莫名其妙，到了公司开会都不太专心。

媒体部的负责人在汇报昨晚名人宴的各项数据，末了还着重提了下："因为付竟的座位问题，昨晚他的粉丝在微博喊话 *Marver* 排番位不公平，撕得很激烈，这件事有没有必要做出回应？"

想起昨晚付竟写手机号给花漾的事，原逸心不在焉地回："有什么好回应的，他有那个资历坐第一排吗？"

付竟最近是人气顶流，之前和 *Marver* 的合作关系一直很好，这次这个位置排得众人也有些不解，但老板的心思谁都摸不透，可能付竟突然不入他的眼，或者暗地里得罪了老板，这都是说不准的事。

Marver 主编小心建议道："这期付竟有个内页采访，上市后应该能缓解不少粉丝的不满。"

原逸皱眉："采访？"

主编好像看出了原逸眉眼中的那点嫌弃，马上解释道："是他们组合的采访，不是他个人的。"

场地和服装、版面都定好了，如果这时候原逸来一句取消，亏损的不仅是人力物力，最要紧的是，空出的那几页版面临时也找不到人来填。

全场安静了约一分钟。

最后，原逸轻轻淡淡地“嗯”了声，算是默认了这个采访。

一码归一码，意识到把私人情绪带到工作上后，原逸及时拦住了自己。

毕竟他不能因为付竟一个人，而让他们整个组合和杂志所有的编辑团队白忙。

开完会回办公室的路上，原逸边走边嘱咐翟羽：“你待会儿去帮我买个礼物。”

翟羽察言观色：“T 家昨天刚在恒泰开了专柜，听说有一条从意大利运过来的手工定制钻石手链，七位数，独一件，很适合太太。”

原逸丝毫没有考虑：“就它了。”

翟羽点头：“是。”

两人乘电梯回到办公室，千夏站起来通知原逸：“卫小姐来了，在里面等了您很久。”

原逸轻轻皱眉，不悦地看了千夏一眼。翟羽立即上前帮他推开门，关门后才过来告诉千夏：“只有原总的太太才可以坐在里面等原总，以后不要再犯这种错误。”

千夏微微一怔：“可是他们……”

“没有可是。”翟羽把会议上的文件交给千夏，见她还不解的样子，又细声提醒道，“你还嫌外面的新闻不够多吗？”

千夏：“是……”

办公室内，安静无声。

卫语蓝等了原逸半个小时，见他终于回来，眼尾轻轻挑了挑。

她双手递上一个包装精致的礼盒，声音轻轻道：“给你的新婚礼物。”

原逸从进来起，视线几乎没有落在她身上，这份礼物自然也没有收进眼里。

他处理着未签字的文件，声音寡淡：“如果只是来送礼物，那可以走了，我还有个电话要打。”

闻言，卫语蓝缓慢放下交叠的双腿，身体朝前倾了些：“走？”她顿了半晌，“我记得你以前对我很温柔。”

原逸笔尖一顿，抬起头：“卫小姐，那不叫温柔。”

“不是温柔是什么？”

“是对你的尊重。”

“尊重？”

“你自重，我便尊重。”

“可你明明——”卫语蓝话到嘴边又收住，几番嗫嚅，心有不甘地想说什么，终是控制住了情绪，自嘲地笑出来，“结了婚到底是不一样。我明白了，难怪打那么多电话都不接。”

“你可以出去了。”原逸态度冷漠，边说边赶客地拨起了电话，等手机那边响起花漾的声音时，他才怔然发现自己这一连串无意识的举动。

花漾喂了好几声：“干吗？”

听到花漾清澈娇俏的声音，原逸的心情都莫名跟着好了些似的，清了清嗓：“晚上等我回家再睡。”

他要把礼物给她，顺便……为昨天的事道个歉。

卫语蓝一听就知道原逸这个电话是打给谁的，她低头轻轻笑了笑，重新戴上墨镜。

从总裁办公室出来时，卫语蓝神色已经恢复了跟平时一样的淡然自信，她身材高挑惹眼，踩着高跟鞋离开了KR大楼，深色墨镜下，谁也窥探不清她的表情。

时尚集团没有不透风的墙，从1楼接待台到58楼会议室，不到半天的时间，卫语蓝出入原逸办公室的事传了个遍，甚至夹杂着各种捕风捉影的言论。

孟禾和方柔在练习室里也听到一堆八卦，众模特训练结束围在一起议论纷纷：

“卫语蓝怎么跟总裁太太似的随意进出老板办公室？”

“他们俩本来就关系不一般，卫语蓝要不是原逸捧能有今天？哪个资本家会免费捧人？”

“而且这次十周年的封面还特地去巴黎拍，你见公司对哪个模特这么重视过？”

“那你们猜原总那个新婚太太知不知道？”

“知不知道都一样，豪门不都这个样子，睁只眼闭只眼呗。”

几个女的边说边笑，方柔在旁沉下脸，从嗓子里恨恨地蹦出一句：“卫语蓝真恶心！”

孟禾虽不是当事人，听着却也觉得无比刺耳，对着花漾的微信对话框打了几个字又删除，最终还是什么都没说。

付竟的事自己已经多嘴过一次了，不能再让花漾陷入困扰。

除非有一天，这件事情铁证如山，她亲眼看到。

一天三个会，两场应酬，全部结束后原逸才回了家。

深夜十二点，原以为花漾肯定已经睡了，却没想到卧室的灯竟然还亮着。

原逸手搭着外套走近，轻轻敲了两下门，没人应。

他试着拧了下门，门开了。

房里亮着一盏小灯，iPad 还在播着韩国偶像剧，花漾躺在床前的沙发上，歪着身子睡着了。

她穿着白色印花的睡衣，上身趴在床上，长发散了一半遮住脸颊，长密的睫毛像一把小扇子，随着呼吸轻颤着，看起来毫无防备，像只软绵绵的无害小绵羊。

沙发旁还有个人形高的大熊，也摆成了看电视的样子，乖巧地坐在一旁。

她安静起来的样子，倒是没那么调皮。

原逸轻轻笑了下，而后看了下室温，17℃。

就这么躺在这里睡肯定不行，他本想推一下花漾叫醒她，可手伸到了女孩肩旁，又停住。

似乎有些不忍心打扰。

他顿了顿，把自己的外套放到一边，抱起她，从床尾绕到床前。

放下的时候，他动作格外轻，甚至连呼吸都屏住了一样，身体前倾着，将她在床上放平，再试着轻轻从她身下抽出自己的手。

花漾皱了皱眉，翻过身伸手抱住原逸，梦呓似的说了几句话，又睡着。

两只软绵的胳膊突然抱住自己，原逸背脊一僵，喉头滚了滚，只觉得身体里血液流动的速度倏地加快了。

他一动不动地保持这个姿势冷静了片刻，等确定花漾再次睡过去后，第二次尝试起身。

可很奇怪，只要他一动，花漾就会缠住他，很依赖似的抱着不放，甚至最后一次，手脚并用地锁住了原逸，咕哝着："让我抱一抱嘛。"

被迫躺在床旁的原逸心里微妙一动，内心突然涌出一股无以言表的愉悦感和满足感。

他目视前方 iPad 里还在播放的偶像剧，半晌——这电视还挺好看的，要不我就在这看一会儿吧。

迷迷糊糊中，花漾觉得今天的大熊抱起来虽然手感没那么舒服，不够毛茸茸，可是够暖和，像有了人的温度似的，抱了还想抱，甚至想钻进“它”的怀抱里撒个野。

因此，第二天她睡醒的时候，下意识地往大熊的怀里又蹭了蹭，小手满意地直拍：“真好，天冷了，你也变暖和了。”

她拍着拍着，在意识清醒间，忽然觉得好像哪里不对。

大熊松软的毛怎么不见了……

怎么自己摸到的是平滑的布料，手感也有些奇怪?

花漾惺忪地睁开眼睛，视线逐渐由迷蒙转到清晰，她看着视野里出现的面孔，茫然了几秒，又使劲眨了眨眼睛，确定自己没看错后，“啊”的一声尖叫着坐起来。

被尖昂的女声叫醒，原逸皱了皱眉，意识恢复间，也猛然惊醒。

他什么时候睡着了?

昨晚他靠在床边看那部偶像剧，不记得看了多少集，也不记得讲了什么，但记得自己给花漾盖了几次被子，记得花漾说了几句梦话，记得自己……撑着下巴看了她多久。

花漾一脸惊悚地扯紧被子：“你怎么会在这儿？你都干什么了？”

虽然有些心虚，但原逸脸上风平浪静，淡淡起身：“我能干什么？”

他斜了一眼把自己裹紧的花漾，很平静地解释自己的行为：“我回来看到你睡在沙发上，好心把你抱上床，结果你抱着我不松手。”边说还边活动了下颈椎，假装很疲惫的样子。“我被你折腾得都没睡好，你叫什么叫。”

花漾：“……”

寥寥几句就让自己变成了那个主动勾引的人，花漾不淡定了，把坐在沙发旁的大熊扯过来：“我平时都抱着它睡的，我哪知道是你！再说了，我抱着你不松手，你就不能喊醒我吗？”

没错！花漾顿时觉得自己找到了重点——

你分明就是想占我便宜，还说得那么无辜好听!

两人各坐在床的一边，四目对视。

原逸动了动唇，努力想为自己辩解点什么，却发现自己好像完全没有可以反驳的点。

以他的性格，他哪里会那么好心做善事，任人摸了一晚上胸肌都不吱声还各种满足。

原逸轻轻咳一声，站起来看着花漾，仍然镇定："我终于体会到了什么叫农夫与蛇。"

花漾："？"

"下次你就睡沙发，我不会再管了。"

他这副义正词严好像受到冤枉的语气让花漾突然受到了良心的谴责，仔细一想，原逸平时都去书房的单人沙发上睡，从来没有越过界，昨晚可能真的是看自己睡着了，不忍心打扰，所以……也许是自己想多了？

就在花漾谴责自己小人之心时，原逸快速转移话题。

"对了。"他从外套口袋里拿出一个高级的丝绒小盒，打开，"这个给你。"

花漾垂眸一看，闪瞎了她的眼。

手链由一颗颗晶莹剔透的小钻石镶嵌而成，细节里都透着人民币的气质。

没有女人不爱华丽漂亮的首饰，花漾也是，她成功被带偏了注意力，拿起来往自己手腕上戴，只是一只手系扣子不方便，她折腾了半天都没能扣上。

看得原逸莫名着急，突然蹲下来，伸手接过。

花漾："……"

他就那样蹲在花漾身边，轻轻帮她系着手链的扣子，偶尔两人的手不小心碰到，皮肤就跟过了电一样，令人莫名心跳加快。

藏不住表情的花漾耳根快速红了一片。

戴好后，原逸站起来："喜不喜欢？"

这种闪耀的奢侈谁不喜欢？

虽然心里觉得甜甜的，但花漾面上淡定得很，轻飘飘地点了点头："还行。"

原逸："……"

行吧，还行总比不喜欢好，最起码是肯定了。

他拿起外套，结婚以来第一次清早从自己的卧室出去："我去洗漱了，待会儿餐厅见。"

等他走了，花漾仰躺在床上抬高胳膊看。

这还是原逸第一次主动给她送礼物，他竟然懂得送礼物哄老婆开心了，难道是之前的毛毯温暖了他的良心，知道自己太过分了？

花漾窃喜地躲进被子里欣赏手链，看着看着，一个念头从脑子里蹿过。

他好端端地为什么突然给自己送礼物？莫非是做了什么亏心事？

“亏心事”三个字让花漾脑子里迅速闪过一个可怕的讯号。

难道……

经过花漾昨天的调查，发现付竟在这之前上过三次 *Marver* 的封面，两次单人封一次组合封，另外还参与了 KR 旗下众多活动，可以说是非常亲密的合作关系。

而自己跟原逸结婚以来，如同形婚，两人各住各的房间，从来没有过任何越界的行为，原逸看上去似乎也对自己这个每天在他面前晃的老婆没什么生理上的兴趣。

思及此，花漾严肃地蹙紧眉，越发觉得——自己似乎有必要了解一下原逸了。

一家人吃完早餐后，宋凌要去看画展，说是从首都过来的巡回艺术家油画展，她想带陶印印去接受一下熏陶。

宋孜听了便建议花漾跟宋凌一起去：“你跟小姨一起去看看，也多熟悉一下这些场合，以后跟原逸出去应酬也不用担心不习惯。”

花漾还没来得及开口说我不乐意，宋凌反倒抢先笑道：“姐，你何必为难漾漾呢，你让一个从小跟牛啊羊啊生活在一起的姑娘去欣赏那些作品，她也看不懂啊，到时候跟在我们后面也拘束。”

宋凌一张嘴不饶人，见不得花漾逐渐赢得了家里人的喜欢，有事没事就喜欢挖苦两句。她话说完，原逸放下碗筷，用明显不悦的声音跟花漾说：“我让千夏下午过来接你去逛街，恒泰最近进驻了不少新品牌，你去挑挑。”

花漾听出来原逸这是在帮自己解围，逛街刷卡的确是一件舒缓压力的事，但她现在反倒被宋凌一番盛气凌人的话激起了兴趣，她倒想跟着去看看这位小姨有多高的艺术造诣。

于是花漾笑着摇头道：“不用了，我想跟着小姨出去陶冶一下情操，学习学习怎么看画展。”

宋凌翻了个白眼。

宋孜却鼓励道：“是的，去看看没什么坏处，有什么不懂的你可以问小姨，或者问印印，久了就习惯了。”

“嗯呢。”花漾乖巧应道。

原逸见花漾似乎很感兴趣的样子，便也没有再阻拦："那随你吧。"

饭后，司机来接宋凌和花漾，他们要先去一趟学校接陶印印，两人上车后，宋凌自顾自拿着镜子补妆，也不跟花漾说话。

等车到了校门口，宋凌刚要拿出手机给陶印印打电话，忽然盯着马路对面看了两眼，连忙让司机马上打开车窗。

"我是不是看花眼了，我怎么好像看到印印跟一个男的在一起。"

花漾："……"

难道是马哲?

她也赶紧跟着看过去，却没有发现陶印印的影子。

宋凌即刻拨通电话："你在哪儿呢？我到学校门口了，快过来。"

五分钟后，陶印印从学校里一跑一跳地出来了。

一上车，宋凌就上下打量她，审问道："你刚刚是不是和一个男的在马路对面有说有笑的？"

陶印印一脸茫然："没有啊，你给我打电话我才出来的。"

宋凌半信半疑地看着她，忽然又一脸和蔼地笑："宝贝，你要是交男朋友了就告诉妈妈，妈妈又不是不让你谈，是哪个同学？家里干什么的？"

陶印印不太自然地转过脸："说什么呢，我没有，快点走吧，别迟到了。"

宋凌刚刚看得也不是很清楚，既然陶印印一口否认了，她便也没往心里去，嘱咐司机往举办油画展的酒店开。

今天在某星级酒店举办画展的是一位旅美华人收藏家，他展出的是近些年在国内收集的各类年轻艺术家的作品。作者大多年轻、积极，有不一样的创造力、生命力，这次公开展出是慈善行为，所得的款项都将捐给相关机构。

宋凌一路都在跟陶印印渲染这个画展有多好，有多需要学习。花漾明显看得出陶印印并不感兴趣，只是碍于亲妈的面子不得不应付。

酒店一楼展厅宽敞，大约三十幅作品依次挂在墙面，宋凌挽着陶印印的手走在前面，边看边点头，非常老到的样子。

花漾跟在后面，发现这些作品虽然还不错，但比起那些大师级的可以说差太远了，也就够宋凌这种水平的来看看。

突然，前面的两母女在一幅画面前停了下来："这一看就是名家作品，看看这手笔，看看这构图。"

墙上的画是一个少女的背影，少女坐在草地上，草帽下压着一头蓬松的卷发，少女看着远方，画面鲜明又生动。

说着，宋凌转过来似笑非笑地看着花漾："漾漾，你看得懂这个作者想表达什么吗？"

花漾正在看旁边的一幅画，听到宋凌喊后转过来，愣了愣，眼睛忽然睁大。

她往前走了两步，看了几秒后噗地笑出来。

这幅画是她的毕业作品，当时的确是拿了全系的最高分，后来在院展的时候被一个收藏家买走了，没想到今天竟然在这里出现。

"能表达什么啊，就是瞎画的。"花漾答道。

她的确是随便画的，当时想不到合适的主题，干脆就画了在农场时自己的日常。

宋凌听完花漾的话笑了，一副果然是井底之蛙的表情："小姨告诉你吧，这一看就是作者想表达内心孤独、向往自由、向往美好生活的一种期盼。"

花漾想着，我怎么不知道?

"你啊，我就说你看不懂。"宋凌弯下腰想看署名，因为花漾当时用的是篆书印章，宋凌认了半天没认出字来，但还是很阔气地说，"这画我很喜欢，我买了。"说完，转身冲花漾笑，"就当小姨送你的，每天多看看，也不至于说出那么贻笑大方的话。"

花漾："……"

花漾万万没想到这幅画辗转多年竟然还能回到自己手里，一时间既无奈又好笑。

她没有戳破宋凌的无知，带了一丝讽刺的笑意道："那就谢谢小姨了，我一定认真学习。"

从油画展出来才下午三点，宋凌要去喝下午茶，明里暗里地表明想要跟陶印印共度母女时光，尽管陶印印想拉着花漾一起，但花漾不想跟宋凌面对面演戏。

她找了个理由离开，却也不知该去哪里。

最主要的是，司机开车带着宋凌、陶印印她们走了，她自己抱着一幅画去逛街也挺累赘的。

花漾看了看路标，发现酒店距离KR集团的大楼倒是不远，过一条街就到，犹豫了下，忽然冒出去公司找原逸的想法。

她还从来没有去过公司，如果想要了解原逸，从他工作的地方开始了解是个不错的方向。

打定主意，花漾马上朝KR大楼出发，幸好不远，走了几百米就到。

只是在一楼大厅，所有电梯入口都是刷卡进入，花漾没卡，也不知道原逸的办公室在哪一层，只好回到接待处。

“请问总裁办公室在哪一层？”

“小姐你有约吗？”

花漾并不想暴露自己的身份引来围观，主要是今天也没有好好打扮，如果真要以原逸老婆的身份现身，怎么也得踩一双J牌的满天星，化一个正红色的红唇，带着总裁太太的气场出现。

而不是现在这样，还抱着一幅画。

花漾想起原逸的那个女助理，马上换了个理由：“我是千夏的朋友，麻烦你让她下来接一下我，就说有急事。”

接待小姐很亲切地点头：“好的，稍等。”

她打过电话后没多久，千夏就匆匆跑了下来，原以为是自己的哪个朋友找过来，没想到见到了花漾。

“太……”

花漾赶紧堵住她的话：“太惊喜了是吧，嘿嘿。”

千夏见状，马上明白了，转而改口：“啊，是，您怎么来了……”说着，把花漾朝电梯处带。

电梯处的保安拦住她们问：“千秘书，这位是？”

千夏一时间没能想到合适的身份介绍花漾，倒是花漾反应快，马上说：“我是画廊的，来送画。”

千夏赶紧附和：“对，原总订了一幅画。”

保安仔细检查后才放行，千夏将花漾带进电梯，按了30楼。

电梯里没有其他人，只有她们两个，千夏总算可以问：“太太，原总在开会，大约还要一个小时才结束，要不要我上去告诉他一声？”

花漾赶紧摇头：“不用不用。”

其实刚刚看到整个办公楼都严谨有序的样子，花漾都有点后悔来了，就怕自己一个不注意曝光。可电梯开了，自己再转身说走，又有些消遣千夏的意思。

花漾只能硬着头皮说：“我直接到他办公室等他好了。”

千夏记着之前翟羽的话，答应得非常爽快：“好。”

“对了。”电梯快到30楼时，花漾忽然叮嘱千夏，“你别告诉原逸我来了。”

花漾不想原逸工作的时候分心，但千夏眨了眨眼，以为是花漾想要给原逸一个惊喜。

她意会地点头：“放心，我不说。”

上次她放卫语蓝进去已经惹得原逸不太高兴，这次来了个立功的机会，千万不能错过。

叮——

电梯到了30楼，门开后，千夏挡在门前，花漾刚走出来，一个从茶水间方向跑来的姑娘迎面撞上了她，眼看手里的咖啡要洒到画上，花漾赶紧把画举高，一杯咖啡便全倒在了她胸前。

“对不起，对不起！”小姑娘慌慌张张地帮花漾擦拭，又跟千夏解释，“麦姐她急着要，我……我没注意，对不起。”

千夏看着第一次来公司的总裁夫人就被赏了一杯咖啡，一脸的无奈和复杂，正想说几句，花漾摇摇头：“没事，我擦一下就好。”

她看那姑娘急得满头大汗，安慰道：“你赶紧回去再倒一杯吧。”

“谢谢！谢谢！”

千夏看着花漾，半晌甜甜地笑：“太太您人真好。”

花漾不拘这些小节，一看那女孩就是个职场新人，洒都洒了，也不是故意的，难道要别人三跪九叩地跟自己磕头道歉。

“有毛巾吗，拿 块给我就好。”

两人一起朝原逸办公室走，走了没几步便看到整片井然有序的格子间，男男女女伏案工作，有人看到千夏进来了，抬头往这边看。

花漾本就不想高调，何况现在身上都打湿了，只好赶紧低头用画遮住了自己的脸。

千夏明白今天是总裁夫人微服私巡，也很配合地打断了众人好奇的视线：“别看了，原总订的画。”

哦，原来是送画的。

众人没了兴趣，垂下头。

千夏把花漾带进原逸的办公室，比了个 OK 的手势，关上门。

办公室里寂静无声，全套黑色系办公桌椅跟原逸这个人一样冷淡，花漾站在门口扫了一圈——原来这就是原逸工作的地方。

她似乎能看到男人在桌前谈事、签字……的所有模样。

还挺帅。

花漾把画随手摆在一处不起眼的墙角，千夏给她拿了条毛巾，只是再怎么擦，身上还是黏糊糊的。加上办公室里冷气开得足，湿了的贴身衣服更是很快带来几分凉意。

花漾想找找这房里有没有吹风机，起来看了半天，发现原逸的办公室非常大，除了办公区域外，还有会客室、休息室，最重要的是——还有衣帽间。

花漾站在一排整齐的衬衫前思考了半晌，在人肉烘干湿衣服和脱下来换一件干净清爽的衬衫之间选了很久，最后决定，她还是先借一件原逸的衣服穿一下好了，等会儿找到吹风机吹干了自己的衣服再换回来。

于是她悄悄关上门，脱了自己的长袖半裙和丝袜，单独披上了一件白色衬衣。

衬衣是她在柜子里随手拿的，原逸的尺寸穿在她身上跟裙子没什么区别。

花漾拿着脏衣服找到洗手间，试图在里面找一个吹风机。就在她翻箱倒柜的时候，外面忽然传来脚步声。

花漾心猛地一跳，下意识地关上了门。

她只是先暂借原逸的衣服穿一下，并不想他知道……

以他那个性格要是知道了，肯定会以为自己疯狂迷恋他。

花漾有些慌了，千夏不是说会议至少还要一个小时才能结束吗?

这才过去十分钟吧？怎么就回来了?

就在花漾慌忙考虑计策的时候，外面又传来了说话声：“原总，这次真是要谢谢您帮忙，我会尽快回去让法务部拟合同。”

然后是熟悉的清冷声音：“客气了，杨伯父。”

造孽，偷穿衣服就罢了，还来了客人。

花漾一动不动地贴在门后偷听，希望原逸赶紧谈完再出去开一个会才好。

只是可惜——

几分钟后，客人起身告辞，可随着椅子一声响，他问：“原总，我能借用一下您的洗手间吗？”

原逸：“那边转角，请便。”

花漾：“……”

花漾想都不敢想打开门后跟那位客人你看我我看你的尴尬场面，况且自己还很妖娆地穿着男人的衬衫，光腿躲在洗手间里。她手忙脚乱地将洗手间的门反锁，又扣紧门把手，坚决不能让门打开。

几秒钟后，客人果然来开门了：“哎？原总，你的洗手间门好像锁了，打不开。”

原逸：“……”

一个人的办公室有什么好锁的，他从来不锁。

他走到卫生间前看个究竟，自己也试着拧了两下，的确，门从里面被反锁了。

以为是自己之前出来的时候没注意反锁了，原逸返回办公桌最底下一层的收纳抽屉里找到从没用过的钥匙。

“稍等。”

客人很知趣地退在一边：“好。”

钥匙插进去，旋转，门打开了，却推不开，似乎里面有一股阻力在挡着。

原逸不禁皱眉，觉得这个门莫名有些蹊跷。只不过公司安保严格，他从没考虑过是进贼这样的事情，所以更加觉得好奇，便加重了力道去推。

男女力量本就有别，不过几秒，门就被打开了。

原逸跨步走进去，刚转头，就看见一张躲在门后，捂住嘴略带惊恐的脸，和一双光溜溜的腿。

原逸怔了三秒，这三秒里将花漾从头到脚扫了个遍，然后冷静快速地重新关上门。

“抱歉，我让助理带您去楼层的洗手间，我这儿……进了只猫，不方便。”

尽管这位杨伯父对“总裁的洗手间里为什么会突然进了一只猫”一时不太能理解，但毕竟是别人的地盘，他没办法去深究细节，就算这会儿原逸说里面进了只老虎他都只有闭嘴相信的份。

于是他马上很恭敬地道别：“行行行，那我先走了。”

——不打扰你玩猫了。

等对方离开了办公室，原逸才好气又好笑地靠在墙上，看着洗手间的门：“还不出来？”

花漾：“……”

没脸见人。

这大概是花漾二十二年人生里经历过的最难堪的事，偷穿别人的衣服被抓了个正着不说，还光腿躲在洗手间里这么羞耻。

看着就在门外的男人身影，自知躲不过去，花漾闭了闭眼，深吸一口气，打开了门。

她两只手瑟缩地揉着衣角，双脚也局促不安地并在一起，像个做错了事的学生来办公室见教导主任一样低着头。

原逸好整以暇地看着她：“是又抓了什么放在我洗手间？”

花漾很无辜。

人与人之间不能有一点儿信任吗，就算没有，也不要天马行空地乱猜啊。

她都穿成这样了还能抓什么？

花漾下巴快戳到胸口，头低到不能再低，有股认命自嘲的味道：“我抓我自己……”

“你自己？”

察觉到这话容易让人误解，花漾马上纠正：“我的意思是，我是来给你送画的，小姨送给我一幅画，我觉得不错，想送给你。”

她认真的样子让原逸眼角轻轻挑了挑，再次由上而下地打量她：“是吗？”

刚刚推门进去看到她的那一刻，原逸几乎无法相信，所幸自己心理素质过硬，不到三秒就控制住了所有的情绪。

无他，就是惊喜和保护。

裹在白色衬衫里的花漾身材小巧，露出来的腿光滑细腻，不知是不是刚刚跟门斗争的原因，扎起的头发乱了几绺。

凌乱美天生自带吸引力，很多女明星为了追求效果，会故意让造型师做出这样的凌乱感。

可花漾是那种很自然的乱。

凭良心说，乱得很美，乱得恰如其分、浑圆天成。

乱得，原逸的心也跟着有点乱了。

察觉到原逸在看自己，花漾不自然地摸了摸脸，又赶紧扯下马尾结。

倏然间，顺滑的长发披散开来，垂在白色衬衫上。

“我头发乱了是吗？”花漾边扎边问。

原逸却拦住她的手：“不用扎了。”他声音微哑，动作轻轻的，莫名带着一丝撩拨感。

花漾感觉到脸颊在发热，眼神闪烁着放下手，又觉气氛微妙，便咳了声建议：“那个，我去拿画给你看。”

她边说边往外走，却没注意洗手间门口高出的一点儿台阶，脚下一绊，人直直地朝原逸怀里栽了过去。

刹那间，原逸下意识地伸手，稳稳接住。

花漾真实生动地上演了什么叫投怀送抱，什么叫欲拒还迎。

她绝望地闭上眼。

这大概就是上天对她的惩罚吧，惩罚她对老公的不信任，惩罚她还大胆跑来公司调查。

尽管她接二连三花里胡哨的表演都仿佛朝着“没错我就是来公司诱惑你”这样的方向发展，但她还是倔强地给自己辩解：“你别乱想，我没那个想法。”

原逸笑了：“哪个想法？”

花漾：“……”

这人故意挖坑给自己跳，她又不傻，才不跳。

她一身正气凛然地走到墙角拿起画，学着宋凌的语气：“你能读懂这幅画想表达的内容吗？”

完美地学到了原逸转移话题的本事。

原逸轻轻地勾着嘴角走过来，在画上随意扫了两眼，漫不经心地回：“她在想今天晚上吃什么。”

花漾：“……”

闭嘴，心服口服。

那天画的时候花漾满脑子都在想晚上是吃小火锅还是驴肉火烧还是十全大排骨。

原逸这个回答完美诠释了什么叫“把你想说的都说了让你无话可说”。

花漾不知道自己做错了什么才会冒出来公司找他的念头，平白遭了这么多无趣和尴尬。

她决定不演戏说废话了，直接开口：“有吹风机吗，我衣服被人洒了点咖啡，想吹一下。”

原来是这样。

原逸不易察觉地轻哂，转身回到办公桌前打千夏的内线：“你去样衣室挑几件适合太太的衣服过来。”

公司常年有各大时装品牌的最新款样衣供拍摄使用，千夏特地挑了三套风格不一样的上来。

一套白色都市职业装、一套薄荷绿连衣裙，还有一套稍前卫的抽带设计上衣。

三套服装，配了三双不一样的鞋。

花漾原本是想选抽带那款，适合自己的性子，但原逸直接挑了薄荷绿的连衣裙。

“就这个吧。”

原逸的品位符合他的身份，有钱男人都喜欢气质款的名媛千金，无论干什么都是优雅端庄的。就连郭荷芝也喜欢那样的女儿，总埋怨花漾穿衣风格奇奇怪怪，没个女孩的样子。

花漾接了裙子，去衣帽间换下原逸的衬衣，然后挂回衣柜里。

衣柜中间一层是透明的展览格，里面放了不少手表和男性配饰，所有物件中，有个很别致的领带夹吸引了花漾的注意，领带夹是亮银色的，暗纹设计，非常低调奢华。

别的不说，原逸的品位是真的不错。

花漾多看了一眼，收回视线。

她换好衣服出去，看到原逸也在收拾文件，问：“你要去忙了吗？”

原逸：“嗯，有点事。”

“那我先回去了。”花漾说着往外走。

原逸却喊住她：“一起吧。”

“啊？”

一众格子间前，伏案工作的男男女女又抬起了头。

总裁办公室的门开了，原逸从里面走出来，跟过去不一样的是，他后面还跟了个女人。

“那女的谁啊？”

“是刚刚那个送画的吗？”

“不像啊，衣服都不一样。”

“那她从哪儿冒出来的？”

正当大家窃窃私语议论时，走在前面的原逸忽然垂下手，极其自然地拉上了身后花漾的手。

花漾心里一动，温度从手心直达心底，她脸颊腾地升起两朵粉红。

原逸的手不像第一次和自己牵在一起时的感觉了，那时候夏玉婵按着他俩的手，他掌心冰凉透着冷漠，如今却觉得温暖柔软，握在一起莫名安心。

这个牵手的动作也惊动了整个办公室的人。待他们离开后，众人纷纷站起来交头接耳：

“那不会是原总的老婆吧？”

“看身高挺像的，什么时候来的我怎么不知道？”

“绝了，这是在公开秀恩爱吗？可惜一直低头看不到正脸！”

“嫉妒使我不想工作，快，谁有总裁老婆的八卦！”

……

两人一起乘坐总裁专用电梯下去，电梯里，花漾试着往回收手。

刚刚在员工面前算是给他面子，可现在都在电梯里了，就没有必要做戏了吧。

可花漾却抽不回自己的手，她小声咕哝：“好了吧，这里又没人看。”

男人平静地回应：“有监控。”

“……”

服了，这人要不要演得这么精细，谁会没事跑去调监控检查总裁夫妻俩在电梯间有没有牵手这件事啊……

花漾无力吐槽，只能由着他，一路牵到了停车场上车。

总裁太太神秘现身公司的事也瞬间传遍了KR大楼的每一层，孟禾听到后愣了下，忙问传消息的人：“真的？”

“当然，原总可是牵着她的手出去的。”

“赌一毛钱她是因为之前卫语蓝的事才来宣示主权的吧？”

“哈哈哈，有意思，有意思。”

“所以我们来赌一赌最后到底是谁赢？”

“肯定是正宫啊，卫语蓝又没背景，就是个模特，进不了豪门的。”

“能进原家门的肯定也是门当户对的，卫语蓝就不要想了。”

众人议论纷纷，方柔悄悄问孟禾：“小禾，你知道她们说的这些事吗？”

孟禾：“什么事？”

“原总那个老婆是什么人？漂亮吗？家里有钱吗？”

孟禾装傻：“我怎么会知道……”

“噢。”方柔轻轻笑了笑，“我随便问问。”

孟禾进来的第一天，方柔就听说孟禾有关系，于是一早就主动示好靠近，后来得知两人是老乡，关系更是近了一步。

可如今在孟禾这里也没能打听到什么消息，方柔有些失望，但面上还是淡淡的，笑着给孟禾递去一瓶水：“渴了吧？”

今天原逸没有喊司机，他独自开车，花漾坐在副驾驶，双手抠着自己的小包包，不断清嗓掩饰自己的紧张和拘束。

这还是他们两人第一次单独在一辆车里，像普通的情侣、夫妻那样，一个开车，一个坐在旁边。

车厢里很安静，空气里莫名总徜徉着一股暧昧的味道。

像是为了掩盖什么似的，花漾忍不住主动问：“我们去哪儿？”

她话刚刚说完，原逸把车停在路边，解开安全带：“等我一下。”

花漾看到原逸下车，去了马路对面。

原逸身材好，堪比男模，每天出门的穿搭永远一丝不苟，就算是一成不变的西装衬衣，他每天也会有不一样的风格。

无论何时何地，由内而外的那种骄矜从未消失过。

就好比现在，就算只是一个背影，也会让女人产生无数幻想。

花漾趴在窗口出神地看他过了马路，进了一家花店。

花店?

花漾不禁坐直，往里看。

他买花干什么?

那个，男人买花，不都是送给女人吗……

花漾的心突然紧张地跳了起来，今天是什么日子？情人节还早，七夕又过了，所以原逸为什么要买花给自己?

尽管一时没想到理由，但原逸突然整的这一出浪漫还是让花漾的少女心突突突地萌动起来，她赶紧收回视线，假装什么都没有看到，低着头看手机，手心却微微沁出了一层汗。

在脑子里设计了至少一百种待会儿原逸把花拿来后她自然优雅接过来的画面。

内心极度激动兴奋，恨不能马上登录某乎在线提问——第一次收到老公送的花需要注意些什么?

就在她把这些画面在脑子里逐项演练时，车门开了。

一阵花香扑鼻而来，花漾的心怦怦跳，但大概是提前演练了的原因，还是很冷静地转过来。

果然，跟自己想象中一样，原逸手里捧着一束漂亮的玫瑰，中间穿插着满天星，简单又浪漫，是最经典的一款代表爱情的花束。

花漾故意露出意外的表情："这是?"

她已经想好了下一句该怎么云淡风轻地回答，却没想到原逸把花放到了后座："给奶奶买的。"

花漾："……"

奶奶?

许是看出花漾眼里的疑惑，原逸边发动车边解释道："今天是奶奶和爷爷的结婚纪念日，爷爷还在的时候每年都会送一束花给她，爷爷去世后，我就代替爷爷，在每年的今天送一束花给他的爱人。"

花漾一时间竟不知道该对这个略带浪漫的真相做出什么反应。

她愣了几秒，努力让自己笑了下："嗯……奶奶真幸福。"

老伴在的时候送花，老伴不在了有孙子送。

花漾默默带着笑容转过来，看着前方不说话，实际心里疯狂弹幕吐槽自己——

你个白痴又自作多情了!

听听，脸啪啪啪打得响不响?

收起你的幻想吧!

佛一点儿，塑料夫妻，不要指望太多，面子上过得去就行了。

花漾暗自调整了几次呼吸，终于从这场略带耻辱的单人剧中冷静下来。

到了医院。

护工正在喂夏玉婵吃晚饭，宋孜在旁守着，像是在做什么赌注似的，当原逸推门进来的时候，宋孜笑着说："您看，我就说您这个孙子忘了什么都不会忘了今天。"

夏玉婵虽然赌输了，脸上却笑得很高兴。

"小逸总是对奶奶这么贴心。"

原逸走上前，把花递给她："奶奶，这是爷爷送给您的。"

"谢谢，谢谢。"

夏玉婵捧着玫瑰花，眼角的皱纹向上扬着，花漾能感觉出这一刻她心中浓浓的幸福和满足。

哪怕是老伴过世了，夏玉婵依然是被爱着的。

花漾不禁对素未谋面的爷爷起了兴趣，问夏玉婵："奶奶，您和爷爷是怎么认识的？"

"能怎么认识，我们那个年代可没有什么自由恋爱。"夏玉婵抱着花笑道，似乎也陷入了回忆，"你爷爷那时候长得俊俏，还是留洋回来的高才生，喜欢他的小姑娘可多了，但他和我从小订的娃娃亲，那时候我还只是一个邮政局的普通工人，任谁说出去都不配的。

"结婚了你爷爷脾气也傲着呢，开始都不愿意跟我讲话，后来我每天照顾他、伺候他，慢慢地，他也晓得问我冷暖了。"

夏玉婵摸着自己的胸口："心啊，就被我焐热了。"

宋孜紧接着笑道："后来爷爷就特别爱您，反过来每天照顾您、伺候您了。"

夏玉婵略羞涩地笑了笑："我们那个时候的感情，慢，但真诚，不像现在的小年轻，浮躁。"说着，她牵过花漾和原逸的手，"你们哪，要珍惜彼此，能遇见就是缘分，命中注定的缘分。把感情这件事想得纯粹一点儿，不要太复杂。"

宋孜揶揄自己的儿子："咱们原逸差不到哪里去的，原家祖传的重情重义，错不了，是吧？您看他多喜欢漾漾，都快捧手心里了。"

原逸眉尖不易察觉地挑了挑，须臾，面色平稳地应答："嗯。"

竟然还"嗯"？

他什么时候把自己捧在手心了？

花漾看原逸对答如流、脸不红心不跳地撒谎就觉得这人心理素质可太好了。

明明跟自己一毛钱的感情都没有，却在长辈面前做出一副深情款款的样子。

她默默觉得原家祖传的重情到了原逸这儿可能要劈个叉了。

从医院回家的路上，窗半开着，晚风轻拂，车里放着轻柔的音乐，两人没有说话，似乎都在各自回味夏玉婵的那番人生经验。

到碧江澜庭的时候，花漾先下了车，本想等原逸一起走，可又觉得这样显得自己过于主动。

犹豫了下，花漾还是转身先走了。

原逸却降下车窗，喊她名字："花漾。"

花漾回过头："？"

他轻轻按了下车控，后备厢的锁被解开："你有东西在后面没拿。"

"东西？"

花漾先是愣了下，忽然想起可能是自己换下来的脏衣服，点了点头，赶紧嗒嗒嗒地朝后备厢跑了过去，抬手打开——

一束娇艳的红玫瑰，静静地躺在那儿。

第八章

地位不如熊

风吹起了花漾的长发，她愣愣地看着后备厢里的那束花，思绪好像空白了几秒，但又迅速清醒过来——

花?

什么意思?

是原逸送给自己的吗……

花漾之前演练了一百遍的画面这一刻却全部卡了壳似的，完全忘了该怎么反应，满脑子都在想一件事：不可能，不可能，这绝不可能……

直到原逸走到她旁边，拿出那束花送到她面前：“给你的。”

夜色遮住了花漾红着的脸，她心跳得厉害，茫然地伸手接过来，却只能腼腆紧张地回一句谢谢。

两人相对而站，片刻无声，只有玫瑰的香气萦绕鼻尖。

花漾顿了顿：“你……不是买给奶奶的吗？”

的确，原逸本是想要给夏玉婵买花，可店员告诉他，今天的玫瑰是法国空运来的，送给太太，对方一定会喜欢。

当时原逸迟疑了几秒，但也仅仅是几秒，便跟对方说：“要两束。”

但面对花漾的提问，原逸没有说实话，他随便找了个借口：“花店今天做活动，买一送一。”

花漾刚刚溢出的那点感动和不知所措，瞬间跟退潮似的退了回去。

“你还喜欢占这种便宜？”

原逸关上车厢门，很平静地道：“不然送的也浪费了。”

花漾：“……”

好吧，原来给自己的是赠品。

果然塑料夫妻送塑料花。

花漾那点女人的小心思、小虚荣、小满足一下就消失得干干净净，手里的鲜艳玫瑰也仿佛瞬间成了塑料假花似的，没了半分颜色。

回到家，花漾说了句晚安后直奔房间，留原逸站在玄关，看着她的背影进卧室。

他没有马上回书房，就那么站在那儿，听到卧室里传来窸窣走动的声音，站了很久，思绪有些乱。

他……竟然还想跟她再待在一起。

原逸当然知道这不可能，他慢慢回了书房，关上门。

天气是真的冷下来了。

睡了几个月的单人沙发，昨天无意睡在了卧室，才突然感受到了同床共枕的温暖。

原逸心不在焉地打开电脑，准备让自己工作，可无论怎么试着投入，他都无法摆脱脑海中花漾的影子。

空荡寂寞的书房，不知怎的，越来越冷了。

花漾原本是想丢了那束玫瑰的，什么男人，买一送一的花也好意思送给自己。

她花漾是缺人送花吗?

别的不说，大学的时候曾经有追她的男人用货车运了整车的玫瑰来，她骄傲了吗?

破赠品，花漾把它往垃圾桶随手一扔，气呼呼地坐在床上。

可没过一分钟，她又当成宝似的赶紧把花捡起来，还找了个能说服自己的借口——就当是净化空气了，然后把花插到了花瓶里。

做完这一切，花漾的手机响了。

是孟禾给她打来的电话。

“听说你今天来公司了？”

花漾有些诧异：“你怎么知道？”

“原总公然牵着一个女人的手离开，除了是你还能有谁啊，公司都传疯了。”

花漾马上找了张椅子坐下来：“都传什么了？”

孟禾当然不会告诉她那些难听的话，笑道："说你好看啊，说原总宠你呗，都嫉妒你。"

"……"

花漾现在一听别人说原逸宠她就心虚，外面的人要是知道这人送花给自己都是送的赠品不得笑死。

"对了。"孟禾继续说，"我告诉你一个好消息，明天我要给 ***Marver*** 拍平面广告了，这次公司就选了三个模特，我资历最浅，估摸着是因为你，盛总才给了我这个机会。"

"真的？能占几版？"

"嗐，就是一个彩妆品牌的演示模特，可能只有一张脸或者一双眼睛能入镜，哈哈哈。"

"那也不错了，慢慢来，在哪儿拍？我可以来看吗？"

孟禾明天参与拍摄的地点是 ***Marver*** 杂志专用的摄影厂，那里专门用来拍摄各类平面广告。因为是好姐妹第一次拍广告，花漾与孟禾约定明天去探班，给她打气。

于是第二天，花漾吃完早饭收拾了下，就打算按照孟禾给的地址过去。

原逸昨天晚上都没睡好，这会儿看到花漾打扮得漂漂亮亮的，好像要出门似的，问："你去哪儿？"

花漾还记着塑料花的仇，爱理不理："去见个朋友。"

花漾在海城没什么认识的人，原逸也希望她能多和朋友走动，便没有多问，只叮嘱司机老秦要安全接送。

两人的车几乎一前一后离开了碧江澜庭。

翟羽每天会提前将当日的工作安排告诉原逸，他在车上做简短汇报：

"九点有一个会，十点半约了奇约集团的乐总，下午两点恒泰分店开业。杂志那边，周年庆的总裁专访需要拍一些照片，本来约了明天，但您说了明天要接老太太出院，不安排工作，所以您看……"

原逸看着满满当当的日程表，半晌，说："十点钟过去，半小时内拍完。"

翟羽马上应下，给摄影厂打电话安排。

另一头，老秦也将花漾送到了摄影厂。

KR 旗下的这个摄影厂光是棚就有二十个，分别满足不同的需求，男装女装配饰的拍摄工作，都在不同的棚里完成。

孟禾她们今天要拍的是一个彩妆副线品牌的新产品，三个模特分别演示睫毛膏、口红和眉笔的上妆效果。

盛博挑了她和方柔，还有另一个长相不错的模特来拍摄这组平面。孟禾和方柔都是第一次，两人都异常兴奋。

花漾到的时候，孟禾出来接的她，说是探班的朋友，安保的人也没有太为难就放行了。

棚里正在拍方柔的部分，她上好了妆，摆出造型让摄影师拍特写。

孟禾和花漾进来后坐在下面看方柔拍，边拍边聊："我今天的运气也太好了，来了才知道，今天其他几个棚拍的都是大腕。"

花漾："谁啊？"

孟禾捂嘴笑："我猜你可能并不想知道。"

花漾反应了几秒："你别跟我说是付竟。"

孟禾："哈哈，就是付竟他们组合，今天在这儿拍十周年内刊的写真呢。"

花漾："……"

还真是冤家路窄。

正聊着，摄影师让孟禾准备，花漾赶紧让她过去。

方柔的部分暂时拍完，她从幕布前下来，坐到花漾旁边打招呼："嗨，你好。"

之前的名人宴上两人见过，花漾也淡淡笑了笑："你好。"

方柔很善于结交朋友，她觉得孟禾有背景，作为孟禾朋友的花漾，必然也不是什么普通家庭出身。而且光是看花漾身上穿的、手上戴的，都不是一般家庭能消费得起的物件。

所以方柔主动跟花漾聊起了天。

但她们并不熟，花漾也不是很喜欢跟陌生人聊，正好想上厕所，就跟方柔道了声歉离开。

花漾走出摄影棚，问了工作人员，找到了洗手间。

蹲在隔间里，花漾听到外面有人推门进来，而后悄声聊着天：

"公然来探班？这么明目张胆吗？"

"是啊，要不……哪来那么多时尚资源。"

"哈哈哈，谁知道呢……"

花漾：“……”

都什么乱七八糟的，这圈子也太乱了吧。

她对这些八卦没兴趣，上完厕所就出去了。

这时刚好上午十点差五分。

花漾走了半天却找不到原来的摄影棚，她有一点儿路痴，出门分不清东南西北，最关键的是，这里每一间棚都长得一模一样。

她试着给孟禾拨了个电话，却无人接听，想来对方应该还在拍摄。

花漾只好凭着记忆往回找，隐约记得那个棚的门上挂着一个红色的牌子，她正沿着每一间摄影棚找，突然看到前面走来一行人。

熟悉的气场让花漾感应到了什么，她微抬起头，意外发现走来的竟然是原逸！

男人穿着深灰色的西装，里面搭配黑色衬衫，蓝色花纹领带上别着昨天她见到的那款银色领夹。

时尚又精英的感觉。

他旁边跟着三个男人，其中一个是翟羽，边走边说着什么。

花漾没想到会在这里碰到原逸，一时有些蒙，便低头闪到了一边躲过去。

等原逸他们走过去了，她才缓缓回头去偷看，心里好奇——他来这里干什么？

孟禾刚好给她回电话，她从孟禾那儿问到了摄影棚的房号。

花漾赶紧对号找了过去，一进门就听到候场的模特在那儿说八卦：“我们今天真是走大运了，刚刚小姐妹告诉我原总也来了！”

方柔眼睛顿时一亮：“什么，他也来了？”

孟禾和花漾相视一眼，没吭声。

方柔接着又追问：“知不知道原总来干什么？”

模特回她：“现在还不知道，我小姐妹正在打听，不过我猜是来探谁的班吧？”

上午这个点正在拍摄的就只有三个棚，除了孟禾她们这一组，还有付竟所在的组合，另外一间不知道是谁，但大概也是被某个艺人预订了。

孟禾把花漾拉到一边悄悄问：“你老公该不会是来找你的吧？”

“当然不是。”花漾说，“他都不知道我来这里。”

花漾也觉得原逸出现得有些奇怪，他又不是明星模特，大上午的平白无故地来拍广告的地方干什么。

难道真的像那个模特说的，探班？

可是探谁的班？

花漾正想着，脑子里忽然冒出刚刚在洗手间里听到的那番对话，又反应过来付竟也在这里！

花漾身体一阵发凉。

虽然之前有过那种荒唐的揣测，但到底没有亲眼看见，还是对原逸抱着一点儿幻想。她不敢想自己的猜测成真会怎样。

她有勇气跟原逸做一对塑料夫妻，有勇气偷偷喜欢他，却没勇气去面对这种事情。

她心里胡思乱想，后悔刚刚没跟着原逸，看看他到底是去哪里，而不是在这里没有方向地乱猜。

孟禾见花漾有些走神的样子，建议道："要不我陪你去看看？"

花漾赶紧摇头："不用了。"

顿了顿，她问："你知道付竟他们在哪个棚拍摄吗？"

花漾想了很久，如果原逸和付竟真的关系匪浅，那么原逸一定会出现在那个棚里。

花漾慢吞吞地起身，犹豫再三，还是按照孟禾告诉她的位置，找了过去。

这次 *Marver* 十周年特别刊，原逸作为整个集团的总裁和杂志出版人，也接受了采访。他的时间很紧，只有半个小时，访问和拍摄都要完成。

翟羽边走边给原逸对访问稿的问题，没有注意到原逸在步行中忽然停滞的半秒。

不动声色，不易察觉。

等到了摄影棚门口，原逸突然顿住。

他回头，朝刚刚走过的地方看过去。

翟羽有些莫名："怎么了？"

"打电话给老秦，问他送太太去哪儿了。"

"是。"

翟羽马上给老秦拨了电话，问了过后有些意外。

原逸看到他的表情，似乎得到了印证："也在这里，是不是？"

翟羽低头：“是。”

原逸刚刚经过的时候，注意力原本在翟羽说的问题上，也只是余光扫到了花漾走过来的身影，并没有在意，可偏偏她突然一躲，反倒让原逸的视线落了过去。

明显这个人是看到自己才躲开的。

所以原逸从那个拐角经过的时候便多看了一眼，没想到却看到了一个熟悉得不能再熟悉的背影。

今天花漾穿了一套香家的套装，白色系的，背影很软糯。

原逸一眼就认出是她，但当时身边都是下属，摄影棚已经准备就绪，他没有办法停下来上去问个究竟。

现在站在门口，在确定了那个身影就是花漾后，原逸也同样发出了一样的疑惑。

依稀记得早上出门的时候，花漾说，今天要去见个朋友。

而刚刚九点在公司开会提到十周年杂志内容选题的时候，主编随口提了一句，今天付竞和团队在摄影厂拍摄。

这样的巧合让原逸不得不将两人联系在了一起。

名人宴那晚扎进心里的那根隐形的刺又腾地冒了出来，一阵阵地，让人沉闷不爽。

原逸努力让自己暂时不去想那些，他推门进了摄影棚，面无表情地坐在沙发上，双腿交叠，情绪淡淡地道：“开始吧。”

摄影师见人来了，马上让主持人过来准备拍摄。

可很快，不仅是摄影师，在场所有人都发现，原逸根本就不在拍摄访问的状态，他脸色很沉，眉头锁着，心思也都不在访谈上。

主持人小心问着问题，摄影师也很紧张地拍着，下面众人更是大气不敢出一声。

尽管没人敢对老板有半分要求，可拍到一半，原逸还是撂挑子不干了。

他突然站起来往外走，翟羽马上跟上。

“去问问付竟在哪个棚拍摄。”

原逸就想知道，花漾是不是真的还惦记着那个会唱歌弹琴给她听的老同学。

他坐在摄影机前的每一分每一秒都觉得如坐针毡，满脑子都在想花漾和付竟，不知道从什么时候开始，这个女人的一言一行都开始渗入自己的世界。

而他无法控制。

翟羽告诉原逸，付竟的组合在C6棚拍摄。

原逸直奔C6棚，他几乎没有任何停留缓冲的打算，到了门口直接就推开了门。

正在拍摄的一众工作人员回过头来。

幕布前正在拍每个人的单人特写，付竟的已经拍完了，他站在台下也微微一愣："原总？"

经纪人很会来事，马上上前打起招呼："哟，原总，什么风把您吹过来了，您今天也来棚里吗？要不待会儿等他们几个拍完了，我做东，咱们一起吃顿饭？"

他说他的，原逸一个字都没听进去。

原逸在全场寻找花漾的身影，但环视了一圈，他发现……C6除了两个女性工作人员，没有任何其他女人在场。

他的心好像松了那么一点儿，淡淡瞥了身边的付竟一眼。

付竟："？"

不知怎的，这个眼神让他有种突然被刀锋在脸上划了一刀的感觉。

原逸什么话都没说，转身就准备出去，可就在这时，C6摄影棚的门被打开了。

一个人探头探脑地进来，像是在偷偷找谁，大家以为是工作人员，没在意，可只有原逸和付竟快速认出了那是花漾。

而花漾，也几乎是同时看到站在一起的原逸和付竟。

三个人三双眼睛互相看着对方，一时间，三方的心思都有些混乱。

付竟对在这里看到花漾很意外，他两步上前道："你怎么来了？"

这句话听在原逸耳朵里，是一句分外热情的惊喜。

听在花漾耳朵里，却好像是被撞破后尴尬惊慌的掩饰。

花漾双腿好像被灌了铅一样挪不开，她不敢相信推门真的看到这两人站在一起，而且原逸今天的领带上，别了昨天她看到的那个银色领带夹。

而付竟的领带上，也有。

一模一样！

这一幕刺痛了花漾的心和眼睛，她用一种极其复杂的眼神看了原逸一眼后，迅速关上了门。

同理，花漾这一走，在原逸心里，也坐实了什么似的。

他的心突然疼了下。

他回头，所有从心底涌出的情绪都怒还给了付竟。

付竟很无辜，甚至被看得莫名发寒。

到底怎么了?

为什么这位大佬好像对他充满了敌意……

摄影棚里工作人员多，原逸不想在这里争论、质问什么，只是很冷地睨了付竟几眼后，追了出去。

他刚一出门，迎面就撞上一个女人。

女人烫着大波浪，披着一件外套，因为被撞到，外套掉在地上，露出里面清凉性感的裙子。

原逸无心停留，道了声抱歉就往前走，女人却拦住他："原总，这么巧?是我，方柔，您还记得——"

"滚。"

方柔的话甚至都没说完，就被原逸一胳膊推到旁边。

她踉跄了两下站住，看着男人的背影，慢慢蹲下来捡起外套，捏住衣角的手心慢慢收紧，很不甘，很失落。

为什么，他甚至都不能认真地看自己一次?

前面，花漾慌不择路地跑开了。

她现在就跟无头苍蝇一样，不知道该往哪里跑，脑子里也很乱。

花漾突然就有点反胃，起初是难以置信，慢慢就变得生气，像是受到了欺骗一样。

"花漾。"身后的原逸在喊。

可花漾根本不想停下来，她不知道自己一旦停下来要说些什么，她实在没有办法装什么都不知道。

她现在不可以见原逸。

她需要冷静下来，好好想一想。

可原逸不这么认为。

他强势、干脆，非要把花漾拉到面前问个清楚。

于是还无头苍蝇般跑的花漾下一秒就被一双手拖进了一个黑漆漆没有开灯的摄影棚里。

知道是原逸拖住了自己，花漾生气地甩开："你别碰我。"

花漾想去开门，却摸不到门在哪儿，再加上周围什么都看不清，一时着急，更是把原逸对自己的禁锢理解为做贼心虚甚至是想要"杀人灭口"。

她不禁喊："你要干什么？"

原逸也不知道自己为什么忽然控制不了情绪，就觉得先前压在心底的那股不爽成倍爆发出来了似的："这句话不是该我问你吗，你要干什么，你来这里干什么？"

"关你什么事，我堂堂正正地来看朋友。"

"堂堂正正？"原逸想笑，"堂堂正正你看到我跑什么？"

"不然呢，难道我站在旁边为你俩鼓掌？"

原逸忽然觉得好像哪里不对。

他往前走了一步："你在说什么？"

花漾越想越气，越想越委屈："说你这个骗子大渣男，干吗要骗我结婚，浪费我青春？你以为我好欺负是不是，你……"

"等等。"原逸打断她，越听越糊涂。

"别演了，我早就发现你不对劲了，你和付竟的同款领带夹真不错，他拍照你也跑来探班，你可别跟我说你也兼职模特来拍广告的，行了原逸，我跟你演戏演够了，咱们离婚吧。"

花漾发射子弹一样说了一大堆，说完总算解气了，也把这几个月来藏在心里的不解和委屈一并爆发出来。

她偷偷喜欢上了他，他却不喜欢自己。

太欺负人了。

原逸没有说话。

摄影棚本就空旷，没人说话后更显安静，静到仿佛能听到针掉在地上的声音，静到花漾略微急促的呼吸一下又一下，充满了委屈。

等了半天都没有等到原逸的辩解，花漾更加气愤："你说话啊，你有本事现在马上跟我解释！"

"你要我解释是吗？"原逸忽然淡淡地开口，声音刺破静谧，带着一丝喑哑。

花漾扬着声音顶回去："你敢吗？你有得解释吗？"

又安静了片刻，就在花漾以为男人自己都无法洗白了的时候，忽然察觉有一股温热的气息扑面而来。

紧接着，一双手托住了她的后脑，下一秒，她的唇被狠狠地封住。

黑暗中，花漾瞪大了眼睛，手不知所措地抵在原逸胸口，大脑瞬间一片空白。

对方力道很大，花漾仓促地接受着这个并不温柔的吻，身体一再后退，直到退无可退，被逼在了墙角。

唇贴着唇，暧昧气息疯狂涌入灼烧着花漾，她闭着眼睛，想逃离唇齿间的纠缠，却又被霸道地握住不松手。

直到快喘不过气来，原逸才倏地松开她，呼出的热气撩拨着她的脸颊："我敢吗？"

静默无声的摄影棚里，花漾大脑一片空白，只有唇上沾染的热气和温润提醒着她刚刚发生了什么。

她怔了半秒，猛地反应过来，一把推开原逸："你——"

这是她的初吻，来得太突然，她有些不知所措："我叫你解释，没叫你亲我！"

"这就是最好的解释。"原逸说完，再次扣住花漾的后脑，抵到面前，"还不够是不是？"

花漾能感觉到原逸近在咫尺的唇，男人的气息全部涌入她的呼吸里，她想躲，偏偏身体一软，被他趁机咬住、侵入。

花漾："……"

又是一阵激烈的纠缠，像是报复，又像是征服。

花漾好不容易挣脱出来，手使劲推开了原逸："你玩我是不是，那你跟人家别一样的领带夹，你来探他的班干什么，你这会儿不是应该在公司开会吗？"

黑暗中，花漾看不清原逸的表情，但似乎听到了几不可察的一点儿轻笑。

原逸往后退了退，不知从哪儿摸到了摄影棚的灯座开关。

室内骤然亮了灯，花漾一惊，赶紧用手遮住绯红的脸颊。

她心跳快极了，又急又羞，刚刚才被强吻过，现在根本不好意思再跟这个男人对视。

原逸不急不缓地走过来，在她面前站定，扯开领带上的装饰："你说的是这个？"

花漾从指缝里瞥了一眼："对。"

原逸食指和无名指夹着领带夹，轻轻翻了个面，送到花漾眼底下："你看看上面写的什么。”

花漾见他一副胸有成竹、理直气壮的样子，继续从眼缝里看过去。

领带夹的背面刻着一行字，花漾眉头轻蹙跟着读：“*Marver* 十周年……”

还没读完，她就好像明白了什么，人微微地呆在那儿。

原逸声音淡淡地解释：“*Marver* 十周年的纪念物，男性的是领带夹，女性的是胸针，都是特别定制的，只要参与十周年特刊拍摄的嘉宾都会有，拍的时候也都要用，那我是不是跟他们都有问题？”

花漾动了动唇，还不死心：“那你为什么去看付竟拍照？”

原逸反问：“那你为什么去看他拍照？”

“我去看你在不在啊。”

“我也是。”

“……”

空气忽然安静。

画面突然尴尬。

所以弄了半天，她以为原逸和付竟有鬼，原逸以为自己和付竟情未了？

花漾觉得太难堪了，就这么一两分钟，自己脑补的这一出伦理大戏就像个笑话。

虽然道理都说得通，可她还是觉得哪里不对。

仔细一想，最关键的问题，也是让她这么失去理智瞎想的原因

原逸为什么结婚几个月来都不跟自己睡一个房间，不……碰自己。

可这个问题花漾问不出口，问了反倒显得自己多么渴望他来碰似的。

这件事只能暂且不提，花漾想赶紧逃离这个令她窒息的现场，于是低着头：“那没事了，我走了。”

她说完去开摄影棚的门，原逸却拉住她的手：“等我一起。”

原逸语气很平静，也很强势，没有要征求花漾意见的意思，就那么牵起她的手，自然地打开门，朝给自己做访谈拍照的摄影棚走过去。

说到底，这事儿还是花漾理亏，无缘无故给他扣了顶帽子，所以这会儿也只能老老实实地被他牵着走。

他们都没有注意，就在附近的方柔目睹了这一切。

方柔看到原逸面色不好，便多了个心眼跟了上来，原想看看是谁让他那么动怒，却没想到看到他拉着花漾进了摄影棚。

只是棚里隔音做得好，她并没有听到他们在里面说什么。

现在出来，两人已经公然牵上了手。

就在那一瞬间，方柔终于恍然明白了孟禾的“背景”，也明白了花漾的身份。

她找出微博上爆出的原逸太太的背影照片，稍微对比了下就确定眼前的花漾就是原逸的老婆。

原来自己一直想要对比的那个女人，以为远在天边，却近在眼前。

方柔有些自嘲地靠在墙上，视线慢慢拉长，看着两人手牵手的背影，想了很久。

摄影棚内，原逸又回来了。

众人看到他牵了个女人进来，开始还都不知道是谁，直到看见翟羽对着她都毕恭毕敬的，端茶递水，马上全反应了过来。

是总裁夫人驾临没错了。

这些下属都是第一次看到花漾，每个人都在暗自打量她，尤其是几个年轻的小伙子，更是在拍摄间隙不断偷看花漾。

“好漂亮。”

“气质好特别，一看就很上镜，好想拍她。”

“会不会本身就是模特？”

“不知道哎……我又不敢去问。”

花漾不知道旁边人对她的评价，看到原逸坐在幕布前接受采访和拍照后，她完全明白自己犯了多愚蠢的错。

她深深地埋下头问翟羽：“所以你们今天来是为了做这个访谈吗？”

翟羽不明所以，认真地回道：“是的，只不过刚刚老板一直不在状态，现在您来了，似乎好多了。”

现在镜头下的原逸和刚刚判若两人，对答如流、沉稳从容，完全展现出了一个时尚集团总裁应有的谈吐和魅力。

花漾一边看着他，一边想起这个骄矜尊贵的男人几分钟前在隔壁的摄影棚强吻自己的画面，脸颊不自然地泛着热。

她微低下头，假装没看他，刚好主持人在问最后一个问题。

“您觉得今年特别有成就感的一件事是什么？”

花漾原以为原逸会答又收购了哪个公司哪个品牌，或者是又赚了多少钱这样的，没想到安静了几秒，男人很淡地回了两个字：“结婚。”

花漾一怔，抬起头。

原逸的视线也不偏不倚地看了过来。

花漾想起第一次和他在家里见面时的场景，宋孜和郭荷芝在旁边聊着结婚的事，他们也是这样在无意中对视。

当时的花漾和现在一样——

都是从头到脚一阵酥，心跳扑通扑通，小鹿乱跳。

拍摄结束，花漾给孟禾回了条消息解释，和原逸一起离开了摄影厂。

原逸和翟羽还要去见客户，行程很紧，他似乎有话想跟花漾说，看了几次手表，还是没有开口，只叮嘱老秦把花漾安全送回家。

花漾全程低头应着，也不太敢看他。

如果说之前对原逸的那种感觉像隔了层朦胧的纱的话，现在就是这个男人主动把纱拉开了。

可那种朦胧感还在，让花漾在面对他的时候总有些不知所措。

“对了。”临上车前，原逸告诉花漾，“明天奶奶出院，到时候你跟我一起去接她回来。”

花漾点点头。

说完这句话，原逸坐上了自己的车离开，花漾也由老秦护送着回家。

想到明天夏玉婵要出院，老太太一生精致爱花，总算从待了小半年的医院出来，也该再送束花给她庆祝一下恢复健康。回去的路上，刚好要经过那天原逸买玫瑰花的花店，花漾便让老秦在路边停下，她过去先预订。

花漾挑了一束向日葵，希望老太太以后的生活都能迎着太阳，充满能量。她选好包装纸，正跟店员确定明天送货的时间，旁边一个客人的声音传来：“这么贵啊，能不能便宜点？”

“不好意思小姐，我们家的花都是国外空运回来的，从不讲价。”

“我买两束都不便宜点？”

“少不了哦，对不起。”

花漾皱了皱眉，她转身问接待自己的店员：“你们家前几天不是还买一送一吗？”

“买一送一？”店员微睁着眼睛，忽地笑了，“小姐你记错了吧？我们家除了新年会有积分兑换活动，其他时间都不做活动的，因为成本很高。”

花漾：“……”

那原逸跟自己说买一送一是假的?

难道，他是真的掏腰包给自己买了束花?

花漾感到不可思议，当场顿在那儿，最后还是店员提醒她：“小姐，这束花明天上午送到仁安医院五楼对吗？”

她才回过神：“嗯，对。”

留了电话号码离开花店，推开门的那一刻，花漾低下头，嘴角抿起浅浅的笑容。

什么男人，就是买给自己的，还不肯承认。

他会不会也在偷偷喜欢我?

因为明天是夏玉婵出院的大日子，原逸不想因为任何工作耽误了给奶奶庆祝出院这件事，所以把所有工作都堆在了今天完成，直到半夜两点才回家。

回去的时候，花漾的卧室已经熄了灯，原逸站在门口犹豫了片刻，没有进去打扰。

从冗长烦琐的工作中解脱出来，躺在书房的沙发上很长一段时间，他闭上眼睛想到的就是花漾的脸，就是唇触噌到的柔软。

原逸在回味和留恋白天的那个吻。

过去总觉得不可能，可到这个时候，他似乎才看清了自己，早已不可控制地朝天平的一端倾斜再倾斜。

第二天，老天爷给脸，秋高气爽、艳阳高照，一大清早，明媚的阳光就穿透玻璃洒进房间。

花漾起床洗漱干净，挑了一套十分淑女的裙子，把头发梳成温婉的大家闺秀模样，穿上经典的高跟鞋，出来见到原逸时，也是匆匆一瞥尴尬地说了声早后，一起去了餐厅。

似乎经过昨天的一个吻后，两人的关系莫名滋生出一种暧昧，说不清道不明，却足以让她每一次看到他的时候都脸红心跳。

所以花漾低着头不说话，只顾往前走。

夏玉婵出院对原家来说是非常大的一件喜事，不仅家中阿姨上上下下打扫清理，就连宋凌也特地让陶印印请了假回来，一起去医院接当家奶奶。

这个时候，宋凌似乎才正视自己住的是原家，不是宋家。

一家人浩浩荡荡坐了三辆车去医院，夏玉婵早早地就起来梳洗打扮，脱掉穿了几个月的病号服，换上日常服，欢欢喜喜地捧着花店送来的鲜花回家了。

回到阔别很久的家，老太太瞬间变成话痨，一会儿看这个变胖了，一会儿看那个变高了，总之看什么都新鲜，看什么都热闹。

宋孜的情绪也不禁被感染："最近咱们原家真是喜事一桩接一桩。"

宋凌好奇："除了老太太出院还有别的喜事？"

"我还没来得及告诉你们，之前我找的大师给原逸和漾漾算姻缘、合八字，大师合完后告诉我，这两人的命理特别配，简直就是天生一对，而且互相旺彼此，最重要的是，大师说……"

宋孜故意卖了个关子，夏玉婵最爱听这些，马上追问："说什么？"

宋孜拍着老太太的手，眼角爬上喜不自胜的笑意："说您很快就可以抱曾孙喽。"

花漾："……"

原逸："……"

这大师是街头那种算命的瞎子，随口胡诌吗？

她跟原逸都不在一起睡觉，难道接个吻就可以怀孕？

想啥呢？

这么荒谬的预测让花漾忍不住看了原逸一眼，却意外发现男人脸上竟完全没有一点儿觉得荒唐的样子。

相反，他坐在夏玉婵旁边，听着这些迷信的言论，虽安静地没有说话，嘴角却一直轻轻地扬着。

"大师给他们合了时间，下个月25号是个好日子，我想让他们举行婚礼。"宋孜转过来看着原逸和花漾，"你俩有没有问题？没有的话，我就去订酒店了。"

宋凌当即表现出了从未有过的热情："那可真的太好了，原逸跟漾漾办婚礼是咱们家的头等大喜事，必须得隆重一点儿！"

她这副浮夸的语气就连陶印印都有些尴尬地别过脸。

之前因为夏玉婵在住院，一家人也没心思去举办婚礼，现在老太太出了院，将婚礼提上日程也是理所当然。

但跟第一次决定领证一样，花漾没有马上开口，她等着原逸的回答。

原逸倒是没有犹豫："我没问题。"说完将视线转向花漾，"你呢？"

他声音低沉，扬起的尾音总好像裹着几分在摄影棚时贴在耳边的蛊惑，花漾沉默了几秒，点点头："嗯。"

事情定下来，宋孜很高兴，忙进了厨房去催阿姨们要上的菜。在等待吃饭的时间里，夏玉婵说想回自己的卧室看看，并且要原逸陪着。

她拄着拐杖到了二楼，让原逸把门关好，接着打开保险柜，从里面拿出一个首饰盒。

老太太语重心长地和原逸相对而坐，说："虽然不知道为什么，但我看得出来刚刚漾漾好像有一点儿犹豫。原逸，奶奶不在家，你是不是没有好好对她？"

原逸沉默不语。

夏玉婵长长地叹了口气："奶奶不逼你，如果你不喜欢漾漾，就不要勉强，她是个好姑娘。"说着，若有所思地从首饰盒里拿出一枚戒指，"如果喜欢，你就把这个给她。"

夏玉婵手里拿的是一枚年份很久的祖母绿宝石戒指，这是原家真正的传家宝，当年原逸的爷爷在国外拍卖下来的宝贝，光是戒指上那颗纯净的祖母绿宝石就价值千万，珍稀罕见。

老太太一直对花漾心有愧疚，她很清楚两个孩子当时是为了自己才结的婚，所以这桩姻缘如果能成，送出这枚戒指，就是她对两个晚辈最大的祝福。

原逸看着戒指沉思着。

他一直觉得自己对花漾很好，在家里维护她，在物质上满足她，在自己能包容的方方面面都给了她最大的自由。

但唯独在感情上，的确亏欠了她。

过去了好几分钟，像是经过了深思熟虑，原逸拿起戒指："我知道该怎么做，奶奶。"

祖孙俩很默契的，谁也没再提及这件事，之后照常下楼，全家人一起吃饭，谈天说地说笑话，陪伴了夏玉婵一天。

吃过晚饭后，夏玉婵就早早地回房休息了。

花漾陪原逸在一家人面前演了一天的恩爱夫妻也累了，夏玉婵一走，她也借口要洗澡回了自己的房间。

得知付竟要上 *Marver* 十周年特刊的消息，陶印印死拉着原逸不放他走，非要求一张付竟的签名照。

原逸现在听到这个名字就头疼，他不明白像这样的偶像明星是怎么做到让这些少女为其疯狂迷恋的。

尤其这个付竟，先是给自己老婆唱歌弹琴，现在又把自己的表妹迷得神魂颠倒。

也不知是哪一瞬间没想开，原逸竟然挑战起了亲情，对陶印印发问："你这么喜欢他？那我问你，付竟和我同时掉进河里，你救哪个？"

陶印印想都没想："当然付竟啊！"

原逸："……"

陶印印非但没觉得自己没良心，反而还觉得原逸莫名其妙："这个问题你应该问嫂子去啊，问我干什么，我又不是你老婆。"

问花漾?

原逸一怔，好像被触动到了什么似的，眸光微微动了动，继而起身，淡淡吐出两个字："幼稚。"

昨天回来得晚，今天又在医院和家里忙了一天，原逸一直没好好跟花漾说上一句话，现在回到房间，花漾的门已经关好了。

关得严严实实，一只苍蝇都飞不进去的感觉。

也不知道是防苍蝇还是防自己。

原逸在门口徘徊了几秒，只能回了书房。

今天奔波了一天其实挺累的，原逸把夏玉婵给的那枚戒指锁在抽屉里，然后去冲了个澡，出来的时候，明明已经刷过牙了，却还是拿着杯子走到外面去接咖啡，顺便又看了眼花漾的卧室。

门还是关着的，但灯没熄，应该还没睡。

原逸接了整整一满杯，满到不能再满了，才心不在焉地往回走。

她这会儿在干什么?

还在看之前的韩剧吗?

会不会又看睡着了自己不知道?

原逸端着咖啡回到书房，站在单人沙发面前，冷冷地端详了几秒，忽然对这个陪伴了自己几个月的伴侣感到了厌倦。

他念头一起，当即无情地把手里的咖啡洒到上面，再之后冷漠地看着它："你这么脏，我今晚没办法睡在这儿了。"

沙发：？

原逸打开书房门，异常有底气和有理由地朝花漾的卧室走过去。

而这一边，还没睡觉也在胡思乱想的花漾忽然听到有人敲门，接着是原逸的声音：“花漾，睡了没有？”

花漾一惊，心顿时快速跳了起来。

她站起来，想要去开门，又不知道开了门说什么，又怕自己对着原逸瞎脸红，更怕原逸提到那天的吻。

总之一团乱。

她还没想好要怎么办，门就被人从外面轻轻拧开。

原逸进来了！

来不及想了，花漾马上原地躺下装睡。

原逸进来的时候，看到果然跟自己的猜测一样，这女人又趴在那只大熊身上看电视看睡着了。

他走进来蹲下看了花漾几秒，嘴角不自觉地勾了个弧度，接着捡起散落在地上的手机、发夹等小物件。

花漾能感觉到原逸在帮自己收拾东西。

她心里有点甜，却拼命忍住不敢眨眼。

她想看原逸还会做什么。

很快，原逸把东西收拾好，蹲下来抱她了。

男人双臂有力，动作温柔，只轻轻一下就抱起了她，走了几步，平稳地把她放在床上。

她规律地呼吸演着熟睡的样子，心里在想，上次原逸就是这样把自己抱着放上来的吧，后来自己迷迷糊糊把他当成了大熊，所以才死死抱着不松手。

看来真的是错怪他了。

但今天自己没有把他当成大熊，也没有抱他，所以他应该很快就走了吧……花漾开始纠结了。

她放平的双手蠢蠢欲动，想马上抱上去，又实在下不去手，怕自己演到一半笑场或被原逸看出来，那到时候丢人就丢大了，说不定连带着上次也会被原逸以为是装的。

花漾的心紧张得怦怦直跳，连呼吸都是小心翼翼的，正争分夺秒地想着要怎么自然地翻个身抱住原逸时，一双手忽然穿到自己脖子下。

原逸很轻地把花漾抱到了自己怀里。

这个剧情走向是花漾万万没有想到的，她脑子混乱一片——

他要干什么?

很快，原逸拉起她的手放在自己胸口，甚至还嫌不够似的，连腿都搬来挂到了他身上。

竭力营造出了如他上次所说的“你死死抱住我不放是我被侵犯”的画面。

等做完了这一切，原逸才好像心安理得了般，整个人躺了下来，睡在花漾身边。

花漾：“？？？”

她蒙了，睁开眼：“你干吗？”

还没来得及完全躺平，原逸就遭遇了二十多年人生中第一次也是最严重的一次滑铁卢事件。

他原本只是想借沙发被咖啡打湿的幌子进来跟花漾说些什么，也没有想着就一定要蹭床，可没想到进来后发现她竟然睡着了。

做生意的人最擅长的就是把握机会。

于是一念之间，原逸迅速地把握住了再一次与花漾同床共枕的机会，并且试图将一切都进行得有理有据。

只是他万万没想到，花漾醒了。

最怕空气突然安静。

头顶朦胧的光笼在两人脸上，原逸看着花漾，花漾看着原逸，彼此眼里都有一堆疑惑。

虽然心里掠过不到三秒的慌乱，但本能的沉稳性格还是让原逸很快镇定下来，好像无事发生似的开口：“你在装睡？”

“别岔开话题。”花漾没受到干扰，拍了拍放在他胸口的手，“我问你这是在干吗呢？”

原逸异常冷静：“睡觉，看不到吗？”

花漾很迷惑：“你不是睡书房的吗？”

“刚刚不小心把咖啡洒在了沙发上。”

乍一听这个理由好像的确无法反驳，总不能让他睡在湿漉漉的沙发上。

可是，花漾并没有因此而被原逸带偏重点，她慢慢撑起身子打量，顿了顿，忽地踹了男人一脚：“你要睡就睡，把我的手脚放到你身上干什么，给我起来！”

"……"

原逸被无情地赶下了床。

花漾这才后知后觉地明白了什么："我就说那天我怎么可能会干得出死抱着你不放的事，现在总算知道了。原逸你要不要脸啊，看着一表人才的怎么还骗床呢？"

原逸有些洗不清了："上次真的是你抱着我。"

"行，就当是我抱你吧，那今天呢，刚刚呢？你别说还是我先动的手。"

原逸有口难辩，虽然自导自演被抓住的确有些尴尬，但眼下也确实没有再强行解释的必要了。

于是，他大方坦荡地承认："嗯，今天是我。"

花漾有些意外，微微睁大了眼。

原以为他一定会找尽各种借口为自己开脱洗白，没想到他倒是敢做敢当，承认得干脆。

可他这么直接地承认，又让画风变得暧昧起来。

这不就是变相承认了他想要跟自己睡一张床？

气氛突然变得微妙，花漾不自然地撩了撩头发，一时不知道该怎么接话，便假装生气地起来把原逸往外推："我要睡了，你回你的书房吧。"

原逸："可沙发湿了……"

"不关我的事。"

"花漾。"

"出去。"

就在花漾把原逸推到门口时，一直没有反抗的男人忽然抓住了花漾的手。

花漾一愣，抬起头。

下一秒，她双腿悬空被拦腰抱起，原逸直接两步把她送到床上，整个人俯身压上来。

四目对视，气息对接，男人眼中眸光翻涌，嗓音低沉："我们是夫妻。"他声音带一点儿沙哑，"别说睡一张床合理合法，就算我要做任何事，都可以。"

"都可以"三个字说得淡淡的，却带着股意味深长的暗示。

花漾感觉自己受到了"威胁"，她不是个能受人威胁的性子，马上理直气壮地怼回去："别欺负我不懂法，你那叫婚内强奸。"

原逸嘴角不易察觉地勾了勾，蓦地，身体往下压了一点儿。

这么一个动作吓得花漾马上闭上眼睛，气势也弱了下来：“好好好！”

上次在书房她就知道自己跟原逸比力气是比不过的，还不如识趣点早些给自己个台阶下。

于是她清了清嗓，决定退一步：“在这儿睡可以，别的你想都不要想。”

说着，她推开原逸，从床边抱起自己的人形大熊，放在床中间：“你睡你的，我跟我的熊睡。”

原逸：“……”

花漾的意思很明显——以熊为界，我的床可以分你一半，但我的人你就不要打任何主意了。

原逸不禁轻哂：“至于吗？”

尽管刚刚有几秒他的确控制不住地想吻下去，但他很清楚和花漾之间的距离还需要时间来填补，不能操之过急。

“非常至于。”花漾背对着他躺下，一声命令，“关灯，睡觉。”

原逸无奈地摇了摇头，关了床头的灯，慢慢躺下去。

昏暗的房里陷入静谧，有淡淡的月光投射进来。原逸换了个姿势，翻身，正好对上一双炯炯大眼。

是花漾的那个人形大熊，横在两人之间，仿佛一个专门用来盯梢的小士兵。

原逸忽而轻叹，好像自己在这个房间的地位还不如一只玩具熊……

第九章

再见 /

这场迟到的婚礼是涉及两家人的大事，因此第二天吃早饭的时候，夏玉婵亲自打了一通电话通知花漾的父母，并邀请他们和自己的老姐妹来海城参加婚礼。

郭荷芝知道后特别高兴，连说要包机带所有亲朋好友来见证女儿的幸福一刻，可这话听到宋凌耳里就变了味。

饭后，宋凌拉着宋孜在厨房阴阳怪气地说：“亲家母出手倒是挺大方，最后还不是得咱们原家出这笔钱？”

宋孜虽也觉得这副兴师动众要包机的架势有点夸张，但还是回道：“孩子们结婚高兴，这点钱该咱们男方出的，你也别计较了。”

宋凌还是很怨念：“人家豪门结婚是强强联合，咱们家可倒好，上赶着给人扶贫。”

两人正说着，察觉到门口有人，回头一看，是阿姨扶着夏玉婵。

老太太拄着拐杖，不怒自威：“看这个样子，我不在家你们没少为难漾漾吧？”

宋孜一惊，赶紧上前来扶住她：“妈，没有，我们就是随便说说。”

“随便说说？”夏玉婵心如明镜，“人家好好的孩子千里迢迢地送来嫁进咱们家，就让你们背地里这样看不起？”

宋凌也忙换上笑脸：“老太太，我没别的意思，就是替原逸不值，您看看这海城有头有脸的公子少爷，谁家娶个农村姑娘？娶了也就娶了吧，婚礼上还要带一帮穷亲戚来，到时候我们原家的脸面往哪儿放。”

老太太沉着脸，半晌，转身不悦道：“你嫌没脸面走就是了。”

宋孜见老太太应该是动了怒，埋怨宋凌："你这张嘴。"

宋凌也讪讪道："我说的难道不是实话？她老了不要脸面，你和原逸不要吗？真是越老越糊涂。"

宋孜说不过她，叹了口气，追过去跟夏玉婵解释："妈……"

被夏玉婵那么一说，宋凌心里总归也是有点气的，她回到二楼女儿的房间，看到陶印印趴在床上发短信，颜料挤出来了却放在一旁，莫名火起。

"我不是让你画会儿画的吗？你又在跟谁发消息？"

陶印印赶紧关了手机："没跟谁。"她倏地从床上下来坐到画板前，蘸了点颜料假装画画。

宋凌越想夏玉婵那句话就越气不打一处来，老太太不在的时候家里宋孜说了算，她也能有几分二太太的样子，但现在夏玉婵回来了，轻飘飘一句"嫌没脸面就走"，摆明了没有把她放在眼里。

宋凌心里非常堵，忍不住跟陶印印吐槽："印印，你一定要给妈争口气，你看花漾都能嫁到原家飞黄腾达，你是原逸的亲表妹，怎么也得找个跟你表哥差不多家庭的人嫁了。"

陶印印画笔一顿，皱着眉："我现在还不想考虑这些。"

"你不考虑以后妈妈在这个家就没有地位了！你都不知道刚刚在楼下他们家老太太给我多大难堪。"

陶印印闭着嘴，不说话。

"妈妈之前跟你说的那个李阿姨的儿子，也是从美国回来的，你们见个面聊聊？"

"妈。"陶印印很反感也很抗拒，"你能不能不要干涉我的恋爱自由？"

宋凌一副委屈的样子："我这是干涉吗？妈妈为了你在原家忍声吞气的，就是希望你能嫁个好人家带妈离开，不用留在这里遭人白眼，你以为那些人私下笑我们鸠占鹊巢笑得少？"

这些话陶印印听得烦了，她放下画笔，拿起桌上的包出门："没颜料了，我出去买。"

宋凌正在气头上，喊了几声，陶印印却头也不回。

庭院里，花漾正在喂鱼玩，看到陶印印脸色不好地跑出来，随口问："印印，去哪儿？”

陶印印走过来拉住她：“嫂子，陪我走走好吗？”

花漾：“啊？”

陶印印难得会有这样的时候，花漾看出她脸色不对，便丢了手里的鱼食，拿上手机跟她出了门。

“我妈逼我相亲。”上车后陶印印第一句话就这么说。

小姑娘眉宇紧蹙，脸上挂满了被逼到极致的烦躁。

花漾猜都能猜到宋凌那个德行做不出什么好事，她思考了几秒，试探道：“相亲不好吗？还是说，你有喜欢的人了？”

陶印印动了动唇，视线看向窗外没说话。

她不想说，花漾便没有强迫，只宽慰道：“你妈逼你相亲而已，又没逼你结婚，你如果真不愿意，就去应付应付，回来说不喜欢就好了。”

陶印印叹了口气：“你以为我不喜欢，我妈就会停止吗？”

花漾当然知道宋凌是个多么虚荣的人，从逼陶印印学画画舞蹈钢琴就看得出，她想靠女儿攀附权贵的野心。

只是花漾虽然明白，却不能把话说透，她像哄自己妹妹似的安慰陶印印：“那你也不用那么抗拒，说不定哪一次相亲你就能遇到喜欢的呢？”

陶印印莫名笑了笑，笑意里带着三分寒凉。她转过来：“嫂子，你和我哥互相喜欢吗？”

花漾没反应过来：“什么？”

“你们也是受父母之命结婚的，可你们真的互相喜欢对方吗？”

花漾久久地愣住，好像有一瞬间，她陷入了某种奇怪的茫然情绪里，仿佛自己都不知道这个问题的答案。

但很快，花漾想起当自己知道原逸那束玫瑰不是买一送一时心里涌起的甜蜜和欣喜，马上从那种茫然中清醒过来，很肯定地点头：“喜欢。”

她是真的喜欢原逸。

至于原逸……

花漾想，应该也是有一点儿喜欢自己的吧。

两人最初领证时就像在完成任务，平淡匆促，没有讲究。现在夏玉婵平安康复，婚礼也提上了日程，原家上下都充满了喜气融融的氛围，订酒店、订喜饼、印请柬、看婚纱等都在有条不紊地进行。

花漾作为准新娘，也终于在这种气氛下感受到一种真正要结婚的欣喜。

连续几天，原逸都没有再回书房，每晚回来默认跟花漾睡在一间卧室，逐渐完成了从同居室友到同床夫妻的转变。即便躺在一张床上，他也从无逾越的行为。

虽然起初用大熊挡在两人之间，但花漾已经能感受到自己心态的变化。

她慢慢地在接受原逸的靠近，接受两人感情的加深，接受自己即将真正地有一次属于彼此的洞房花烛夜。

因此这天清早，花漾醒来发现自己不知什么时候把熊踢下了床，又被原逸抱在怀里时，也没有表现出多大的意外和惊讶。

像是最平凡的夫妻睡在一起似的，花漾轻轻动了动，却被原逸按在怀里："再睡会儿。"

于是花漾便乖乖地没有动，脸贴在原逸胸口，能听到他强劲的心跳声。

一下一下，敲打在花漾耳侧，和自己的心跳慢慢融合在一起，不分彼此。

斑驳阳光穿过树叶洒进房里，花漾突然想到一句在书上看到的话——最幸福的事，就是每天醒来看到你和阳光都在。

她闭上眼睛，满足地弯着唇。

赖了十多分钟后，原逸总算放开怀里的柔软，起床洗漱换装准备上班。

花漾躺在床上，见原逸在衣帽间换上了前几天刚收到的定制款条纹西装，忽然想起那天陪陶印印出去解闷时在商场买的领带。

当时是想着给原逸买个礼物，可回来后一直没好意思拿出来，这会儿看，倒是挺适合他今天的西装颜色。

于是花漾赶紧从衣柜里翻出来，假装随意地给他递过去："给你买的。"

原逸垂眸，似是有点惊讶："你选的？"

花漾皱眉："怎么，不好看吗？"

花漾挑的是一款相当惹眼的粉红色领带，这个牌子在美国很流行，以色彩大胆明烈而闻名，受很多明星和时尚潮人追捧。

原逸接过来，不知想到了什么，嘴角轻轻勾了勾："谢谢。"

"那你喜欢吗？"

"嗯，喜欢。"

花漾顿时像受到了鼓舞似的贤妻上身，主动上前："那我帮你系上？"

原逸想起上次被她像拴动物一样支配的恐惧，婉拒道：“不用了，我自己来。”

花漾却不依：“干吗啊，我会的，我昨天看视频学过了。”

原逸：“……”

行吧，总不能打击她一片热忱。

原逸把领带交给了花漾。

花漾抿唇笑，有模有样地把领带套在原逸脖子上，慢慢绕着两根带子，试图打出一个漂亮的温莎结，但大概就是传说中那种“我的大脑已经学会了但手还没会”，她试了好几次都不行，直到最后用力一收。

原逸背脊随之一紧，仿佛瞬间被命运握住了喉咙。

花漾：“怎么样？系得对吗？”

原逸不想打击她，强忍住表情不变，默默松开领结：“基本是对了。”

“基本？那就还是差一点儿喽？”

花漾疑惑地用手不断比画回忆着昨晚看过的视频，咕哝道：“不会啊，我昨晚明明试过好几次。”

原逸见她迷糊的样子不禁好笑，又不舍得说她什么，只好随口安抚道：“等有空了我教你怎么打。”

花漾抿着唇心里一甜，也不再纠结了，给原逸拿过西装外套，提醒他：“那你记得，下午在 Vemy 约了试礼服。”

原逸点头：“知道。”

今天是花漾和原逸要试婚纱礼服的日子，虽然量身定制已经来不及，但原逸还是花了大手笔，从国外买了某高定品牌最奢侈的一款婚纱礼服。

价值七百多万的全手工礼服昨天刚运到海城，花漾今天要去试一下尺寸，有不合适的方便师傅尽早修改。

这款婚纱是抹胸款鱼尾设计，缀满仙气飘飘的蕾丝，纱袖飘逸温柔，裙身镶满了微小的钻石和水晶，长达数百英寸的欧根纱极其奢华。

等花漾换好走出来时，陪同来的一众小姐妹惊呆了。

长发披肩，皮肤雪白，白纱与钻石细碎的光芒映衬着她温柔的笑脸。

“我竟然不知道该怎么夸了，宝贝你真的美绝了！”

“漾漾你现在就像童话里走出来的仙女！仙女你懂吗！”

“我话就放这儿了，新郎要是身家没有个八位数什么的，休想从我这儿把你带走！”

这些人一顿猛吹，逗得孟禾直笑：“行了吧，人家老公何止八位数，说出来我都怕吓死你们。”

“谁？是谁？”

“快，我想被吓死！”

下个月就要举行婚礼了，到时候肯定满城皆知，花漾也没有打算再瞒她们，低头甜甜地笑了笑：“他马上来，你们等会儿就知道了。”

花漾说着看了眼时间，原定四点见面，现在已经四点零五分，原逸还没来。

她正想着要不要打个电话去问问，原逸主动打了过来：“有点事耽误了，可能会迟到一会儿。”

有交代花漾就放心了，她轻声回：“没事，你慢点。”

旁边一众姐妹趁机起哄：“亲爱的……人家想死你啦，快来嘛。”

花漾赶紧挂了电话，嗔笑打闹：“你们别闹，他在忙。”

“哎哟，这就护上了？”

“试礼服都能迟到，看我酒席上不罚他三杯！”

“就是，就是。”

几个小姑娘笑成一团。

孟禾在一旁看着花漾，忽然心中感慨：“漾漾，我觉得你变了。”

花漾：“嗯？”

孟禾轻轻地摸着她的头发：“就觉得你跟以前不一样了，长大了。”

花漾愣了下，下意识地去看镜子里的自己。

回忆自己在原家的这半年，从一开始时时刻刻都想出去玩，到慢慢约束自己留在碧江澜庭这座四方院子里。

花漾留在家里的时间越来越多，笑容越来越含蓄，说话也时刻注意分寸。

她渐渐变成了原先最不会成为的那类人。

想起从前在农场逗羊喝酒肆意撒欢的自己，花漾有片刻的走神。

她是什么时候变了呢?

大概……是从意识到自己喜欢上原逸的时候，她就在学着要如何做一个原太太吧。

花漾想着想着弯唇笑了：“结婚了啊，总不能还那么没心没肺的吧。”

“说得也是。”孟禾帮花漾提着裙角调侃道，“看来我们的骰后这次是真的修身养性了。”

两人边说边往休息区的沙发走，半途，花漾的手机忽然响了起来。

以为是原逸打来的，她马上接起：“喂？”

听到手机对面的人说的话，花漾噌地站起来：“什么？”

三秒后，花漾边取头上的配饰边回：“我马上就来。”

电话是陶印印打来的。

详细内容她没多说，只让花漾赶紧去一趟 ×× 区派出所，还千叮咛万嘱咐她不要告诉宋凌和原逸。

“嫂子，帮帮我，就你一个人来！求你了！”

花漾不知道陶印印好端端在学校待着，怎么会突然进了派出所。但电话里陶印印不方便多说，她只能脱下礼服，匆匆给原逸打了个电话，没敢说陶印印进了派出所的事，只道自己临时有事要出去一趟，马上就回。

赶到派出所时，工作人员把花漾领到暂时扣留人的小房间。

花漾看到了陶印印，眼睛红红的，好像哭过，而她旁边坐着的，是马哲。

马哲嘴角渗着血，脸上挂了彩，一看就是跟谁打了架。

这两人合体出现让花漾生出几分不好的预感，她上去问：“到底怎么了？”

马哲看了她一眼，欲言又止，又闷闷地低下头不吭声。

陶印印一脸焦急地站起来求花漾：“嫂子，你能不能先保释我们出去？剩下的我回家再跟你解释，我怕晚一点儿我妈就知道了。”

花漾听得稀里糊涂：“你们到底干什么了？”

旁边走来一个警察主动介绍情况：“打架斗殴，被打的人在医院验伤，拒绝私了，要告他们故意伤人。你是家属的话，可以先帮忙找个律师。”

陶印印听完不可思议：“告我们？怎么可能到验伤那么严重？只是推了他两下而已，他就是故意的！”

“故不故意医生会验。”

“印印你别着急。”花漾努力让自己冷静，“先告诉我，你们打了谁？”

咬唇沉默了几秒，陶印印说了实话：“我妈今天让我去相亲，那个男的对我动手动脚的，马哲气不过就……”

花漾大概明白是怎么回事了，可她在海城没有任何人脉，根本没能力来解决这种棘手的问题。

思考片刻，花漾建议："印印，这件事必须告诉你哥哥，只有他才有办法。"

陶印印起初以为只是找个亲属来保释就可以，现在得知对方铁了心要告自己跟马哲，也深知瞒不过家里人了。

与其这样，还不如赶紧找原逸看看有没有其他的办法。

纠结了几秒，陶印印点头："好吧，那就告诉他。"

花漾见她顾虑重重，拍了拍她的肩："没事，我会让他帮你，放心。"

花漾边说边拿出手机，正要给原逸打过去，宋凌突然来了。

宋凌是从被打的那位公子的母亲口中得知的这件事，好心安排两个年轻人去相亲，谁能想到自己的女儿和一个男的把人家给打了。

宋凌一进来就气势汹汹，陶印印吓得连往花漾身后躲。花漾只得先放下手机："小姨，您冷静点，先听我说。"

宋凌一把拉开她："让开，我教育女儿没你的事！"

花漾知道宋凌这会儿正在气头上，陶印印要是过去了少不了要挨打，只能尽力护在前面。

宋凌的骂声透亮地在小房间里传开："你长本事了是吗？我让你去相亲，你给我相到派出所来了？"

她言语刻薄，在这么多人面前也不留情面，骂完陶印印又转身看着马哲。

不知想起了什么，宋凌忽然觉得马哲格外眼熟，似乎在哪里见过。

盯了几秒，宋凌问马哲："之前我看到印印跟一个男的在学校门口逛街，是你对不对？"

马哲不语。

结合这些日子来陶印印总是魂不守舍的行为，宋凌至此总算明白了，自己还在外面给女儿安排相亲，原来女儿早就有了男朋友。

"你家里做什么的？看这样子也不像本地人，哪儿人？"

陶印印想帮马哲回答，刚开口就被宋凌打断："你给我闭嘴。"

沉默了许久的马哲终于站起来，迎着宋凌的目光，不卑不亢道："阿姨你好，我叫马哲，在海大读体育系，南原人。"

宋凌听完一愣："南原？"

她马上转头看向花漾："跟你一个地方的？"

花漾顿了顿："是。"

宋凌几乎难以置信自己听到的，眼睛睁大，缓了许久："所以你跟这个男的认识？”

花漾能感觉到宋凌逐渐堆积的火气，但这时候隐瞒已无必要。

她承认：“是，马哲老家就在我家隔壁。”

气氛陷入死一般的寂静。

不知过了多久，宋凌爆发似的狠狠推了花漾一把：“你就是故意来恶心我的是吧？你气我笑话你是农村来的，就处心积虑拖我女儿下水？”

花漾被宋凌推得一个趔趄差点摔倒，马哲两步上前扶住她：“阿姨请你尊重一下别人！”

“你们这种不要脸的还叫别人尊重？”宋凌好似气急了，声音都发着抖，“花漾，你当原家是给你们全村扶贫的？一个原逸不够，再搭上我们家印印？过段时间来一整个飞机的人，是不是都要在我们这儿落地生根？”

花漾站直，冷眼看着宋凌：“我家不需要任何人扶贫，谁扶谁还不知道呢。再说，就算扶也是原家的事，轮不到您在这儿指手画脚。”

“听听。”宋凌一声冷笑，“还真把自己当少奶奶了，我告诉你花漾，不是老太太金口玉言在那儿压着，你以为原逸会娶你？你真以为他能喜欢你？别做梦了！老太太要是哪天两腿一蹬走了你的好日子也到头了！”

陶印印急得夹在两方人中间：“妈你别说了！”

房里的动静引来警察的注意，有穿制服的走进来：“吵什么吵，这是你们吵架的地方吗？”

警察一呵斥，宋凌顿时老实了不少，她虽然气，但到底是自己的女儿犯了事，总不能在派出所留了黑历史，最终还是骂骂咧咧地给原逸打了电话。

不到十分钟，原逸就赶了过来，原以为是解决陶印印的事，没想到刚刚跟自己说有事要出去的花漾也在这里。

原逸看了花漾一眼，当时没说什么话，只是让翟羽安排了律师处理。律师的办事效率十分迅速，和对方沟通了后，这件事以私下和解告终。

从派出所分开，一家人上了一辆车，气氛压抑沉默，大家都没出声，只有宋凌不断地在原逸耳旁念叨数落：

“我就印印这么一个女儿，怎么可以跟那个小子在一起？”

“漾漾介绍谁给印印认识不好，偏要介绍这种家庭的？”

“反正我不会同意她跟那个臭小子谈恋爱的。”

宋凌吧啦吧啦地说，花漾坐在靠窗的地方，沉默着一言不发。

陶印印摸了下她的手，想为刚刚宋凌那些伤人的话道歉，花漾摇了摇头，用唇语轻轻暗示了句“没事”。

宋凌一向刻薄，她才不会往心里去，反倒是陶印印，她想都能想到陶印印回去要怎么被宋凌骂，于是发了条微信问：“你们什么时候开始的？”

陶印印回：“一个月前。”

花漾：“你喜欢他？”

陶印印：“嗯，可我知道我妈不会同意。”

既然喜欢，那就没什么好说的。

花漾一直觉得两个人的感情，金钱做不了主，旁人做不了主，只有彼此真心的喜欢才是最重要的。

于是她安慰陶印印：“没事，我回去跟你哥商量下，也许会有转机。”

花漾想的是，自己就是南原来的，原逸从没有看不起过自己，换个角度，肯定也能理解陶印印和马哲的感情。

可花漾没想到，回到家关上门，原逸拉着她到书房。

“印印和这个男人的事你是不是早就知道了？”

“你为什么这么认为？”花漾愣愣地看着原逸略沉的脸色，张了张嘴，“我应该知道吗？”

“那这么大的事刚刚为什么一个人去派出所不通知我，你还想瞒着？”

花漾很蒙：“不管你信不信，是印印给我打的电话，让我先不要告诉你和家里，我也是去了才知道发生了什么。”

两人沉默了片刻。

半晌，原逸平静地开口：“总之以后他们的事你别插手。”

花漾隐约听出一点儿弦外之音：“你难道也反对他们在一起？”

原逸语气很淡：“印印是什么性格？从小衣来伸手饭来张口的大小姐，她能吃苦吗？”

“为什么你会觉得她要吃苦？”

原逸抬眸，深深地看了眼花漾：“既然你跟马哲是老乡，你应该很清楚他的家庭环境。你们不一样，我可以一辈子养着你让你无忧无虑，可他可以养着印印吗？”

花漾被原逸的话愣住了。

“你什么意思？”

花漾反复咀嚼着原逸的话，讷讷道：“你觉得印印跟我们南原的男孩子谈恋爱就得不到幸福？你甚至都不相信对方有能力给她带来幸福？在你眼里女人就必须要靠男人养着吗？”

花漾倏地想起刚刚宋凌在派出所里说的那些话，她顿了顿：“还是你从根本上也觉得，我嫁给你是飞上枝头变凤凰？”

原逸略微一滞，语气无奈地放软：“我就事论事，你不要乱想。”

花漾倔强地仰头看他：“我没有乱想，按照你的逻辑，是不是如果我们家比你有钱，你也没资格娶我？”

原逸沉默了会儿，走到花漾面前，轻轻搂住她的双肩：“算了，印印的事到此为止，我们没必要因为这种事吵架。”

他虽然中止了话题，却未变过立场。

花漾低着头，看到今早出门自己亲手给原逸系上的领带，当时自己被甜蜜包围着，现在却莫名从心里觉得，她跟原逸之间还隔着陌生的距离。

宋凌那句话反复在脑中回旋——不是老太太金口玉言在那儿压着，你以为原逸会娶你?

夏玉婵的确是这个家的最高决策者，原逸又是最孝顺她的人，花漾突然不确定，到底这场婚姻走到现在，原逸对自己有没有过一丝真心。

他所有表现出来的真心，是不是都只是孝顺夏玉婵的方式。

人胡思乱想的时候，所有微小的细节都会被放大，花漾忽地仰起头：“今天下午你去哪儿了，怎么试礼服都迟到？”

话音刚落，原逸的手机就响了起来。

他看了眼来电，跟花漾说：“跟客户见面耽误了。你别乱想，先去睡吧，我还有点事。”

迟迟未接起的手机暗示花漾这是个自己不方便听的电话。

她没再多问，叹了口气，转身关上门。

等她走了，原逸才接起电话。

是千夏在酒店打来的：“舞台图纸修改版已经发到您的邮箱，大概需要两天的时间搭建，乐团也已经联系妥当，鲜花是当天上午从伦敦空运过来的玫瑰百合，还有LED……”

千夏有条不紊地汇报着，原逸边听边从抽屉里拿出之前夏玉婵给他的那枚祖母绿戒指：“后续你跟进，另外帮我找一个珠宝保养清洗的地方。”

夏玉婵给的这枚戒指年代太久了，原逸希望戴到花漾手上的时候，是崭新漂亮的新模样。

最初和花漾领证的时候没有任何仪式，就连戒指都是让翟羽随便买的一对，现在，原逸只想将每一个缺失的部分都弥补给她。

比如，求婚。

陶印印的事第二天家里人都知道了。

早餐时，宋凌依然把一切都怪在花漾身上，宋孜夹在中间难做，只说让花漾不要再插手这件事，倒是夏玉婵维护了花漾，说：“关漾漾什么事，漾漾又没绑着他们在一起，儿孙自有儿孙福，该在一起的你分也分不开，不该在一起的，结婚了也得离婚。”

也不知为什么，花漾听到后半句话，手里的筷子抖了抖，不太是滋味。

陶印印被宋凌扣在房间里哪儿也不准去，连手机都给没收了，势必要断了她和马哲的关系，花漾只能看着，却无能为力。

她闷闷不乐，担心马哲的情况，打了电话过去才知道他在动身回老家的路上。

马哲说：“不想让印印难做。”

花漾特别明白马哲的心理，多半是宋凌这边给他施加了压力，马哲又是个讲义气的人，重情重义，宁可委屈了自己也不会让喜欢的人难做，所以自己选择离开。

“你不争取一下吗？”花漾问。

马哲笑得有些无奈：“姐，那天在派出所我看到连你都被骂成那样就知道不可能，我不耽误她。”

花漾：“……”

挂了电话，家里的气氛压抑得花漾有种说不出来的难受。

一夜之间，因为陶印印的恋爱，她突然看清了很多过去没有看清，或者始终不愿意去正视面对的问题。

她真的融入这个家了吗？

似乎是婚前恐惧症似的，花漾越想越多，越想心里越烦，恰好孟禾发来微信问她要不要逛街，想着出去散散心也好，便同意了。

闺蜜见面，孟禾自然要问昨天试礼服突然走了的事。

花漾也不想瞒她，一五一十地告诉过后，叹了口气：“你说是我错了吗？”

孟禾劝她：“这事你就别插手了，他们有钱人怎么可能舍得自己的妹妹跟一个边远小镇的男人谈婚论嫁，这个也是人之常情。”

“可我觉得原逸看我就像是看寄养在他家的寄生虫，一只因为孝顺他奶奶而被供养起来的寄生虫。”花漾垂着头，有些落寞。

“你就别乱想了。”孟禾苦口婆心地劝，“做豪门太太不容易，你别太钻牛角尖，都快结婚了，开心一点儿，你看。”

孟禾看到了一对情侣杯：“这个适合你们。”

花漾垂眸一看，杯子一个粉色一个蓝色，两只卡通小熊的印花很漂亮。

看着这对可爱的情侣杯，花漾忽然松了口气，觉得孟禾说得有道理，自己都快跟原逸举行婚礼了，这半年来的相处也不是假的，实在没必要因为昨天的事钻了牛角尖。

她总算笑了笑，拿起水杯对柜员说：“麻烦帮我包起来。”

这套水杯是花漾第一次买的情侣款的东西，昨晚两人因为陶印印的事闹了些意见不合，晚上睡觉也没搭理他。现在冷静过后，花漾想用这个杯子缓和一下两人的关系。

带着新杯子回到家，原想偷偷放在书桌上就走，可一直负责打扫原逸书房的阿姨面色慌张地蹲在书桌旁，好像在擦拭着什么。

花漾走过去，看到地上有碎片，问：“怎么了王阿姨？”

阿姨额头上都急出了汗：“小太太对不起，我刚刚擦桌子没注意打翻了少爷的水杯。”

花漾还以为多大的事，蹲过去帮忙收拾：“不要紧，刚好我今天给他买了个新的。”

阿姨不敢松懈，扫干净碎片又擦着抽屉：“可是水都洒进去了，也不知道弄湿里面的东西没有。”

花漾忙安抚她：“没事，你别急，我看看。”

印象中，平时这个抽屉原逸都锁着的，今天钥匙却挂在上面，应该是忘了拿走。

花漾没有多想，直接拉开抽屉。

果然，里面的一份文件的角落被打湿了。

“阿姨，”花漾边说边绕开文件袋，“你去拿个吹风——”话未说完，视线落及纸上的那一刻，蓦地一顿，怔住了。

花漾抽出的这张纸上清清楚楚地写着“结婚协议”四个字。

她愣了几秒，一开始根本没有想过会跟自己有关，可直到她视线往下看到上面甲乙双方的名字时，大脑当即轰地炸开了。

花漾颤抖着看完整个协议书，里面的内容列得很清楚，也很冷漠。

协议写明她和原逸的这段婚姻是因为双方家庭约定所致，彼此并无感情和可能。所以约定一年的合作期限，一年过后各自归还对方自由。

出于各种原因，原逸会一次性支付花漾 5000 万人民币做弥补。

一年的时间给 5000 万，花漾忽然扯了扯唇。

这个钱可真好赚。

应该会有很多女人愿意，甚至争着抢着要来做吧?

可为什么偏偏是她。

协议落尾处，原逸已经签了名，笔锋苍劲流利，看得出不带一丝犹豫。

花漾的心一点儿一点儿寒下来。

她坐在了地上，猛然想起这份文件在自己的印象中出现过几次。

第一次是刚结婚的时候，原逸在一个早上把她叫到车里似乎有话要说，当时他手上就拿着这份文件。

还有一次是在书房里，她没有敲门就进来，看到原逸迅速地把这份文件藏在了其他书刊下。

花漾全都明白了。

原来他曾经这么多次想要把这个协议拿出来给她。而她一无所知，甚至还一直以为这是他工作上的东西，从未怀疑过。

原来他从一开始就没有想过要跟她走下去。

从来都没有。

花漾想起这半年来自己的改变，自己单方面的暗恋和付出，突然有些想笑。

刚刚买给原逸的杯子上的两只可爱小熊，此刻好像充满了讽刺地笑着。

阿姨从外面拿来了吹风机，花漾接过来，双目出神地看着协议，慢慢将它吹干。

花漾从前觉得宋凌嘴毒，不往心里去，如今看来，反倒可能是自己天真，一直活在欺骗和谎言里。

别人才是真正的一家人做黑脸的那个未必说的就是假话。

花漾自嘲地笑了。

可是凭什么呢?

她堂堂正正地嫁进来，是原家有求在先的，现在这份协议是什么意思?

她花漾在原逸心里，就是一个为期一年、价值5000万的陪演工具吗?

花漾试图让自己稳住情绪，可“结婚协议”四个深沉的字压在她心口喘不过气。

那种感觉好像要随时吞噬了她一样在胸口炸开，她无法假装自己没有看过，甚至无法让自己现在冷静地回到卧室。

花漾是藏不住事的人，她所有情感都是炽烈外放的。在这样一份带着一丝屈辱的结婚协议面前，她决定马上去公司找原逸。

她要当面把协议摔在这个男人脸上，问他要一个解释。

没有通知任何人，花漾打车直奔原逸公司。

这次她直接掠过前台朝电梯走，保安拦住她：“您找哪位，没有预约不能进。”

花漾冷淡地斜了他一眼：“让开。”

保安很尽职：“对不起，我不能让您进，请出示相关证件。”

事到如今，是不是原太太、气场够不够，花漾根本不在乎了。

她淡淡地道：“我是——”

几乎同时，她手机蓦地一响。

她被打断，随意看了眼屏幕，是微博的一条新推送。

可等看清标题后，她眼睛微微睁大，指尖一颤，将手机迅速拿到面前。

再次确认了新闻推送的那行字，花漾的心跳一拍一拍地加快节奏，耳边有一秒钟好像什么都听不见了似的，整个人游离在某种虚幻的世界中，最后还是保安的声音拉回了她。

“小姐，您找哪位？”

花漾顿了很久，缓缓平静地摇头：“不用了。”

她义无反顾地转身往回走，刚出公司大门就遇到了孟禾和方柔。

孟禾看见花漾有些蒙：“你不是回家送杯子了吗，怎么……”她差点说漏嘴，马上把话换成，“你来找我的吗？”

花漾强撑着笑了下：“嗯。”

“呃……我们晚上七点有训练，我结束了给你打电话吧？”

“没事，你去忙吧。”

花漾说完就打算走，孟禾始终觉得她有点不对劲，留住她拉到一边悄悄问：“怎么了，他不喜欢那个杯子？”

花漾这一刻有种说不出的茫然和无措，她握紧孟禾的手，身体在轻微发着抖，正想着要如何平静地说出想说的话，方柔突然跑过来，一脸八卦地打断她们：“天哪，你们看到了吗？原总和卫语蓝在酒店约会被拍了！”

孟禾神情一惊：“什么？”

她下意识地看了一眼花漾。

这个震惊的眼神被方柔收入眼底，更加肯定了心里的猜测，花漾的的确确就是原逸的老婆。

方柔脸上闪过一丝微不可察的冷笑，故意找出照片：“不信你看啊，圈里这会儿都炸了。”

孟禾急了，看都没看一把打开手机：“方柔你什么时候变得这么八卦了？”说着就又拉花漾走远了些，压低声音，“这些捕风捉影的你别相信，我一分钟能给你合成一百张！”

谁知花漾却云淡风轻地笑了，像是事不关己的观众似的，轻轻道：“我已经看到了。”

孟禾哑口。

方柔很自然地走过来，像在分享一件八卦似的：“知道吗？我听公司的前辈说，他们两个本来是一对，后来也不知道是什么原因被拆散了，一直都悄悄有联系呢，要不然原总怎么会给那么多资源捧她？”

“是吗？”花漾继续淡淡微笑，神色泰然。

孟禾本还想让方柔闭嘴，可她手机的推送虽迟了一点儿，但这时也到了。

她愣愣地看着营销号的标题——曝 KR 集团总裁原逸和超模卫语蓝昨天下午在希黎酒店私会，两人有说有笑，态度亲昵！

照片一看就是偷拍的，距离隔得很远，但依然可以清晰地看得到当事人是原逸和卫语蓝。

两人都高，站在一起倒真的是般配得很。

“说不定……是拿以前的照片炒作呢？”孟禾试图安慰花漾。

花漾冷笑一声：“也许吧。”

虽这么说，但花漾心里很清楚，这不是以前的照片。

因为——照片上男人的那条醒目的粉色领带，是昨天早上自己亲手给原逸系上的。

昨天是他们试礼服的日子，但原逸迟到了。

第一次在电话里他说，遇到事耽误了；第二次是花漾在书房问他，他说见了一个客户。

所以是见了卫语蓝这个“客户”，还是被见卫语蓝这件事耽误了，才会连试礼服的时间都能忘记，都能迟到?

就在看到推送的那一瞬间，花漾心中所有的不甘和疑问都退得干干净净。

她突然释怀了，也不再介怀，不再想要求证原逸的想法和解释。

花漾清清淡淡地笑了笑：“你们忙，我先走了。”

孟禾知道她心里难受，追着去安慰：“真的，这种事在圈子里太常见了，都是噱头，也有可能是卫语蓝想自炒，也有可能是谁故意弄出来挑拨离间的，你要信了就中她计了！”

花漾点头：“我知道，你放心。”

不管是谁想自炒，想挑拨，还是什么噱头，甚至他们是在约会，是真爱，她都无所谓。

她能肯定的只有一件事——原逸骗了自己，是真的。

消息传到办公室的时候，原逸马上让人在消息爬上热搜之前删除了所有微博，一切都快得好像从没有发生过。

尽管在最短的时间内抹掉了网上所有痕迹，但原逸依然不能确定花漾是否知道了这件事。

翟羽犹豫着建议：“要不我跟太太解释下，那天您其实……”

“不用。”

原逸考虑片刻，给花漾打了电话，无人接听。

他的心微微地提了起来，又给家里的阿姨打，得到的消息是：“小太太刚刚回家，现在正在二楼陪老夫人聊天解闷，没看出什么异常。”

原逸听完心里松了口气。

今天公司本就忙，又临时出了微博的事打乱节奏，会议室里还有一群人在等着他。

但不知为什么，原逸心里总有些不太踏实，他定了定心，吩咐翟羽：“去帮我订个餐厅，叫老秦六点半送太太过去。”

“是。”

“算了。”原逸看了眼手表，快速算了下自己可以利用的时间，“你去订，人我亲自回去接。”

“好。”

交代完毕，原逸觉得心里稍微有了些底气。他拿起文件，整理了下思绪，重新进入会议室。

半小时后，会谈结束。

虽然很疲惫，但原逸还是一出会议室就给花漾打了电话，谁知依然没人接。

他再打回家里，阿姨说：“小太太陪完老夫人，刚刚回房间了。”

既然在家里，原逸便没有再打电话，心想或者是花漾又粗心地把手机调成了静音，没听到自己的电话。

但他依然加快了车速，平常需要半小时的路程，今天只花了二十分钟。

回到家停好车，他推门进房：“花漾？”

没人应。

“花漾？”原逸打开卧室的门，里面空无一人。

他心底忽然没来由地升起一股烦躁，正好有打扫的阿姨路过，原逸抓着问：“太太呢？”

阿姨纳闷：“刚刚才回来了呀，不在里面吗？”

难道在书房?

原逸马上掉头，几乎小跑着一把打开书房门，依然没有花漾的身影。

原逸重重地把门一摔，门随之反弹回来。

他也不知道为什么会突然这么暴躁，好像直觉有哪里不对，却又无能为力，好像要失去什么的感觉。

阿姨在旁边小心翼翼地说：“会不会去假山凉亭那边画画去了？”

“画画？”原逸皱眉。

“对啊，小太太画的画可漂亮了，她一个人在家无聊的时候经常在那边画，一坐就是一下午，她还送了一幅给我，不过她不让我们说。”

“……”

之前原逸问花漾有什么爱好时，花漾说画画，他还在心里笑她聪明，会照着名媛淑女这个人设的爱好来回答自己。

原来她竟然真的会画画?

原逸忽然发现，自己好像一点儿都不了解花漾。唯一的那些，还是从她闺蜜口中问来的。

他竟不知道，她还有在家里无聊地坐一下午的时候。

可当下顾不了想那么多，原逸准备先去凉亭看一看，就在拉门的一瞬间，他余光忽然触及了一道白色的影子。

原逸脚下一顿，转过身。

他看见自己的书桌上，多了一张纸。

原逸从没有在桌上乱摆乱放的习惯，每天工作完桌面都会整理得干干净净。

所以那张纸……

原逸莫名心里一沉。

他咽了咽干燥的嗓，忽然有种不太好的感觉，慢慢走过去，一步一步，直到桌前。

他顿住。

桌面上静静地摆放着他再熟悉不过的结婚协议，上面的每行每句他都看了无数次，几乎烂熟于心。

而现在，当原逸看清楚那一处多出来的部分后，双手倏地撑到桌面，似是承受着内心的惊讶和钝痛。

协议落款他签好的名字旁边，如今多了另一个字迹秀丽、潇洒果决的名字——花漾。

花漾离开了。

整个家再也找不到她的身影。

卧室里原逸曾经送给她的，或是以原太太身份收到的所有礼物，她一样都没有带走，唯独带走的，是她来原家时的那个小行李箱。

她走得很干脆，没有一丝留恋。

原逸给花漾打了很多电话都没有打通，发过去的所有信息都像石沉大海一样，没有得到任何回复。

最后还是郭荷芝给宋孜发了一条微信，内容也很简单，就一句话，交代了花漾的行踪。

“我女儿回家了。”

宋孜愣是连回复都不知道该怎么回。

突如其来的变故让原逸好像被拖进了一个深渊，四周都是黑暗的。

他措手不及，努力去寻找原因。

早在决定要举行婚礼的时候，原逸就想好了要销毁那份结婚协议，只是后来临时发生了陶印印的事，一时分了心就忘了。

不仅忘了，当天拿戒指送去清洗的时候，还离奇得连钥匙都忘了拔出来。

这对一向谨慎的原逸来说，荒唐到不可思议。

现在想起来，原逸不得不相信，或许就是上天给他的惩罚，故意安排了这一切，惩罚他的狂妄自大、自以为是。

可他没有想到，花漾能走得这么果断决绝，都不愿意给自己一个解释的机会，甚至都不来问一下自己。

他一直以为，她对他是喜欢的。

第二天，KR 的总裁办公室里，卫语蓝如约来找原逸。

“你找我？”

原逸冷淡地看了她一眼，开门见山：“微博的事是你做的？”

卫语蓝微微一怔：“微博什么事？”

原逸冷眼审视着她：“我很想相信你现在这样的表情，是出于你的一无所知，而不是故作姿态。”

卫语蓝蓦地笑了：“我根本听不懂你在说什么。”

原逸在手机里翻出照片丢在她面前：“有人把这组照片发在了网上，说我跟你在酒店约会，这件事你不知道？”

卫语蓝轻轻瞥了一眼：“你觉得是我做的？”

原逸不置可否。

翟羽已经调查过了。

这条微博起初源于一个营销号，深入地查过身份后，得知是一个小号独家爆料给了他，并且还收取了 3000 块钱的爆料费。

这条微博显然想挑起大众对原逸和卫语蓝的误解，可因为对方是新注册的小号，目前也已经注销，就算营销号给出了账号，翟羽也没有办法再调查下去。

问题卡在了这儿，原逸唯一能求证的人便是卫语蓝。

卫语蓝扫了几眼照片，不屑道：“我是什么样的人你应该很了解，既然你已经明确地给了我不可能的信号，我不会继续死缠烂打，更不会用这种手段来博取关注。何况那天我在跟你说的什么内容，我有那个必要吗？”

那天卫语蓝跟原逸是偶然遇到的，她告诉他自己即将动身去米兰发展，以后也很少会回国内。

认识这么久，原逸其实很了解卫语蓝，她是一个很清高的人，出道这么久，从未有过其他绯闻，唯独和自己传的那点说不清的“风月事”，也是她自己默许了的。

这番试探过后，原逸的确觉得这件事不太像是卫语蓝做的。

她还不至于只值 3000 块这么廉价。

“没别的事我先走了。”

卫语蓝起身离开，转过去的一瞬视线落在墙上，她停下看了几眼，走前留下一句：“你什么时候开始喜欢这种作品了？”

随着她的这句话，原逸也把视线落在墙上的那幅画上。

画是之前花漾送过来的。当时花漾说宋凌在画展上买来送给她学习品鉴，她便拿来送给了自己。

原逸从办公椅上站起来，走到画的面前，定定地站在那儿。

他出了会儿神，盯着画上的女孩背影看，不知怎么，慢慢地，他竟从这个背影上隐约看到了花漾的影子。

原逸觉得自己大概是疯了，第一次明白什么叫睹物思人。他抚了抚额，目光无意中落在角落的印章处。

原逸倏然一顿。

他眼睛微微睁大，不敢相信似的看着那个印章名字。

花漾?

怎么可能?

原逸马上打电话让盛博找来了孟禾。

“我记得你上次说花漾是学农业园林专业的？”

孟禾微愣：“对啊，可我上次话没说完就被打断了，漾漾第一年学的是农业园林专业，之后转到了我们艺术学院的油画系。”

“……”

“你别看她平时大大咧咧的，她其实很有才气的，画画的时候可迷人了，当时追她的男孩，真的原总，我一点儿都没夸张，从学校门口排到了食堂。”

原逸指着墙面：“你见过这幅画吗？”

孟禾回头，一眼认出来：“当然见过！这是漾漾的毕业作品啊！怎么到您这儿了？”

原逸：“……”

难怪当初第一次看这幅画，他就有种莫名的喜欢。

原逸闭上眼，半晌，忽然觉得好笑。

相处了半年的老婆，他对她竟然无知到了这种地步，还一直以为她就是个乡野小丫头。

宋孜在这时突然来了电话，说老太太又找起了花漾，家里人应付不过来，让原逸马上回去。

原逸没有办法，只能马上赶了回去。

回去后才知道，花漾经常会服侍老太太喝药，中药味苦，每一次都是花漾用话梅糖哄着她喝的。但昨天阿姨说花漾去朋友家玩没回来，今天又不出现，老太太起了疑心，非要让原逸回来说个清楚。

夏玉蝉才刚刚出院不久，病情还处在需要稳定的时期，如果这个时候告诉她，花漾要跟自己离婚的事，必然会受打击。

原逸不敢说实话，只能暂时撒谎：“奶奶，花漾跟她的朋友旅行去了。”

夏雨婵不信：“那你给她打电话，我要听听她的声音。”

原逸有些无奈：“奶奶……”

“前天漾漾在这儿喂我吃药的时候，就说了些奇怪的话。什么要我照顾好自己，我当时就觉得奇怪。原逸你老实说，你跟漾漾是不是吵架了？”

原逸沉默片刻，在心底叹了口气。

他倒希望花漾真的跟自己吵一架，而不是像现在这样，一声不吭地走了。

正在这个安静的当口，外面忽然传来宋凌的声音：

“印印你站门口干吗？怎么不进去啊？对了，听说花漾要跟你哥离婚，真的假的？”

这几句话就像一把尖锐的剪刀，瞬间刺破了原逸小心翼翼维护的谎言。

伴随一声急切的“嘘”声，外面的声音戛然而止，显然陶印印及时阻止了宋凌想要继续说下去的话。

可房里，夏玉蝉已然全部听见。

她不敢置信地看着原逸，胸口缓缓起伏：“你小姨说的是不是真的？”

原逸低头不语。

老太太不禁加重了声音：“是不是真的？”

第十章

小分队闯农场 /

事到如今，原逸深吸了一口气，无奈地坦白道："奶奶，只是一点儿误会，没事的，您不用担心。"

"我怎么能不担心？我一回来就看得出漾漾在咱们家没少受委屈。你小姨针对她，你妈面子上应付她，你呢，你是她的丈夫，你有真正关心过她吗？人家一个女孩子容易吗？"

夏雨婵一针见血，把花漾在家里所面对的局面剖析得明明白白。

她动了气，直摆手："我不管了，我也没脸见我的姐妹。你走吧。"

原逸还想说些什么去宽慰夏玉蝉，思索半晌，却发现自己竟然找不出一点儿可以宽慰自己、宽慰别人的理由。

花漾连电话都不接他的，可见她心里有多决绝。

原逸离开，轻轻带上门。

陶印印见他出来忙问："怎么样哥，有嫂子的消息了吗？"

原逸还没回答，宋凌借机嘲讽道："不是我说，这孩子到底是没什么规矩，招呼都不打就这么走了，像话吗？"

陶印印跺了跺脚："妈，您别说了！那天在派出所说的话还不够难听吗？说不定嫂子就是因为那些话被您气走了！"

宋凌一瞪眼，顿时有些心虚道："关……关我什么事？"

原逸皱着眉，显然知道自己错过了什么，马上问陶印印："你妈说什么了？"

陶印印也没想到事情闹这么大，心里一直有些愧疚，便把那天宋凌在派出所对花漾说的话，一五一十地又重复了一遍不止，还和情景模拟似的："我妈还这样推了嫂子，嫂子差点摔在地上。"

陶印印说完，现场一片死寂。

原逸脸色铁青地看着宋凌：“印印说的是不是真的？”

宋凌眼神躲闪：“我，我那也是气头上的话……”

原逸顿了顿，冷冷一笑：“好。”

他坐下来，直接对着阿姨说：“马上上去把小姨的行李全部收拾出来。”

宋凌一听慌了：“原逸你这是干什么，这事怎么能怪我呢？我那天也是说的气话，气头上的话谁能当真呢？你要是做了爸爸，你看到自己的女儿和一个男的进派出所你不急吗？”

原逸埋着头没有回应。

宋凌以为是解释到位了，自己给自己找台阶下：“好了好了，小姨也知道你现在在气头上，没事，小姨不计较。”

谁知原逸噌地站了起来，冷冷地盯着她，眼眶发了红：“如果你还要这么多话的话，把你身上每一件，穿的用的戴的全部给我留下来！滚！”

宋凌傻了，不敢相信地看着原逸：“你……”

在原家坦然地住了那么久，她从没看到过这样的原逸，让她突然生出几分惧怕。

宋凌缓了缓，求救的视线转向宋孜：“姐，原逸这是要赶我走？”

宋孜这两天也被家里的变故弄得手忙脚乱，一边是儿子的婚姻，一边是老太太的身体，中间还夹了一个总是管不住嘴的妹妹。

宋孜心力交瘁，却不得不护着宋凌，问原逸：“你让你小姨去哪儿啊？你把小姨赶走了，印印怎么办？”

原逸困在这一堆女人的世界里烦透了，谁走都不重要，他已经失去了自己最想要的人。

他冷然起身：“那漾漾怎么办？

“没得商量，就今天，马上滚。”

回到房间关上门，安静下来，原逸只觉得全身被一种巨大的挫败感包围着。

从父亲手中接管公司不到三年，就把 KR 打造成了国内第一时尚帝国，骄傲地几乎掌控了整个时尚圈。

从来，原逸都是被高高仰望着的，有无数人想要接近他、讨好他、得到他。

可现在，这些人翘首以盼的，却是花漾无情抛弃的。

直到坐在曾经拥在一起的床上，原逸都无法相信这件事。

房里已经变得冷冰冰，曾经横在两人中间的大熊，还那样躺在床上。原逸看了几眼把它抱过来，想从它身上寻找一丝属于花漾的味道，却没注意带到了枕头。

花漾的枕头下，静静躺着一块红布。

原逸记得这块红布，花漾有一次喝醉了，连着枕头和这块布扔到了自己身上。当时他没有放在心上，原封不动地放回了枕头下面。现在才后知后觉地想到——花漾为什么要把这么一块平平无奇的红布放在枕头下面?

正出神，夏玉蝉在外面敲门。

“原逸，是奶奶。”

原逸忙去开了门：“奶奶，您怎么过来了？”

老太太拄着拐杖，阿姨搀扶在旁：“还能为了什么。”

原逸猜也能猜到：“是我妈去找您了？”

宋孜这一生，除了丈夫、儿子，最在意的就是自己那个妹妹。

“奶奶，这事儿我没办法让步，您别管了，她早就该走，是我妈太过纵容。”

“不急，你先听我说。”

祖孙俩进了卧室，关上门坐下。

夏玉婵这时看到原逸手里拿着的红布，微微一愣：“这不是花漾的外婆最宝贝的红盖头吗，怎么会在你这儿？”

原逸皱眉：“红盖头？”

夏玉婵拿过红盖头仔细端详：“没错，就是这块，我认得。花漾的外婆以前跟我说过，这红盖头是她家的宝贝，一代传一代，据说很有灵气，结婚当天用可以保佑新人百年好合。”

夏玉婵笑了笑，转而看向原逸：“你们领证那天，你帮漾漾盖上了吗？”

原逸：“……”

他从来不知道这块红布背后还有这些故事。

而新婚夜，他出去了，什么都不知道……

夏玉蝉一看原逸这个表情就知道答案，她叹了口气：“你啊，你自己反思一下，是不是忽略漾漾太多了？”

在这个问题上，原逸承认自己的确是没有深刻地去了解过花漾。

他总是以为，自己有强大的经济能力，而花漾从偏远的农村过来，他给她最好的衣服最好的首饰，让她衣食无忧就是喜欢，就做到了负责任。

手里的红盖头鲜艳得刺眼，刺痛了原逸高高在上的心，也彻底唤醒了他心底对花漾的所有抱歉。

原来只有真正失去了，才知道过去那些没有珍惜过的瞬间有多可贵。

原逸呼了口气，似是平静下来："奶奶，我打算去一趟花漾的老家。"

老太太点点头："我也正有此意，而且我还有个想法……"

用最快的时间把公司的事情跟盛博、周南叙两人交代对接后，第二天一早，原逸就动用了家里的私人飞机，踏上去南原县的路程。

跟他一起的，还有夏玉蝉指定陪同的亲友团，宋凌和陶印印。

老太太不做亏本生意，既然宋孜求到了自己跟前，面子也不是白卖的。花漾的离开虽然是小两口之间的事，但也少不了宋凌在其中煽风点火。

因此，夏玉蝉给了宋凌两条路：

第一，离开原家，自力更生。

第二，代表她去接回花漾，得到花漾的谅解，一切照旧。

虽然宋凌千百个不情愿，但为了以后的生活，不得不领了这个任务，和原逸一起上了飞机。

陪着原逸一起的，还有他的最高特助翟羽。

四人成团，追妻小分队正式出发。

因为需要一个熟悉地形的人帮忙，出发前陶印印被允许联系了马哲。一想到可以见到他，陶印印心里很兴奋，在飞机上兴致当头地出主意："我们这次的行动代号就叫'拯救花原计划'！三天内，最迟不超过一周接回嫂子，哥你有信心吗？"

说实话，原逸也没底。

两小时的飞行时间，看着云层下逐渐清晰的平原，他思绪游离，心底浮上莫名的亲切感。

原来这里就是花漾的故乡，她长大的地方。

私人飞机到达南原县城的一处临时机场。

很普通的小县城，没什么特别的地方。

陶印印有些失望："我怎么没看到传说中风景绝美的地方啊？"

宋凌死性不改："穷乡僻壤的能有什么好看的。"

原逸扫了她一眼，毫不留情："你可以原路返回，没人留你。"

宋凌当即老实地闭嘴。

那边，翟羽电话联系上了来接机的马哲。

距离上次也有许久没见，陶印印脸颊泛红，思念都写在了脸上，马哲虽心中也有涟漪，面上却保持得当、不卑不亢。

"姐夫好。"

原逸点点头："辛苦你了。"

事不宜迟，马上出发。

众人下了飞机，马哲走在前面："郭阿姨知道你们来，特地也让我来接。"

原逸沉默片刻："花漾知道吗？"

马哲："那我就不太清楚了。"顿了顿，"我姐回来也没出过门。"

想着花漾或许是难过才闭门不出，原逸心里不是滋味，脚下更是加快了速度："快走吧。"

他想要马上见到她。

原以为马哲是带着他们出去坐车，没想到压根儿就没出机场。

走了几百米，马哲把一群人领到一架直升机上："上吧。"

原逸：？

陶印印：？？

宋凌：？？？

看出大家的诧异，马哲解释道："有点远，阿姨叫我用这个来接你们。"

宋凌"哟"了一声笑道："亲家母挺舍得下血本啊？这是住在多偏僻的乡下，还知道租直升机来接我们，行吧，她也总算体面了一次。"

马哲眼神复杂地看了一眼宋凌，欲言又止，最后还是闭嘴没说，只道："走吧，姐夫。"

一行人从私人飞机换到直升机，再次踏上追妻路。

飞机驶出约十分钟后，陶印印看着脚下好像渐渐进入了一片森林，成片的绿植，青山绿水，美如画卷，像是误入了世外桃源。

"哥你快看，好漂亮！"

"哇，那里竟然有羊！"

“哥你看那边！是瀑布吗？”

“天哪！好多好多毛茸茸的羊！”

奔波了一天，宋凌和原逸都在闭目养神，宋凌听陶印印叽叽喳喳有点吵，睁开眼睛，不耐烦地问马哲：“怎么还没到？花漾家到底住哪个犄角旮旯？”

马哲转过头，礼貌而冷淡地回她：“阿姨，十分钟前您已经进入了我姐家的领域，请知悉。”

原逸睁开眼：？

陶印印：？？

宋凌：？？？

几个人听到马哲的话都愣了下，陶印印第一个反应过来：“什么意思？什么叫……领域啊？”

陶印印甚至觉得马哲是不是语文不太好，用这么个词来形容，未免有些太夸大其词了。

宋凌也紧跟其后：“你就吹牛吧，你怎么不说这座山那片树林都是她花漾的？”

马哲面色淡淡道：“是啊。”

陶印印：“？”

“你们现在看到的一切，的确都是我姐家的地盘。”

宋凌嘴巴动了动，“扑哧”一声笑了，她还是不信，甚至觉得荒谬至极。

“小伙子，做人要诚实点，吹这种牛是当我们没念过书吗？你要这么说，我还说珠穆朗玛峰下都是我们原家的地盘呢。”

可原逸莫名觉得马哲不太像吹牛。

从刚刚上直升机的时候，他就觉得有些奇怪，但想着或许真的是地形复杂、路途遥远，郭荷芝又是个热心肠，租借了这样一架飞机来接他们，勉强也说得过去，但现在，他隐隐觉得花漾家不是自己想象中那么简单。

“你姐家不是种地的吗？”他问。

马哲回：“是啊。”

还没等原逸问下一句，马哲又补充回答：“可他们自己又不种。”

“什么意思？”陶印印听得一知半解，“所以嫂子家到底是干吗的啊，我怎么给听糊涂了。”

宋凌也赶紧竖起耳朵，从刚刚的鄙夷不屑到现在虽努力做出一副不 care 的姿态，但脸上渴望求知的神情已然出卖了她。

马哲看破不说，轻哼一笑：“不知道你们有没有听说过南原有一座三阳农场？”

陶印印和宋凌对视了一眼，显然没有接触过这方面的信息。

就连翟羽也摇了摇头。

倒是原逸似乎略有耳闻：“有一点儿印象。”但也仅仅是一点儿印象，具体也想不起在哪里听说过。

马哲见他们孤陋寡闻的样子，笑了笑：“难怪我姐要回来，你们的确不是一个世界的人。”

陶印印听了这话有些难过：“你干吗这么说，我哥不是来接嫂子了吗？”

飞行员开始降落，马哲淡淡地回了一句：“你们以为来接就接得走吗？”

原逸：“……”

飞机刚停稳，飞行员摘下耳机，好像憋了半天似的问马哲：“这就是欺负羊妹那一家人？”

马哲摆摆手：“你别瞎嚷嚷，去告诉郭姨一声，就说姐夫和他家人接来了。”

飞行员下机之前横了原逸一眼，然后叽里呱啦地说了一句他们谁也听不懂的方言。

陶印印隐约听着不太像好话，问马哲：“他说什么？”

“呃。”马哲打了两声哈哈，尬笑道，“他说欢迎你们。”

原逸：“……”

他信才怪。

不知道为什么，正式踏上这片土地后，追妻小分队隐隐有种闯入陌生禁地的危机感。

这种感觉在几分钟后马上得到了证实。

马哲开着一辆观光摆渡车带小分队往花漾家去，也不知是谁走漏了消息，在一个路口，七八个年轻力壮的小伙子叼着狗尾巴草，手上拿着各种鞭子、长铲、铁锹等工具形成一道障碍。

马哲下车上前：“阿布，你干吗呢？”

为首的男人看着二十五六岁，跟原逸差不多年纪，皮肤黝黑健康，身体很结实。

他懒洋洋地把狗尾巴草从嘴里拿出来，走到原逸面前，上上下下地打量一番：“你就是羊妹在城里的那个老公啊？”

翟羽这时仿佛近身保镖，代替原逸伸出手：“你好，我们是太太的亲朋好友，来接她回家。”

叫阿布的男人斜斜睨了一眼翟羽：“我跟你说话了吗？”

这人身上带着一股痞气，天高皇帝远的，估计也没人能管。宋凌不禁吓得往原逸身后躲。

她这个动作引起了阿布的注意。

“啧啧，没猜错的话，你就是那个泼妇小姨？”

宋凌屁都不敢放一个。

陶印印结结巴巴：“马哲……他们是谁啊？”

马哲还没开口，阿布慢条斯理地回道：“我们是羊妹的哥哥，这三阳农场上上下下加起来，像我这样的，少说也有两三百个吧。”

陶印印不敢置信地看向马哲企图求证。

马哲很平静地点头算是默认，随即还补了句：“像我这样的弟弟也有这么多。”

陶印印：“……”

宋凌：“……”

这到底是来什么地方了！

一方水土养一方人，原逸倒是面色平静，淡淡伸出自己的手：“我是花漾的老公，麻烦让一下，我来接她回家。”

他一承认，后面懒散站成一排的小伙子突然集体站直，目光全部聚焦在他身上，手里的各种农作工具也都拿了起来。

他们也不说话，就那么慢慢地、一点儿一点儿地往小分队面前走。

他们每走一步，宋凌和陶印印就吓得往后退一步。

只有原逸，自始至终站得很直，不慌不惧。翟羽紧张得直拿手帕擦汗，却也不敢动一步。

一排人拿着“武器”走到原逸面前。

阿布始终没有回应原逸抬起的手，他紧盯着原逸许久，而后才浅浅一笑：“行啊，有点胆子。”

原逸也自然地收回手，面不改色：“现在可以走了吗？”

马哲也在旁边劝：“你们适可而止啊，别闹了，我还得跟郭姨交人。”

“交人？不必了。”阿布扫了眼原逸笔挺的西装，“羊妹发话了，不想见他们，让他们从哪儿来的还回哪儿去。”

原逸：“……”

马哲也一愣：“可郭姨那儿我怎么交代？”

阿布不满：“马哲你到底站哪边的？”

马哲闭嘴，似是有些为难。顿了顿，他转身打了个电话，不知说了什么，几分钟后，他也无能为力。

“姐夫，好像是真的，姐不想见你。”

原逸马上抢过电话：“花漾？”

可惜电话那边的是郭荷芝。

丈母娘听到女婿的声音先是愣了愣，而后淡淡道：“也不知道你都干了什么缺德事，弄得羊羊铁了心要离婚，不愿见你。”

原逸无奈：“妈，您让我跟她说句话好吗？”

这还是原逸第一次主动叫妈。

“她现在不想见你，你叫我祖宗也没用。”但这声妈到底叫得郭荷芝软了心，“算了，你先在马哲家住下，羊羊这边我尽量帮你再劝劝，但如果她实在不愿意，我也没有办法。”

既然丈母娘都这么说了，原逸只好先应了下来。

阿布他们一伙人不知从哪儿找来一排栅栏，把通往花漾家的路口封住。

“记好了，羊妹不想见的人，谁敢从这儿跨过去，我第一个揍死他。”说完，阿布也说了一句跟飞行员一样的方言。

陶印印这会儿彻底不相信了，抓住马哲问：“你老实说他们到底在说什么啊？”

马哲一本正经地胡说八道：“没事，他们就是在欢迎你。”

“怎么可能。”陶印印觉得这几个男的就差把他们原地捆起来了，“我觉得是在骂我们。”

马哲顿了顿，也不演了：“既然你都感觉到了，我就实话实说吧，他们在问候你们全家。”

原逸：“……”

“漾姐在南原称得上小郡主，咱们农场上下都宠着她，她在婆家受欺负的事几乎人人都知道了，所以你们最好不要轻举妄动，一切听我安排。”

宋凌憋了半天的气终于憋不住了：“原逸你看看这都是什么地方，咱们是进什么野蛮部落了吗？还是回去吧，小姨保证给你介绍更好的！”

原逸心里够烦的了，看都不看她：“我说了很多次，要走你走，没人留你。”他边说边往前走了几步，“你姐住的地方还有多远？”

马哲：“也不算太远，再走上几百米就到了。”

几百米……

原逸思索着马哲刚刚的话。

他已然看出这里是一个庞大的群体，完全超乎自己的想象，并且，花漾的身后站了无数个娘家军队。

于这些人而言，自己现在就是个罪人，千里迢迢上门负荆请罪，不可能那么容易。

硬碰硬是下下策。

没有办法，在花漾还没有意愿见自己之前，原逸只好先听了郭荷芝的建议，带小分队先落脚马哲家。

他转身跟马哲说：“那打扰你了。”

宋凌本来吵着要走，可是大家都不走，她一个人连路都不认识，只好骂骂咧咧地跟在后面：

“你家厕所是不是茅坑？

“你家有热水器没有？

“有空调吗？”

马哲一个字都没回。

宋凌估摸着自己是说中了，特地提醒陶印印：“你看看，如果将来嫁到这种地方来，你愿意？”

陶印印闭了闭嘴，还挺倔：“我愿意。”

宋凌气不打一处来：“没出息的东西！”

陶印印的父亲也是生意人，陶印印从小含着金汤匙长大，就算后来父母离婚了，自己还有个有钱表哥，长这么大没动手做过一件家务事。

她喜欢马哲，在选择喜欢他的那一天起就做好了以后要努力辛苦的准备，有着爱情能战胜一切的无畏，所以这会儿宋凌怎么奚落，小姑娘心里都十分坚定。

马哲听在耳里，跟陶印印交换了个充满爱意的眼神。

两人的眉来眼去看得宋凌能当场昏厥过去。

快到时，马哲跟原逸事先招呼：“姐夫，今天只能先将就一晚，我家条件一般，你别介意。”

“没事。”

这时候能落脚已经不错了，原逸没有想那么多，宋凌心里老大不情愿的，但也不敢叽叽歪歪。

没过一会儿，观光车开到了马哲家。

宋凌本已经做好了住茅草屋的准备，却没想到，伫立在面前的，是一栋带花园的两层高别墅小洋房。

宋凌：？

陶印印也看得发蒙：“你不是说你家条件一般吗……”

马哲挠了挠头：“这还不一般吗？”

陶印印：“这也叫一般？”

马哲觉得大家对一般的理解可能有误差：“这在我们农场就是一般，家家都有。”

众人：“……”

原逸虽然自始至终地保持着冷静的样子，但其实，落地后的每一分每一秒都处于无声的震撼中。

这跟他想象中的农村区别也太大了。

只不过生意人早已练就了喜怒不形于色的本领，看着淡定而已。

众人进门，智能机器人站在门侧，感应到信号，发出指令：“主人，欢迎回家。”

众人：“……”

马哲见他们一副惊讶的样子，又解释道：“噢，郭姨去年去国外参展，觉得这机器人挺好玩，就给我们每家每户都订了一个。”

宋凌努了努嘴，心里有点酸：“你说的郭姨，是花漾的妈妈？”

马哲：“不然还有谁？”

宋凌：“……”

陶印印看了一圈："你家人呢？"

马哲："我爸我妈在家，不在这边住。"

"？"

"哦，这套房一般拿来招待客人。"

"……"

这么大栋别墅专门用来招待客人，宋凌又有些不是滋味了。

她仔细看了一圈，无论是装修、家私还是清洁卫生，这套房都算是上品了。

这倒的确是在她意料之外，不过细细一想，似乎又没什么好酸的，乡下地方，这房子建得再好看也没用，又不值钱。

马哲招呼大家坐下，他去泡茶。

趁这个机会，翟羽马上上网查了三阳农场的详细信息。

原逸清楚地看到翟羽的神情一点儿一点儿地改变，从惊讶，到震惊，甚至到最后难以置信。

原逸皱眉："怎么，有什么问题？"

"老板，"翟羽觉得一瞬间接收到的信息有点猛，他努力保持镇定地汇报，"三阳农场是南原县的龙头企业，占地两百万亩，囊括百家养殖大户，包括畜牧、酒庄、私人度假村等众多业务，员工几乎都是南原本地人，产品一般不内销，都出口国外。"

宋凌听得眼睛都瞪直了："两百万亩？"她愣了愣，有些茫然，"那是有多大？"

陶印印用手扒拉了半天也算不出。

翟羽快速地心算了下："大概几百个足球场那么大吧。"

宋凌傻了眼，嘴巴张成了〇形，惊得半天说不出话。

说实话，就连原逸也很难相信自己听到的，毕竟从一开始，他了解的有关花漾的信息就是在一亩三分地的艰苦条件下长大的姑娘。

可一亩怎么突然就变成几百万亩了？

马哲这时泡好了茶过来，宋凌回神，赶紧合上嘴端正坐好。

原逸问马哲："三阳农场有两百万亩？"

马哲"哦"了声，异常淡定地说："那是前年的数据了，去年到现在几乎又扩增了一倍吧。"

宋凌刚刚端起茶杯的手抖了三抖。

那岂不是四百万亩?

翟羽这时在原逸耳边提醒："老太太经常喝的澳洲牛奶就是三阳农场下属牧场特供的。"

难怪……难怪原逸总觉得在哪里听说过这个名字。

陶印印也呢喃道："以前嫂子说从小天天用牛奶洗澡，我还以为她骗我的……"

花漾丰厚的身家让众人一时陷入了沉默，尴尬无声的沉默。

过了会儿，原逸才从这份震惊里暂时缓过来，问："就只有一条路去花漾家吗？"

马哲："还有一条，不过那边有时会有野狼、狗熊出现，我们一般不走那边。"

宋凌一听惊了："什么，这里还有狼？"

马哲一本正经地警告："阿姨，我们这边是纯生态的，什么动物都有，您最好别乱跑，小心被野兽拖回去饱腹。"

宋凌接连受到强大的冲击，吓得心扑通扑通直跳："那个，厕所在哪儿？"

马哲指了指一个位置："那边。"

宋凌起身，一路小跑着就冲过去了。

她隐隐觉得这个地方待不得，她这哪里是来接人的，明摆着就是来送死的啊。

在家里那么欺负花漾，现在到了人家的地盘，哥哥弟弟的好几百号人一人一口口水都能把她给喷死，更别提还随时有遇到猛兽的危险。

实在太吓人了。

宋凌怕了，想去厕所里跟宋孜通个气，看能不能有什么办法先让她回去。

而客厅里，原逸不死心，坐在沙发上给花漾发微信。

"见我一面好不好？"

"那份协议我可以解释。"

"漾漾，是我错了，可你应该给我一个机会弥补。"

无论原逸怎么说，花漾都不回，最后好像还烦了似的，再发消息过去就是已拉入黑名单状态。

一通操作十分无情冷漠。

原逸烦躁地丢开手机，头埋在双臂里，不知道该怎么办。

马哲和陶印印努力地帮他想办法。

现在最关键的问题就是要让花漾和原逸见一面，俗话说夫妻床头打架床尾和，只有见面才有无限可能。

“那些人都走了，我们不可以把栅栏拆了，直接去嫂子家吗？”陶印印建议。

马哲摇头：“阿布就住在我姐家隔壁，你就算过去了也会被他看到，他可是我们这边的格斗高手。”

那个叫阿布的比马哲还高半头，陶印印缩了缩肩：“当我没说。”

沉默了一会儿，陶印印眼睛一亮：“有了！就说我病了，对！就说我水土不服，嫂子一定会来看我！”

马哲琢磨了下，也觉得这是个好主意：“我看行，漾姐这人嘴硬心软，咱们不能硬来，必须得先让她心疼起来。”

原逸沉思片刻，摇头。

“不能说是印印。”

“为什么？”

“有你在，她不会不放心印印。”原逸不知哪儿来的自信，“说我。”

“？？？”

“她知道我胃不太好，就说我胃病发作。”

马哲和陶印印面面相觑，不是很有把握。

“你确定说是你生病了，我姐会心疼？”

原逸当然不确定。

他只是赌一把，赌花漾对自己还在不在乎。

既然这样，马哲只能照意思做。

他给花漾打去视频，第一次，花漾挂了。

第二次，又挂了。

未免自己也被拖入黑名单，第三次，马哲选择了给花漾发消息。

“姐，姐夫刚到我家吐得厉害，人虚弱得不行，我家没医生啊！你快来看看吧，他现在昏迷不醒，我不知道该怎么办了！”

发完，马哲给原逸过目。

原逸：“……”

这人怎么说得自己好像就快不行了似的。

他皱眉：“你会不会太夸张了？”

马哲：“当然不会，要只是轻微的胃痛哪里招人心疼啊？”

也是。

如果这种程度花漾都无动于衷，那自己的处境就很艰难了。

第一次用套路骗人，原逸也没底。

但消息已经发出去，现在也只能静待花漾的反应了。

就在大家安静地等花漾的回复时，厕所方向突然传来一声尖叫。

“啊——救命！妈呀，救命！”

陶印印一怔：“是我妈？”

大家都站了起来，正要过去看个究竟，宋凌连滚带爬地从厕所里跑出来，脸上湿漉漉的。

她上气不接下气，像是受到了很大的惊吓，说话也断断续续：“你，你家厕所里，有……”

话未说完，一只动物慢悠悠地从她身后走过来了。

有人形高，脸细长，一身干净的白毛，清秀的大眼睛里透着一股傲慢。

陶印印看清后，瞪大眼睛，不敢相信地捂住嘴，往后退了一步。

马哲回头一看，顿时明白了什么似的，忙上去牵住：“啊，对不起，对不起，我忘了我前几天把这家伙带过来了。”

宋凌快疯了：“这是什么？我刚从厕所出来，它就吐我一脸口水！”

马哲拼命忍着笑，拿纸给宋凌：“阿姨，这是羊驼，我爸妈养的一只宠物，叫司令。”

宋凌擦着满脸口水，气疯了：“你家是野人吗？养什么稀奇古怪的宠物，我听都没听过！太恶心了！”

宋凌还想说什么，马哲的手机忽然响了。

“嘀”一声，仿佛带来了曙光和希望。

马哲顾不上跟宋凌解释了，马上滑开，接着惊喜地告诉原逸：“是漾姐！她回复了！”

原逸噌地站起来：“回什么了？”

马哲看了一眼，立即高兴地站起来，像是革命胜利了似的宣布：“姐姐说她找医生来了！姐夫，你看吧，姐姐还是关心你的。她就是嘴硬心软！”

说真的，这一刻就算花漾人没来，原逸心里都长长地松了一口气，舒坦了许多。

他赌赢了。

这个女人，果然还是舍不得自己的。

所以他只要再坚持一把，努力一把，一定能挽回她。

正说着，外面门铃声响。

马哲积极去开门："一定是医生来了！"

陶印印拖着原逸坐下来："哥你赶紧躺下啊，不然医生见你生龙活虎的，回去告诉嫂子你骗她怎么办？"

原逸心情转好，当即配合地仰躺在沙发上，做出一副胃痛的样子。

来的人果然是医生。

可他进来后看了一圈："病患呢？"

马哲指着原逸："那儿呢。"

医生推了推眼镜："你在开什么玩笑，我是兽医，不会看人。"

马哲："兽医？"

医生也莫名其妙："不是花家大小姐说你家有只牲畜生病了，叫我来看看的吗？"

原逸："……"

花漾其实早就从郭荷芝那儿知道原逸来了，但内心毫无波动。

自从看到那份结婚协议后，她对这段婚姻所有的期待和幻想都破灭了。尽管在这半年里她不可控制地喜欢上了原逸，但原生家庭注定她不是一个卑微的人。

她有钱，有颜，还怕没男人吗？

花漾厌倦了在原家装腔作势，厌倦了总要收敛自己，厌倦了为了他们的喜欢而变成另一个完全不同的自己。

这一切，对原逸来说，根本不值。

花漾一直都后悔自己那天走得太匆忙，除了有些舍不得夏玉婵，特地去陪了奶奶一会儿外，她还应该指着原逸的鼻子臭骂一顿再走。

所以当马哲发来微信告诉她原逸身体不适时，她一眼看穿这是个谎言，抓住了这个机会，狠狠地内涵了他一顿。

能写出那种结婚协议的，算什么男人。

就是个畜生。

找兽医都是她大发慈悲了。

办完这一切，花漾把手机丢到一边，用画画来打发时间。

郭荷芝进来给她送吃的，顺便想帮原逸美言几句。

“你也不说是怎么回事，女婿到底做啥错事了，非要闹离婚啊？”

花漾平平淡淡地回：“没什么，就是本姑娘不乐意伺候了。”

“你这孩子。”郭荷芝听了非常无奈，“不管发生了什么事，他大老远的也来了，你们两个坐下来好好说，就算是离婚，你也得见他一面谈什么时候办手续吧？”

花漾不想把那份结婚协议的事说出来伤了父母和外婆的心，自家一番热忱地去海城，换来的却是一纸5000万的合约。

他们花家缺这点钱吗?

花漾放下画笔，看着画板上一团乱糟糟的颜色，在心里叹了口气。

其实她也没什么心思画，在这件事上，说没有受伤是假的。

那么喜欢的一个人，原来自己在他眼里有效期也就一年。

既然如此，让自己提早给他自由好了。

花漾心烦地把颜料全部倒掉：“我知道，但我现在就是不想见他。”

郭荷芝：“那你什么时候愿意见？”

“看心情。”

那一边，见到兽医的原逸心态有点崩了。

上一秒还沉浸在花漾对自己余情未了的喜悦中，下一秒却被无情打脸。

连陶印印都看出来了，委婉地说：“哥，嫂子对你的怨气不是一般的大啊，你到底做了什么让她这么生气？”

原逸闭口不谈，只想回到半年前掐死那个写协议的自己。

装病博同情这条路行不通，大家只能重新想别的法子。

但奔波了一天，时间也不早了，马哲叫来家里的厨师做了一顿丰盛的晚餐招呼小分队。

一开始宋凌还死倔地不肯吃，后来菜炒出来了，香味飘得几条街都能闻到。

宋凌又厚脸皮地坐了下来：“弄这么多，不来帮着吃浪费了。”

大家已经习惯了她这种反复打脸式的迷惑行为，甚至当成了一种乐趣。

陶印印问：“为什么这个菜吃起来这么香？”

马哲告诉她：“因为无污染啊，咱们农场的蔬菜瓜果都是纯天然无添加的，很多有钱人都在我们这儿买几亩田，专门雇人帮他们种菜。”

陶印印听得眼睛放光：“真好，那你妈也会每天用牛奶洗澡吗？”

“那倒没有漾姐那么奢侈。”马哲顿了顿，给陶印印夹了块菜，宠溺又不好意思地道，“不过你要是想，我也去承包几十头奶牛回来，专门产奶给你洗澡。”

“噗！”陶印印被逗笑了，脸颊泛着少女的微红。

两人甜甜蜜蜜的样子，看得原逸一阵失意。

如果不是自己作死地留着那份结婚协议，他或许已经对花漾求婚成功。再积极一点儿，说不定孩子都有了……

而同桌的宋凌就不同了，看到女儿和马哲当着自己的面你侬我侬，当场打断两人的暧昧。

“干吗呢干吗呢，我还在这儿呢，我同意你们交往了吗？”

陶印印吐了吐舌头，低头老实吃饭。

倒是原逸，经过这次事后对马哲改观不少，觉得这小子有义气、重感情，而且现在整个农场，也就他一人倒戈站在自己这边了。

就冲这一点，原逸也得帮马哲说一句公道话。

他冷冷地敲打宋凌：“你这次是来求得花漾的谅解，不是来管印印的，别总忘了自己该干什么，不该干什么。”

宋凌被这么一噎，半晌没吭声。

她刚刚在厕所里跟宋孜通了电话，除了告诉她花漾家很大之外，还想让她跟老太太求情，让自己先回去。

“这里实在太吓人了，人都不讲道理，还有猛兽，我怕。”

让她没有想到的是，这次唯一的姐姐也态度坚决：“回来也行，你以后只能带着行李搬出原家了。”

宋凌失去了最后的靠山，知道自己别无选择，这次是必须要向花漾低头了。

这一晚，大家各怀心事，加上到了陌生的新环境，都久久没能入睡。

第二天清早。

考虑了一夜的原逸决定主动出击，不管去花漾家的路被封了多少栅栏，不管对方是什么格斗冠军，他想要见她。

就在马哲劝他别轻举妄动时，阿布却上门了。

他点名要原逸：“跟我走一趟？”

这人路子野，来意不明，马哲以为他要为难原逸，忙护着：“布哥，别惹事好吗，毕竟是羊姐的老公。”

“这妹夫我暂时可不认。”

阿布家里是养马的，随时手里都拿着一根鞭子，他闲闲地往地上抽了两鞭，似唬似吓地看着原逸：“要见羊妹就跟我走，敢吗？”

陶印印被这鞭子吓得不行：“哥，别去，我们再想别的办法。”

翟羽也觉得贸然和一个对自己有敌意的男人出去不明智，正要劝原逸三思，原逸却轻轻笑了笑：“好。”

能见到花漾，就算前面遍布荆棘，只要有一条路，他都愿意走。

众人：“……”

这两人一个穿着粗衣布鞋，典型的糙汉，一个西装革履，典型的精致总裁，站在一起形成鲜明对比。

翟羽担心原逸，想都没想就跟了上去：“老板，我陪你。”

陶印印和马哲也想跟着，阿布回头呵斥道：“没你们什么事。”

宋凌赶紧把女儿往回拉：“你去凑什么热闹！”

离开了马哲这个本地人的保护圈，原逸和翟羽两个外地人走在农场里，沿途被指指点点，上到八十岁老妇人，下到两三岁的小孩，都对他们行了全方位的“注目礼”。

翟羽强装镇定：“老板，您有没有一种我们在游街示众的感觉？”

原逸面色平静，相当稳：“没有。”

但他其实已经盯着九点钟方向一位大妈手里的鸡蛋看了很久，随时警惕着她会不会一个冲动朝自己丢过来。

直到现在，原逸才知道自己娶了怎样一个老婆，她背后的娘家隐藏的战斗力有多可怕。

万幸的是，这个阿布倒没有做出自己想象中的过激行为，一直在带路。

原逸暗中走快了些，到他身边问：“花漾在哪儿？”

阿布瞥了他一眼，吊儿郎当：“到了不就知道了？怎么，不敢啊？”

原逸：“……”

长这么大还真没有他原逸不敢做的事。

于是他闭口不再问。

继续走了一段路后，阿布终于将他们带到一处跟马哲家差不多的房子门口。

原逸抬头打量：“这里是？”

“我家，进去吧，有人要见你。”

“……”

以为是花漾，原逸问都没问，无所畏惧地就朝屋里走，翟羽想跟着，却被阿布拦在门口。

“只能他一个人进。”

别人的地盘别人说了算，翟羽尽管心里担心，但还是只能守在门口。

谨慎的他暗中按好了110的号码，万一老板横着出来，自己马上就报警!

进到屋里的原逸一心以为是花漾，却没想到，等着见他的是一个和自己奶奶差不多大年纪的老人。

老人面色红润，穿着藕色的棉衣，精神饱满。

她看到原逸后上下打量一番。

“你就是原逸？”

原逸顿了几秒，好像猜到了什么：“您是花漾的外婆？”

果然如他所料，苏一凤微笑着点头：“坐吧。”

“……”

原逸没有想到，来到这里第一个见到的竟然是花漾的外婆。

他心情复杂地坐在苏一凤对面，首先感到的就是抱歉。

他辜负了她将外孙女嫁给自己的期许。

“抱歉外婆。”原逸低声道，“这件事是我的问题，我现在只想先见花漾一面，我可以跟她解释。”

“不急。”苏一凤喝了口茶，缓缓道，“你奶奶怎么样了，还好吗？”

老婆要跟自己离婚，原逸怎么能不急。但他还是耐着性子回：“托您的福，正在康复。”

苏一凤笑：“那就好。”

老太太不急不缓地品着茶，吹两口，喝一口，似乎有意晾着原逸。

原逸也不是那么沉不住气的人，苏一凤不出声，他便就在那儿守着。

等一泡茶喝完，苏一凤才终于开了口：“我不知道你和羊羊发生了什么，但现在你说希望她再给你一次机会，看在你奶奶的分上，我愿意帮你牵个线。”

原逸面色一顿，还未说谢，苏一凤抬手：“但咱们南原人不讲虚的，你得拿出诚意来，起码让我这个老太婆看看，你有几分真心。”

原逸看得出老太太早有准备，便开门见山：“外婆，您希望看到怎样的诚意？”

苏一凤笑了几声，旁边的阿布拿着一张纸走过来，递到原逸面前。

“有心的话，把这个签了吧。”

命运像是一个轮回，如今摆在原逸面前的，竟然也是一份协议。

看完上面的内容，他轻轻笑了笑，总算明白为什么当年的一亩三分地能扩张到如今这般规模的农场王国。

眼前的老太太，就不是一般人。

原逸没有犹豫，伸手：“笔。”

阿布微愣，似是有些意外：“你要签？”

“有什么问题吗？”

“……”

阿布没吭声，给原逸递上笔。

果断地签了字，递给苏一凤，原逸问：“我现在可以见漾漾了吗？”

苏一凤满意地看着原逸的签名，边笑边摇头：“我可以让小布带你去见她，可她未必想见你。”

“没关系，让我见一面就好，剩下的交给我。”

原逸四五天没看到花漾了，总听马哲说她在家闭门不出，怕她想不开，更怕她因为这件事受到打击一蹶不振。

他只想看看，她还好不好，瘦了没有。

苏一凤给了阿布一个眼神，阿布转身：“羊妹在后面山坡上晒太阳呢，跟我走吧。”

原逸松了口气，马上跟上。

出门后看到翟羽愣愣地看着一个方向发呆，原逸停下叫他：“走了，还看什么？”

翟羽蓦地回神，还有些稀奇似的：“老板，昨晚马哲跟我们说，刚刚那位阿布就住在太太家隔壁，所以……”

翟羽指着一处方向。

原逸好像想到了什么，也跟着看了过去。

距离他们位置不到两百米的地方，俨然伫立着一处宛如城堡的壮观建筑。

“我数了，有五层。”翟羽不可思议地说，“那边该不会就是太太的家吧？”

原逸略微扫了一眼，没太在意。

谁家那么大的房子，未免过于浮夸，原逸觉得那应该是农场办公的行政楼。

不过他现在的心思都在花漾身上，很快就没有再关注那栋楼，紧跟着阿布。

今天天气好，阳光充沛，照在身上暖洋洋的，山坡上有很多五颜六色的小花儿，在风中轻轻摇曳。

刚到半山腰，阿布就指着一个身影说：“喏，那儿呢。”

原逸心下一动，马上看过去——

青绿的草地上，一个纤细的身影懒懒地躺在那儿。

女孩的长发变成了俏皮慵懒的羊毛卷，她跷着二郎腿靠在一只毛茸茸的羊身上，身边还围了五六个小孩，一群人闭着眼，和羊一起享受地晒着太阳。

原逸觉得这个画面既熟悉，又陌生。

那个黑直长发、穿淑女裙的花漾不见了。

眼前的这个花漾，或许才是自始至终，最真实的她。

原逸一步步靠近，直到站在花漾的背后，喉头微微动了好几次，克制着自己想要抱住她的冲动。

“花漾。”顿了顿，原逸平静地喊。

被枕着的羊率先睁开眼睛，抬起前蹄站起来，眼神防御地看着原逸。

紧接着，花漾和小孩们也都睁开了眼。

刺眼的光线让她先用手背挡了挡，之后才慢慢拿开手，看到面前站了个人。

花漾皱了皱眉，抬起头。

一开始她有些诧异，但这种诧异很快就消失不见，取而代之的是一种无所谓的冷淡。

“哦，你啊。”

原逸：“……”

如同一盆冷水从头灌下，冷彻心扉。

这三个字后，花漾随手摘了根狗尾巴草，边逗羊边回：“原总怎么有空来我这种乡下地方，不用跟你的超模约会吗？”

原逸微愣，原以为她离开只是因为发现了协议，没想到他和卫语蓝的事她也都知道了。

他定了定，解释道：“那天我跟她只是碰巧遇到，被有心人拍下来做文章，你应该知道这个圈子里一张照片能编出一百个不同的故事。”

“哦。”花漾冷淡地回了一个字。

原逸皱眉，对她的反应不解。

“你不信？”

花漾漫不经心地撸着羊毛：“信不信有什么关系，反正原总和我的协议还有半年就到期了。”

说来说去还是那张协议惹的祸。

原逸深吸一口气，声音微哑：“漾漾，我承认协议是我的错，可那是过去，现在的我从没有想要跟你离婚。”

花漾蓦地一笑，站起来拍了拍屁股上的草，等再抬起头时笑容已不见。她平静地看着他：“可现在的我想要跟你离婚啊。”

原逸心里一紧：“漾……”

“你要结婚的时候我配合你结了，现在我要离，也请你配合一下。”

原逸走近了些，试图再说些什么，一群小崽子马上警惕地围住了他：

“你是谁！不准靠近羊姐姐！”

原逸一下子被堵得水泄不通，根本无法靠近花漾。

就在这时，山坡下忽然走来一个男人，一个小女孩欢呼叫道：“袁老师来啦！”

几乎是瞬间，还在围攻原逸的一群小孩呜啦啦地冲那个男人跑过去，围住了他：

“袁老师，你又来带羊姐姐去玩无人机洒水吗？”

“袁老师，你种的小番茄什么时候能吃啊？”

“袁老师，你的小工厂能不能带我们参观一下呀？”

被称为袁老师的男人年纪不大，二十来岁，戴一副金丝眼镜，斯斯文文的，笑起来很温厚。

原逸敏锐地感觉这个袁老师不简单，退后两步问阿布：“他是谁？”

“郭姨聘请的植物栽培专家，农业博士，国外留学回来的，是咱们农场的种植指导。”

听起来很厉害的样子。

原逸对农业一窍不通，他只懂每个季度最流行的配色、最有潜力的设计师、最有型的模特、最奢侈的时装品牌和最赚钱的生意。

果然，那袁老师一来，花漾马上笑得跟盛开的花儿一样灿烂，甚至直接无视了他，跑到袁老师身边态度亲昵地问：“袁哥哥，今天带我去玩什么？”

原逸的脸顿时就黑了下来。

袁景程微微笑着：“棚里的草莓熟了，带孩子们去摘吧？”说完，回头看着原逸，虽不认识，但还是礼貌道，“你好。”

原逸根本懒得搭理袁景程，只紧紧看着花漾：“袁哥哥？”

这个称呼简直暧昧到仿佛拿玻璃扎他的心。

“是啊。”花漾骄傲地眨了眨眼，“刚给我种了一株英国白蔷薇，漂亮极了。”

言下之意，好像在暗示——

比你送我的红玫瑰漂亮一百倍。

袁景程看两人语气有些微妙，不明所以，问：“羊羊，这位是？”

“啊，我忘了介绍。”花漾转身，看着原逸想了几秒，客客气气地答，“我的准前夫。”

原逸：“……”

第十一章

今天给羊羊喂草了吗 /

一群小孩高兴地欢呼着“去摘草莓喽”，蹦蹦跳跳地离开了小山坡。

原逸不死心，好不容易跟花漾见了一面，怎么能话都没说上几句就放弃。

可他刚要上前去留人，花漾就好像感应到了他的想法似的，转过来吹了声口哨。

“法拉利，弄开他！”

原逸还没回神，刚刚那只被花漾枕在身上晒太阳的羊就朝他秒速冲过来，一副要即刻战斗的样子。

“哎哟行了吧，都说了她不愿意见你。”阿布赶紧把原逸往回拉，“羊妹这小坐骑凶悍着呢，我都不敢惹。”

被称为“法拉利”的羊一阵风似的跑到原逸面前，刹住，两只羊角死死抵着他，发出威胁和警告的声音。

翟羽壮着胆子挡在前面拿了个手机乱挥，结果法拉利直接跳起来就是一次不留情面的攻击，直接顶在了男人最重要的位置。

稳准狠。

翟羽顿时夹着腿蹲下，表情酸爽，说不出话。

原逸这才勉强信了阿布的话，慢慢往后退。

可他退一点儿，羊就往前靠一点儿，以至于最后两人被一只羊逼得连连后退，只能看着袁景程和花漾越走越远。

原逸脸色难看到像被暴风雨肆掠过，阴沉一片，平生第一次冒出想要说脏话的冲动。

也不知道是想要骂自己，还是骂那个袁老师，抑或是眼前这只彪悍的公羊。

他一时无语，只好转身往回走，翟羽跳着跟在后面，大气不敢出一声。

那边，袁景程和花漾并排走在一起，走出一段距离了，袁景程才问花漾：“那个就是你在海城的老公？”

花漾低着头，心不在焉地踩着脚下的杂草，含糊地“嗯”了声。

“挺不错的。”袁景程淡淡地笑，“和你很配。”

“嘁。”花漾不屑地轻哧了声，“他才不配。”

说这几个字的时候，法拉利跑过来，邀功似的在花漾脚边蹭了下。花漾一怔，悄悄回头，发现刚刚还站在山坡上的男人不见了。

应该是被法拉利给赶跑了。

想着往日高高在上的他今天被一只羊赶跑了的样子，花漾抿了抿唇，竟然有些想笑。

一个小男孩积极报告道：“羊姐姐，法拉利冲那个哥哥的裤裆狠狠地撞了下，那个哥哥像这样——”

小男孩学着翟羽的模样，夹腿抱着自己：“好疼啊。”

周围的小孩都笑了起来：“哈哈哈哈！”

花漾一看吓坏了：“不会吧，好端端地怎么还撞人了？”

法拉利一向不攻击人的，除非对方主动挑衅。

花漾频频回头，想再看看山坡上有没有原逸的影子。

“看，”袁景程打量着她，“还说自己不在意。”

花漾好像被戳破了什么似的，忙收回视线：“我哪有。”顿了顿，不自然地转移话题，“去摘草莓吧。”

袁景程笑着答：“好。”

原逸一路上除了关心了翟羽几句，再没出过声。

回到阿布家时，苏一凤好像早就料到了这样的结果，笑眯眯地等在那儿：“碰钉子了？”

虽然不想承认，但原逸只能面对被花漾赶回来的现实。

他无奈地点了点头。

苏一凤：“我已经让小哲把你们的行李送过来了，跟我走吧。”

原逸微怔：“去哪儿？”

“怎么说也是玉婵的孙子，有朋自远方来，怎能让你们住在别人家。”老太太意味深长，“我能做的就是这些，接下去就真的只能看你的表现了。”

苏一凤给原逸制造的这个近水楼台的二次机会，很好地驱散了刚刚萦绕在他心底的那点失意。

从小到大遇到任何困难都跨过来了，原逸不信这次追不回花漾。

他颔首，心静下来：“谢谢外婆，我一定会珍惜您给的机会。”

“好，好。”

马哲接到苏一凤的电话，马上就带着陶印印和行李开车过来，可宋凌没有跟上。

马哲说：“阿姨她说有些不舒服，要休息两天……”

原逸皱眉，问陶印印：“你妈又在搞什么鬼？”

陶印印也很无语：“我估计她是怕见到嫂子吧。”

这个节骨眼上，原逸也懒得理宋凌在作什么妖，给苏一凤介绍了陶印印后，一起上车去花漾家。

观光车开了几百米停下，马哲扶着老太太下来，说：“到了。”

众人先后从车上下来，站定后愣了愣，紧接着不约而同地仰起了头。

翟羽惊到无语——

眼前这栋有些浮夸的五层乡村大别墅，不就是之前他看到的那栋吗?

陶印印也看得目瞪口呆：“这，是嫂子的家？”

马哲就知道会把他们吓一跳，早前故意没说，这会儿笑道：“怎么样，大吧？”

这何止是一个“大”字能形容。

原逸找不到话来形容此刻自己的心情了，他定定地看着，忽然扯了扯唇。

果然，这个农场里里外外，从人到房，处处都彰显了花漾这位“小郡主”的实力。

是他低估了。

一群人进到家里，才跟郭荷芝打了个照面，花漾也回来了。

花漾手里提了个竹篮，篮子里堆满草莓，应该是刚刚采摘回来，还很兴奋，进门的时候高高兴兴的，都没注意原逸和陶印印什么时候过来了。

“妈，你看，我和袁哥哥摘的草莓，个大又甜！”

话音刚落，花漾看到了站在郭荷芝旁边的原逸。

她笑容一顿，即刻变脸：“他怎么在这儿？”

郭荷芝尬笑着：“这孩子，原逸又不是外人。”

苏一凤也主动承认：“羊羊，原逸是我带回来的，你要怪的话就怪外婆。”

至于花漾的父亲花鹏，则偏向女儿，自始至终没怎么给原逸好脸色。

跟原逸爱夏玉婵一样，花漾最爱的也是这个从小把自己捧在掌心里宠爱的外婆。

苏一凤开口把这件事揽上身，就如同夏玉婵的金口玉言，花漾没再吭声。

“羊羊，去给印印和秘书先生安排房间住下来吧。”苏一凤说。

花漾抱着草莓，虽然不情愿，但还是听了话。

“走吧印印，跟我来。”

也就只有对着陶印印，花漾的语气还能有几分缓和。

陶印印屁颠屁颠地跟在她后面，时刻记得追妻小分队的目标：

“嫂子，我们想死你了。

“尤其是我哥，他最想你。

“我哥晚上睡觉都喊你名字。

“嫂子，跟我们回去好不好，我哥他知道错了。”

花漾猛地停下，回头：“是吗，那你说说，他错哪儿了？”

陶印印差点撞到她后背上，揉了揉头：“反正就是他错了。”

原逸和翟羽这时也走了过来。

花漾和原逸隔着陶印印对视了一眼，忽然想起上午的事，她莫名不受控制地往他的重要位置扫过去。

刚看到男人那里耳根就腾地烧了起来，花漾在心里骂自己：你有病吧花漾，他有没有被踢坏关你什么事！你看什么看！

快速冷静了几秒，花漾收回视线，指着一间房：“印印你睡这里。”

陶印印欢欢喜喜地打开房门，随即惊讶：“哇……太大了吧。”

他们是坐电梯上来的，这里是三楼，陶印印一路都在震惊花漾家里的构造，用富丽堂皇来形容都不算夸张，像个小宫殿。

浮夸是浮夸了点，但真的是大。

大到用人们在家里都得踩着平衡车穿梭做事。

陶印印有了着落，下一间安排了翟羽的，也是一间大套房。

最后才轮到原逸。

花漾打开三楼最尽头的房间：“进去吧。”

原逸走进去看了眼，瞬间感觉到了什么叫区别对待。

他的这间房就跟快捷酒店的小标间一样，小到只够一个人睡，和陶印印、翟羽的总统套房有着天壤之别。

“为什么我的和他们的不同？”

花漾瞥他一眼：“为什么不同你心里没点数吗？”

原逸：“……”

花漾知道原逸住进来是早晚的事，毕竟自己的外婆和原逸的奶奶关系摆在那儿，他既然来了，就不可能不让他进家门。

可她也很难描述现在的心情。

他来了，似乎证明对自己还是在意的，但这种在意又有几分是出自他的真心呢?

自从看到了那份结婚协议，仿佛就有个秤砣压在花漾身上，她患得患失地猜测着原逸对自己表现出的爱是真心的还是在演戏。

这种没有安全感的感情太难受了。

她还不如不要。

这一晚上，为了避免见到原逸，花漾甚至都没出去吃晚饭。

第二天，原逸早早地起来，想跟花漾制造一些机会，拉近彼此的感情。

可郭荷芝从楼上下来后告诉他：“羊羊不在房里，可能出去玩了。”

“……”

郭荷芝看出原逸的失望，宽慰他：“你倒也不用着急，我了解她，等过了这个抗拒的阶段，你们再慢慢谈，要不今天我让人带你们在农场里随便逛逛？”

“好啊，好啊。”陶印印很开心，她对这个农场充满了好奇。

原逸兴致缺缺，但为了不扫郭荷芝的面子，还是勉强答应下来。

因为他们在这里只认识马哲，郭荷芝便叫来了他。几人一起整装出门，陶印印不放心宋凌，问了一句她的情况。

马哲回答：“你妈嚷嚷头疼，在家睡着呢。”

马哲也算有心了，虽然宋凌看不上他，还是找了厨师阿姨招待着。

陶印印了解亲妈，也怕她来了成事不足败事有余：“随她好了，免得过来了惹嫂子不开心。”

开着观光车在农场里溜达了好一会儿，看到了无数农田、果园，满以为已经看得够多了，没想到马哲告诉他们——这里才只是农场的冰山一角。

他指着远处的山岭：“那边开车不好过去，要换直升机方便一点儿，怎么样，要去看看吗？”

陶印印兴奋地拍手想要去看，可原逸若有所思，心不在焉，半晌，才轻声道：“走了这么一圈都没看到她，她会去哪儿？”

“啊？”马哲反应了下才明白过来，“你问我姐？听说她今天——”

话到嘴边，像是想起了什么，马哲又紧急收了回去。

原逸听出端倪，皱眉：“今天怎么了？”

马哲闭嘴摇头：“没什么。”

原逸身体转过来，一双眼睛紧盯着马哲，带着沉沉的压迫感。

仿佛感受到某种死亡凝视，不过一分钟，马哲无奈地松口：“就是听布哥说今天他们好多人都在袁老师的工厂里玩，不知道姐姐在不在。”

又是那个袁老师。

自从昨天这个名字进入原逸的世界后，每每想起，他都会有种被威胁到的烦躁。

原逸还是不放心，沉声道：“去那个工厂。”

马哲：“……”

今天花漾和袁景程约好了带着农场的孩子们去他的植物工厂玩。

这是袁景程正在建造的一种室内小型栽培工厂，里面种植了不少植物，很多小孩子都稀奇，趁着今天有时间，他便开放了让大家一起来参观。

植物工厂是全透明玻璃的，袁景程穿着白大褂，像植物医生一样，特别专业，花漾带着孩子们跟在他屁股后面，看看这个，看看那个，非常投入，丝毫没有注意房子外什么时候多了一辆车，车上还坐了几个人。

花漾时不时蹲下来看，看到好玩的会拿起来拍照，不知是哪个小孩在队伍里挤了下，花漾起身的时候没站稳差点摔倒，还好袁景程扶了她一把。

花漾站直，笑着看袁景程，不知说了句什么，总之最后小屁孩们都跟着在笑。

画面其乐融融，十分和谐，和谐到让坐在车上的原逸看到整张脸都黑了——她对着自己，好像从没有笑得这么开心过。

尽管看着喜欢的人对着另一个男人笑颜如花很不舒服，但原逸心里还是衍生出一丝自责。

说到底，还是自己陪伴她的时间太少，了解她的世界太少。

或许是持久的注视终于让工厂里的花漾感觉到了，她蓦地抬起头，穿过玻璃厂房，直直地对上窗外观光车上一动不动的原逸。

两人目光交汇，花漾怔了几秒，握着栽培盆的手略微收紧。

原逸穿着黑色的休闲西装，里面是黑色高领针织毛衣，坐在车里，透着一贯的清冷骄矜。

他长得帅气，身上有和这个农场格格不入的尊贵，也有总能让花漾一眼心动的眼神。

不过须臾，花漾沉住气，手心自然放松。

她移开视线，好像什么都没有看到似的，重新招呼大家："来啊，都说茄子噢。"

一群人对着镜头，她和袁景程站在中间，完成了一张大合照。

原逸看在眼里，眸光变深，下车，径直走了过去。

陶印印和马哲、翟羽当然感受到了气氛不对，都跟在后面挤进去。

袁景程认识马哲，见他来了，走过来迎道："小马，你怎么来了？"

袁景程说完便看到了马哲旁边的原逸，微微一怔，和花漾交换了个眼神，而后笑道："你好，原总。"

原逸冷冷淡淡地道："没有打扰你们吧？"

这个"你们"，充满了微妙又明显的味道。

袁景程摇头："不会，今天就是让大家来参观的，你随意看。"

原逸说完，看向花漾。

花漾接收到他的视线，莫名心虚地转开，假装好学地问袁景程："袁哥哥，你这个工厂是什么原理？"

袁景程："这是一种新型的，利用计算机自动控制植物生长的温度、湿度、光照、氧气浓度等环境条件，减少自然条件约束的省力型生产。"

小孩们鼓掌："袁老师好厉害啊！"

原逸："……"

花漾又指着一处螺旋状的设备问：“那这个又是什么？”

袁景程继续科普：“这叫螺旋栽培，也是一种创新的种植模式，属于无土栽培模式的一种，由自动定时供水器把营养液定时定量送往植物栽培室。”

小孩们疯狂地吹彩虹屁：“袁老师真的太厉害啦！”

原逸：“……”

他一直盯着花漾，发现这个女人竟然也露出一脸崇拜的表情，跟粉丝似的面带微笑地拍着手。

男人最大的成就感来源于女人对自己的崇拜。原逸一言不发地打量四周陌生的设备，沉思了片刻。

难道，花漾喜欢这种会用黑科技种地的男人？

接下来的时间，就成了这位袁老师的科普课堂，他说着各种原逸听不懂也并不感兴趣的农业知识，完全吸引了小孩们和花漾的注意力。

大家沉浸地听着他的科普，而原逸、陶印印、翟羽仿佛三个从外星球闯进来的异类，插不进任何话就算了，还听得一脸茫然。

最后，原逸主动放弃了这种自找没趣的参观，沉着脸走出植物工厂。

马哲也很尴尬，他看得出原逸不太爽快，回去的路上不断解释：“姐夫你别误会，我姐跟这个袁老师就是普通朋友关系，以兄妹相称，就跟我叫她姐一样，咱们农场都这么叫人。”

原逸却不知在想些什么，想得出神，时不时还会拿手机出来看。

几分钟后，他给翟羽发了条信息，面无表情地说：“尽快找到这几本书的电子版发到我邮箱。”

翟羽马上拿起手机，看到书名后睁大了眼。

“？？？”

在外面玩到很晚，晚到觉得家里的人都应该睡着了，花漾才结束了一天的逃避溜回来。

她不想留在家里，也有些害怕见到原逸。

走的时候干脆无情，可真的见到他了，看到他的眼睛，花漾发现自己还是会心软。

毕竟真情实感地喜欢过，哪能一下子就放弃。

她是人，又不是没感情的机器。

她从楼下偷偷进门，蹑手蹑脚，怕惊扰了家里其他人，却没想到苏一凤冷不丁出现，喊住了她。

“小东西，又玩到现在才回来，也就你妈宠着你。”

苏一凤拿着鸡毛掸子作势要打她。

花漾赶紧缩着脖子卖乖求饶：“外婆别，我这不是跟那几个孩子烧烤去了嘛。”

烧烤是假，躲人是真，苏一凤当然知道花漾心里在想什么。

她放下鸡毛掸子，拉着花漾坐下来。

祖孙俩面对面坐着，苏一凤语重心长地问：“外婆就问你一句话，你还喜不喜欢原逸？”

花漾沉默不语。

半晌，她叹了口气：“我们之间不是喜不喜欢的事，外婆。”

花漾觉得自己和原逸或许根本就不合适吧。

她更适合这个广袤的农场，而不是原家四四方方的院子，和他那个太过约束的家庭。

“虽然不懂你们之间的问题在哪儿，”苏一凤沉吟片刻，拿出一张纸，“但昨天我跟原逸说，只有签了这个，我才会同意帮他见你，我想试试他的诚意，事实证明，原逸对你是没有保留的。”

花漾垂眸看纸上的文字，慢慢地，她难以置信地站起来：“他疯了是不是。”

“不是疯了。”苏一凤握住花漾的手，轻轻拍了拍，“这孩子是真的喜欢你。”

苏一凤的协议，概括起来，即是要原逸无条件转让名下所有资产给花漾。

老太太撕了这张纸，悠悠地道：“钱是个俗气的东西，但有时候，钱也最能验证人心，敢签外婆这种霸王条约的，对你也绝不只是一般心意，你自己考虑吧。”

花漾：“……”

她心里有点乱了。

原来昨天他能来山坡上看到自己，是签了这份合约。

苏一凤的话让花漾陷入了一种迷茫，钱的确不能说明什么，可如果对调身份，有人要她把自己所有财产都无条件转让给原逸，她可能都不会这么潇洒决断。

花漾心情复杂地回到五楼，有些疲惫，垂头走到卧室门口，刚打开门，一个身影猝不及防地从身后闪现出来，一把抱住她，进入了卧室。

灯没开，深夜的农场，安静得能听到风声。

花漾只惊了几秒，就从熟悉的味道里明白了来人的身份。

她很快冷静下来，想动，却被对方压制在门板上动弹不得。

“谁让你进来的？”花漾冷声问。

“你跟那个袁景程待到现在？”原逸嗓音低缓，沉沉的像灌了沙，伴着热气，碾在花漾耳旁。

花漾对他是敏感的，尤其是这么近的距离，这么暧昧的夜里。

她推他，却推不动，有些急：“不关你的事。”

“我是你老公，不关我的事？”

“很快就不是了。”

两人话赶话，一个生着气，一个吃着醋，都有点互不相让的较劲的味道。

花漾说完那句话，原逸沉默了几秒。

彼此的呼吸都有些急促。

过去了不知道多久，没人说话，花漾再次推原逸：“你出去。”

话音刚落，她那只手就被原逸抓住，接着背到腰后，他不可抑制地抱起她，在月色下沉沉地吻下去。

原逸把这几日克制的所有情绪都宣泄在里面，贪婪而狂热，花漾动不了，只能用双手不停地打着，可无论怎么打，都无法让他停止。

一分钟，两分钟……

就在花漾觉得自己的氧气快被耗尽，唇也被吻得有些疼时，原逸才停了下来。

他抵着她，声音微哑：“漾漾，跟我回家好不好？”

这个满是浓烈情意的吻让花漾又羞又急，憋着的一股气原本要发作，可最后那句话，就像照进冬日雪地里的暖阳，瞬间融化了所有委屈和不忿。

很多时候，男人的一句情话抵过万千良药。

气息萦绕在彼此的呼吸里，原逸继续沉沉地说：“你到底要我怎么做才能相信我？”

说实话，花漾也不知道自己内心的那份缺失应该怎么填补。她沉默了会儿，低声问：“相信你什么？”

“相信我那份协议只是我最初可笑的想法，但现在真的不是。”

“可我凭什么再相信你？”

对话停止，过去了几秒，原逸深吸一口气，双手搭在她肩上，很郑重地说：“花漾，我不会闲到没事编几句谎话哄你开心，我对你有没有感觉你看不出来吗？”

“……”

过去花漾曾经幻想过原逸对自己表白时会是怎样的画面，可现在突如其来地出现，她反倒有些手忙脚乱。

花漾的心跳得有点快，不知如何回应。

未等她开口，原逸又说：“你不用觉得我是为了奶奶，奶奶的身体已经恢复了，如果我想遵守那份协议，没有必要追过来找你。”

的确，如果原逸真的是为了夏玉婵，花漾现在离开刚好满足了他的愿望。

他甚至只需要给 5000 万的分手费就可以甩掉自己这个包袱，可他签了苏一凤那份霸王条款。

这是花漾最无法理解的。

她不想在这个不理智的时候做什么决定，冷静了下，打开门：“你先出去，我要休息了。”

原逸微怔，还想挽留：“漾漾。”

“出去。”花漾把人推出房间，抿了抿唇，抬头看着他，轻轻淡淡地道，“可喜欢一个人不只是嘴上说说就可以了的。”

花漾说完这句话就关上了门。

顶楼空旷，似乎还回荡着她浅浅的声音——喜欢不只是嘴上说说就可以。

原逸站在过道里反复思量着这句话的意思，隐隐地，好像明白了一些暗示。

花漾或许觉得他的喜欢浮于表面，不够真实。

又或者，她觉得他根本没有走进她的世界。

原逸承认过去的自己确实有做得不到位的地方，眼下就算再努力，也不可能一下子就打开花漾的心结。

他叹了口气，只能先下楼回房间，刚出电梯便看到翟羽等在门前。

翟羽：“老板，您要的资料我都发到您的邮箱了。”

原逸“嗯”了一声，开门时想起了什么，转身看翟羽：“你……要不要紧？”

翟羽尴尬地挤出一丝笑：“不要紧。”

“嗯，那回去休息吧。”

翟羽却没有马上走，似乎还想说什么。

原逸看他欲言又止，问：“还有事？”

翟羽顿了顿，犹豫再三，终是把话咽了回去：“没事，您也早点休息。”

关上门，原逸泡了杯速溶咖啡，打开电脑，把收到的文件全部下载，对着屏幕认真看了起来。

次日清早。

经过昨晚和花漾的一番对话，原逸已经不再执着地想要她马上回到自己身边。

他有耐心，慢慢让花漾找回对自己的信任。

坐在一张餐桌前吃饭，郭荷芝问及今天的安排，花漾说：“今天袁哥哥要去吴奶奶家做栽培指导，我去帮帮忙。”

“这样啊。”郭荷芝马上给原逸使眼色，“那原逸你陪羊羊一起去？”

原逸还未开口，花漾嫌弃道：“他又不懂，去了也没用。”

原逸也不生气，清淡地笑：“不懂可以学。”

“说得容易。”花漾小声地“嘁”了一声，“你以为那么好学的吗？”

尽管不情不愿，饭后，郭荷芝还是让原逸和花漾一起去了吴老太家，翟羽跟着。

而陶印印因为不放心一直称病的宋凌，没跟着一起去，回了马哲家探望。

吴老太是农场里规模最小的养殖户，家里养了二十来头黑猪，年龄大了饲养动物太累，因此最近想转型种植农作物，特地请了袁景程来家里做指导。

花漾和原逸来的时候，袁景程已经带着设备提前到了，正在搭建。

今天袁景程教给吴老太的也是一种新的栽培方式，花漾守在旁边看工人们搭建，好奇地问：“袁哥哥，这又是什么技术？”

袁景程还未开口，原逸从容地答道：“A 字形栽培架。”

花漾一怔，以为自己听错了，一脸蒙地转过头看着原逸。

男人继续流利地解释：“椰糠基质栽培，形状如 A 形，其上部基质槽灌溉时多余营养液可回收至下部基质槽，最大限度地达到节水、省肥的功效。”

花漾：“……”

袁景程也有片刻愣怔，随即笑道："看来原总真是涉猎颇多，连我们的最新技术都了如指掌。"

站在原逸身边的翟羽不由得挺直了背，忽然觉得特别有面子。

花漾被原逸给整蒙了，觉得是不是哪里不对，于是随便又指着工人正在搭建的一处设备问："那这是什么？"

原逸瞥了一眼，淡定地对答："悬浮栽培，通过磁悬浮平衡技术让容器悬浮在半空中，360 度旋转以确保植物从各个角度吸收阳光。"

听得花漾目瞪口呆："你怎么……"

原逸怎么突然就什么都知道了？

昨天花漾看着袁景程时那种充满崇拜的眼神刺激到了原逸，谁能想到，仅仅昨天一夜，他用自己异于常人的阅读速度快速熟读了三本最新农业科技知识专著。

只为了能了解她的世界，靠近她的生活，跟她有多一些共同话题。

原逸淡笑："还有什么不明白的吗？"

他这副胸有成竹天下我有的样子莫名帅到了花漾，花漾咽了咽口水，一时间竟不知该怎么说。

吴老太以为原逸也是新来的专家，欢喜地拉着他的手："这小伙子真俊，瞧这一身穿得，谈对象了吗？我孙女在省城做医生……"

老太太话没说完，袁景程笑着打断她："奶奶，人家已经结婚了。"

"啊？"吴老太一怔，顿时有些惋惜，"这么年轻就结婚了……"

袁景程笑了，介绍道："您别可惜，这就是羊妹的老公。"

"什么？"

刚刚还满脸慈祥想要收原逸做孙女婿的老太太马上眉头一皱，神情微微变化，上下打量着原逸："你就是羊妹在城里的老公？"

原逸颔首："是，您好。"

吴老太眼底闪过一丝异样，神情有些古怪，但最后也没说什么，点了点头，转身便忙起了别的。

原逸像是得到了老人家的肯定似的，想去牵花漾的手，却被花漾一下躲开，划清距离："别碰我。"

原逸："……"

正忙着，外面有人走过来通知："吴奶奶，你订的肥料到了，找个人去帮你拉回来呗。”

袁景程当即放下手里的东西：“我去吧。”

“哎别，”吴老太拦住他，“袁老师你这不是在给我上课嘛，怎么能走？”

吴老太左右一寻思，对着原逸道：“要不羊羊她老公替我跑一趟？”

花漾：“啊？”

原逸也怔了下，一时没回神：“什么？”

花漾下意识地拒绝：“我去吧吴奶奶，他弄不来这些的。”

吴老太却手脚利索地把她拖回来：“可拉倒吧，一个大男人，几袋肥料还搬不回来吗？是吧？”

吴老太说着看向原逸，眼神里透着一股说不清的味儿。

原逸没干过这种事，也不知道具体是怎么干的，但准情敌在面前，老婆在面前，他总不能说自己不行，便点点头，应了下来：“好，在哪儿？”

来报信儿的男人说：“跟我走吧。”

偏巧这个点儿翟羽上厕所去了，原逸只能孤身一人跟着去拖肥料。

花漾看着他离开的背影，想追上去帮帮忙，可又想着——让他做点事锻炼锻炼也好，挫挫那副高高在上的锐气。

原以为就是三五袋肥料，到了农场的下货点，原逸才发现——

整整五十袋，每袋一百斤。

农场里干活的人都特别利索，没两下，几个汉子就把肥料从车上搬到了地面上，看着一身阿玛尼西装的原逸，有人窃窃私语地发出疑问：“吴奶奶搁哪儿找来的工人，穿得这么板正来搬肥料？”

长这么大，原逸没做过任何苦力活。

从小吃穿都是有人伺候的，长大了更是靠聪明敏锐的头脑赚钱，做苦力这种事，在他二十多年的人生里从没有过。

面对五十袋肥料，原逸联想到了什么，顿了顿，试探着问：“这是什么做的？”

“纯羊粪发酵！有机的，天然绿色！赶紧给吴奶奶送过去吧！”

原逸：“……”

纯羊粪发酵……

纯羊粪……

粪……

原逸忽然觉得浑身都有些不适了。

身处时尚圈，原逸是个体面惯了的人，无论任何时候身上都收拾得干干净净、一丝不苟。别说什么羊粪，就算是健身过后的汗味，他都会马上清洗干净。

如今却要他碰羊粪做成的肥料!

原逸站在那儿，头皮发麻，实在是下不去手。

他深呼吸了好多次，做了无数次心理建设，就在准备强逼自己下手时，翟羽推着一辆平板拖车来了。

“老板! ”

原逸转身，皱眉问：“你怎么来了? ”

翟羽喘着气：“是太太找了这辆车给我，说这样方便，没那么累。”

原逸闻言，视线落在车上，嘴角莫名扬了起来：“她叫你来的? ”

“对啊! ”

就这一瞬间，刚刚还怎么都克服不了的心理障碍瞬间就被打通了似的，原逸当即脱了阿玛尼外套，扯开价值不菲的衬衣扣子，卷起袖口，提着一袋肥料丢到车上。

刚刚看着还难以下手的肥料，现在多了来自花漾的爱的滤镜，莫名变得顺眼了许多。

翟羽平时工作能力极强，可到了农场，也有几分力不从心。就比如现在，理应是他一个助理帮老板干苦力挣表现的时候，可他搬一袋的工夫，原逸已经搬了三袋。

第一批十袋搬到车上，翟羽自告奋勇：“老板，您休息着，我来推! ”

他抬起推车，还没站直就被沉重的重量压得趴下，翘起的车头还撞到了原逸的腰。

剧烈的钝痛袭来，原逸倒吸一口冷气。

翟羽赶忙上前查看：“老板您没事吧? 伤到没有? ”

“又不是花瓶做的，一碰就碎。”原逸扶着腰揉了两下，估摸着翟羽也拉不动，干脆走到车前，“算了，我来。”

翟羽昨天被那羊顶得不轻，到现在算是带伤工作，所以战斗力有些弱，但在原逸面前还是表示出了极大的毅力，认认真真地在旁边帮扶着。

于是纵横整个时尚圈的第一总裁和多少人渴望巴结的首席助理，就这样推着小破车，运着有机肥料，走在农场的小道上。

画面诡异，又透着一股滑稽。

花漾一直担心原逸做不来这件事，毕竟豪门少爷哪里能干这种苦力，她暗中让人找了推车给翟羽送去支援，满以为这两人肯定得老半天才能弄来，没想到才刚刚二十分钟，第一批肥料就运过来了。

这大大超过了花漾的预期。

她看着原逸干净的衬衫染上的一些污垢，忽然心里有些动容。

他那样一个天之骄子，完全没必要做这些的。

正在花漾胡思乱想的时候，原逸忽然径直朝她走来，走到身边，把原本挂在车头上的外套递了过来。

下一秒，花漾无比自然地接到手里。

等她做完这个动作才愣怔地反应过来，这个动作有多亲密。

原逸没说话，只看着她轻轻扬了扬嘴角，转身便继续去拉第二批。

留花漾在原地，因为他这个浅浅的笑，脸颊泛起了热潮。

就这样，五十袋肥料，分批次全部运回了吴老太的家，最后一次运回来的时候，翟羽直接累瘫了，不顾形象地坐在地上。

倒是原逸，虽然也累，但体面不能丢，找了池子把手洗得干干净净，拿出手帕擦掉身上的灰尘。

最后他跟吴老太汇报：“奶奶，东西都运回来了。”

吴老太瞅了他一眼，一个夸奖的字没说，反而冒出一句：“五十袋，便宜你了。”

原逸：“？”

其实花漾早就看出来，吴老太是在故意为难原逸。

整个农场的人都知道花漾回来了，也知道是和城里的老公闹了不愉快，她从小在这里长大，几乎是家家户户看着长大的，因此所有的长辈都拿她当自家女儿、孙女看，婚姻上受了委屈，自然大家都对原逸这个始作俑者充满了敌意。

已经拉了肥料，怕这吴老太还会出什么主意刁难原逸，花漾便主动提出有事先走。

一行人离开，原逸又偷偷想去牵花漾的手。

花漾躲开：“你干什么？”

原逸靠在她耳边压低声音问：“刚刚是舍不得我了吗？”

花漾耳根发烫，撇开脸："有病。"

原逸薄唇轻抿，并排走着，故意牵住了花漾的手不放，一路牵回了家。

到家后，原逸说先回房洗澡，翟羽本也跟着，可过了会儿又折返回来，找到花漾："太太，有件事……想请您帮忙。"

花漾："怎么了，你说？"

翟羽昨天被法拉利顶得太厉害了，关键位置到现在还胀痛着，加上今天又陪原逸做了一下午苦力，走路都难受。

他犹豫着，吞吞吐吐："想麻烦您能不能帮我找你们这儿的医生要点祛瘀散青的药。"

花漾一愣："怎么了？谁受伤了吗？"

翟羽斟酌了下，实在是难以启齿："也没什么，就昨天你那小坐骑……"

花漾听到"小坐骑"三个字顿时明白了。

都怪自己让法拉利去赶原逸，搞得他被一只羊撞到敏感部位，尴尬不说，肯定很疼。

花漾装自己什么都不知道："行行，我明白了，我现在就去问，如果有药待会儿送上来。"

翟羽如释重负，道了声谢便往回走，可走出两步又想起了什么，转过来。

"太太，有件事我想跟您说。"

"嗯？"

"上次卫小姐和老板的事，真的只是巧合。"

花漾怔了下，没想到翟羽会突然提这个。

她点了点头："是吗？"

翟羽见她好像不信似的，忙说道："是真的，那天老板一下午都在酒店监工，他请了设计师在酒店搭建花园，想要跟您求婚，您看。"

翟羽从手机里翻出几张照片："这都是当天拍的，因为设计师来迟了，所以他跟您试礼服的时间才晚了些，至于卫小姐，真的就是碰巧遇到。"

花漾怔怔地看着翟羽手机里的照片，滑动了几张，照片上，原逸和几个人在酒店大厅商量着什么，身上打着她送他的那条粉色领带。

也就是证明，的确是他们试礼服的当天。

原来他在筹备跟自己求婚的事？

花漾一时有些走神，久久没说话。

翟羽拿回手机，轻声道：“老板还准备了戒指，他真的很用心。”

说完这些翟羽转身离开了，剩花漾留在原地，反复回忆那一天的场景。

她一直以为原逸去见了卫语蓝才迟到，一直以为他不重视他们的婚礼，原来他竟然在背后策划这些自己不知道的事。

花漾忽然生出一丝歉意。

也许当时，自己是不是应该多听他解释一下再走?

突然得知的真相让花漾有些走神，心里好像一锅粥，思绪搅成一片。等想起翟羽的嘱咐时，已经快到诊所关门的时间。

花漾赶紧跑出门，还好农场的诊所医生还在，花漾跟医生要了一管祛瘀的药膏，回到家，匆匆忙忙上楼去敲原逸的门。

等了一会儿，门才从里面打开。

家里有暖气，原逸刚刚洗完澡，头发还是湿的，身上裹着黑色的睡袍，带子随意半系着，露出腹肌饱满的胸膛。

就算跟原逸相处了半年，但花漾还是第一次这样近距离看到他的身体。

热气扑面，花漾直直看了几秒，旋即不好意思地垂下头，伸出手：“拿去。”

原逸看她掌心的药，皱了下眉：“给我的？”

须臾，他好像明白过来了什么似的：“翟羽告诉你了？”

花漾点头：“伤了就擦一擦，我去诊所要的。”

花漾现在把头发烫成了羊毛卷，低着头的样子特别可爱。原逸没忍住，手轻轻一带，把她拉进来关上门。

花漾一惊，抬起头：“你又要干什么？”

刚刚洗澡的时候原逸发现腰部确实被撞出一块瘀青，他把药拿过来看了眼，还挺对症，顿时控制不住眼底的笑意：“花漾，你这算是在关心我吗？”

花漾被戳中心思，眼神闪烁着不去看他，凶巴巴地回：“我是怕你断子绝孙。”

“断子绝孙？”原逸想了想，有点没搞明白，但还是被花漾的关心取悦到了。

狭小的卧室，原逸看着花漾，眸光微动。

他很迷恋这一刻和她之间的距离。

难得的温情，美好。

他有些贪心，想再靠近一点儿。

于是原逸拧开药膏，递给花漾：“既然做了好人，不如做到底？”

花漾愣住，睁大眼睛，看着原逸：“做到底？”

“怎么？”

花漾又重复了一遍：“你是要我帮你擦药？”

原逸不知道花漾的表情为什么那么震惊，他反思了下自己的要求——帮忙在腰上抹点药膏，好像并没有多过分吧？

原逸：“我们是合法夫妻，你帮我擦一下药有什么问题？”

花漾随便脑补了下画面，噌地站起来：“原逸你变态吧？”

原逸没想到花漾对彼此亲密的接受度这么低，只好让步：“好，算了，我自己来。”说着就去解睡袍的带子。

他这个动作让花漾更觉不可思议，一把按住他：“是不是我今天稍微给了你一点儿好脸色，你就开始忘乎所以了？”

原逸一脸问号。

花漾转身离去，嘴里还愤愤不平：“早知道你是这样的人，我才不给你送药。”

伴着“嘭”的一声关门声，原逸拿着药膏，一脸茫然不解。

他又哪里惹着这位小姑奶奶了？

因为这件事，花漾直到第二天都没给原逸好脸色，碰面也是一副“你离我远点”的表情，搞得原逸十分莫名其妙。

宋凌来了农场几天都没露面，郭荷芝虽然也有耳闻她的一些事迹，但到底人来了，就算心里有气，面子上也得说得过去，于是便问了探病回来的陶印印：“你母亲怎么样了？”

陶印印回：“可能是水土不服，有些腹泻，没什么食欲。”

郭荷芝一听病得不轻的样子，关心道：“要不要请个医生去看看，或者你把她接过来吧，我们这边人手多一点儿。”

“别了别了。”陶印印自己都觉得不妥，“马哲找了阿姨在照顾她。”

既然这样，郭荷芝也就没强求，心知肚明这是个不受女儿甚至是不受大家待见的人，她尽到义务便可。

今天郭荷芝和花鹏要离开农场，带苏一凤去外市复查身体，大约要两天后回来。

临行前，郭荷芝特意叮嘱花漾不能耍脾气，不管什么事，得好好跟原逸谈。

他们走后，整个农场当家的就成了花漾。

陶印印这几天都没人管着，和马哲彻底放飞，两人的手时时刻刻牵在一起，光明正大地谈起了恋爱。

“嫂子，听说今天夜里有流星雨，马哲要带我去露营玩，你也要一起吗？”

在广袤的农场大地上看流星雨，听起来就是一件浪漫的事。

正好花漾家在牧区那边有几个圆顶帐篷，生活设施一应俱全，这种难得的天文美景当然不能错过。

于是花漾答应：“行，不过得带点吃的和盖的过去，夜里冷。”

马哲建议：“我带上炉子和食材，咱们晚上吃火锅？”

“好好好！”陶印印喜欢死这种生活了，连连拍手，“我好期待啊！”说着，转头问原逸，“哥你期待吗？”

原逸顿了顿：“还行。”

他倒不是很期待什么流星雨，也不期待什么火锅。

他只期待每一段能和花漾在一起的时间。

谁知原逸话音刚落，花漾懒懒地瞥了他一眼：“我可没打算带你去。”

原逸：“……”

陶印印也听得一怔，作为表妹，这个时候就要发挥她的作用了：“嫂子，别啊，人多热闹，不然就我们三个人好无聊的，是吧翟秘书？”

忽然被提到的翟羽不知在走什么神，身体倏然站直：“是。”

大家都去玩，把原逸和翟羽丢在家是有点说不过去，可昨晚原逸的那一通操作也着实让人生气。

“想去也行。”花漾想了想，“那你得先做点事。”

这种男人就是缺少社会的毒打，缺少农场所有群众的教育，才会总是胆大妄为、仗势行凶。

花漾派出了花家资历最深的大管家，并严格指令——看着他，不准偷懒。

就在花漾和陶印印、马哲热热闹闹地准备着吃的玩的前往牧区时，原逸和翟羽带着各类工具，跟着管家来到了农场一号羊圈门口。

管家下达任务：“姑爷，小姐说了，让您先把这一圈的羊给喂饱喽。”

原逸：“……”

来之前有想过会跟昨天一样被安排去做什么苦力，却万万没想到会被发配来跟动物混在一起。

还得伺候它们吃饭?

翟羽是个忠心的，尽管身体不适，但还是顽强地跟着原逸一起来了，看到眼前这个局面，他怎么能让上司下手，忙主动上前：“老板，您休息，我来。”

开什么玩笑，光是这一号羊棚就有百来头羊，翟羽一个人怎么可能完成?

可即便心里都清楚，原逸站在这儿，还是无法下手。

这比昨天更近距离地靠近羊粪。

好歹昨天的粪发酵成饲料了，今天就真的是粪。

翟羽已经提着饲料桶先走过去了，原逸站在原地迟疑着，想缓一缓发麻的头皮，可管家面无表情地在旁提醒：“姑爷，小姐说了，助理先生做的不算。”

原逸：“……”

他想起了什么，抬头看，发现羊棚四个角落竟然装满了监控。

好像四只眼睛，不，是四个花漾在随时盯着自己。

原逸无奈地笑了。

本也没打算偷这个懒，只是需要一点儿时间去适应，管家说了那句话后，他长吁一口气——豁出去了。

原逸提起手边的饲料桶，走到羊圈前。

这个羊棚只是花漾家无数羊棚里的其中之一，主要饲养了一批杜泊羊，采取自动化羊圈设计，分批次喂羊，非常人性化。

管家在旁指导他们操作，喂起食来倒也不难。

翟羽先放了十头羊到喂食区，原逸守在等待区，等着前面那批羊喂完了，他再放下一批次的羊进去。

过了几分钟，翟羽在前边喊：“老板，可以放羊了！”

原逸随即根据管家的指示按了按钮，等待区的十头羊进了喂食区。

本来一切都有秩序地进行着，走一批放一批，没想到中间却出现了意外，先前那批喂食区的羊没有及时回到羊圈，和第二批进来的挤在了一起。

羊挤羊，咩咩乱叫。

原逸问翟羽：“前面那批怎么还不放走？”

翟羽忘了这个程序，看到羊群扎堆一下慌了，手忙脚乱地乱按一通，竟开了左侧放风的总门。

霎时，挤在喂食区的二十头羊全部撒了欢地往外跑。

原逸：“……”

翟羽：“……”

吃的还没喂好就集体越狱了二十只，花漾可能会把自己打死。

原逸算反应快的，锁好自己这侧的门，当场越过羊圈跨出去：“发什么呆？还不追？”

翟羽被这么一吼，终于也回神，跟着跑了上去。

接下去的半个小时里，原逸人生中第一次和二十只羊斗智斗勇，一只一只地往回追，过于调皮的直接上手抱回来，再不行就拿绳子套住带回羊圈。

直到最后一只羊归队，锁上门，原逸倒在凳子上，扯开衬衫领口喘气，跟平时开会教育下属一样：

“跑啊，接着跑。刚刚一只只不都挺能耐的吗？”

犯事的二十只羊一言不发。

管家适时提醒：“姑爷，小姐说了，要是回来发现这些羊不开心，也不行的。”

原逸气还没喘匀，皱眉回头：“什么？”

“您可能不懂咱们家的羊，是有一些性格的。它们如果被骂了，或者被暴力对待了，就会忧郁。忧郁就会绝食，绝食就会生病。”

“……”

原逸觉得自己好像在听什么魔幻故事似的，可这一切并没有他质疑的余地，他只反应了两秒，慢慢坐直。

原逸顿了顿，整理表情，走到羊圈门口，和颜悦色地重新发言：

“小乖乖们，吃饭了，多吃点，开心一点儿，等你们小郡主来了麻烦都配合笑一下。”

翟羽听得起了一身鸡皮疙瘩，实在无法直视这个画面。

伺候完“羊儿子们”，管家又把原逸和翟羽带到奶牛场。

一人一副手套，一个桶。

第二项任务——挤奶。

从羊圈出来的原逸经历了“羊儿子们”的锤炼，心态已经平和了不少，虽然对着奶牛的奶头还是有些无法下手，但闭闭眼，也就忍过去了。

堂堂KR集团总裁，坐拥无数奢侈品品牌和时尚资源的男人，此刻系着围裙，蹲在奶牛旁：“兄弟，麻烦帮个忙，产点奶。”

画面令翟羽有些迷惑，他小心翼翼地提醒：“老板，奶牛是母的。”

正专心挤奶的原逸手指一顿，转过来，一副“我需要你提醒吗”的表情。

也不知道是不是手法不对，被原逸挤的这头奶牛特别不配合，好几分钟一滴奶都没有，管家特地走到旁边来指导。

“姑爷，您的手应该这样。”

原逸跟着学，刚上手捏了两下，奶牛后蹄子一踹，毫不留情地将他踹到一边。

原逸被踹得一个后仰，躺在草原大地上望着天：“……”

都是自己选的。

为了能哄回心爱的女人，被踹十次百次也得忍着。

没错，忍着。

于是原逸再次坐起来，坚持不懈地跟着管家学手法，到最后总算打动了奶牛，给了他面子。

当看到奶出来的时候，连翟羽都快激动得哭了：“老板，您成功了！”

原逸也有种无以言表的成就感，从对这些动物的抗拒，到慢慢习惯，再到现在付出努力后得到的回报。

他也在体验一种全新的、从未有过的生活。

傍晚六点，挤了满满一桶牛奶的原逸满以为结束了一天的劳工生活，结果管家拿来两把剪刀：“姑爷，园子里的长毛兔该剪指甲了。”

原逸：“……”

翟羽两眼一黑。

第十二章

霸气回归 /

原逸坐在地上，怀里抱着长毛兔，仿佛抱着自己的孩子，一边剪一边自言自语：“别动，嗯，兔兔乖。”

翟羽觉得照这个进度下去，总裁夫人有没有追到手不清楚，但他的老板可能离变成职业农夫不太远了。

翟羽蹲在他旁边，委婉道：“老板，您有没有觉得，这个农场里的街坊邻居都有点针对您？”

这话根本不用翟羽来提醒，原逸自己都感觉得到。

从一开始的飞行员，到后来的阿布、小孩，还有那个吴老太，包括今天的管家。

他们每个人或多或少地，都对他表现出了不友好。

原逸清楚他们都是站在花漾的立场上考虑问题，所以有这样的表现也无可厚非。

要哄回花漾，其背后亲友团的力量也不容小觑。

原逸边给兔子剪指甲，边问翟羽：“你来了这几天，觉得他们这里有什么缺的吗？”

其实农场里环境好，家家户户经济实力也都不差，如果非要说短缺的东西的话，翟羽觉得——

“缺少了一些美的东西。”

原逸轻轻笑了笑，算是赞同了他的观点。

“所以，我想试试这么做……”

两个男人就这样抱着几只兔子商量着，不知不觉，暮色降临，月上枝头。

花漾躺在自己的帐篷里，帐篷的顶是透明的，可以看到广袤星空。

耳边的风呜啦啦地吹，已经是晚上八点多了，她和马哲他们火锅都吃完了，原逸还没有来。

按照之前跟管家约定好的，如果事情没做完，就不告诉他露营的地址。

所以，这么晚还不出现，肯定是花漾安排的那些事还没完成。

想想也没什么好意外的，他那样的一个豪门少爷、龟毛总裁，怎么可能又是喂羊又是挤奶的，脏了衣服脏了体面。

所以这正应了自己那句话，喜欢不只是嘴上说说，如果花漾从小到大的生活他都不能体验一次，还谈什么了解和喜欢。

还以为原逸会为了跟自己看流星雨努力一把，结果还是让她失望了。

花漾闷闷不乐地坐到床上，离流星雨的时间还早，帐篷里也没什么娱乐项目，呆坐了片刻，花漾又起身。

下午过来的时候，她把画架也带过来了，原本想画会儿室外的风景，结果被陶印印和马哲拉着斗了一下午的地主。

现在他们两个在隔壁的帐篷里二人世界，等半夜的流星雨。

她一个人孤零零地坐在这儿发呆。

都怪原逸这个浑蛋。

花漾坐到画架前，把心里的不悦都发泄在笔下，可没有目的地来回画了几笔后，她又觉得，实在是无聊透顶。

果然看流星雨这种浪漫的事不适合她。

正烦着，牧场的巡逻工人打电话来：“小姐，有位袁哥哥说来找你，能进吗？”

花漾一愣。

袁景程这会儿来干什么?

难道也来看流星雨?

没多想，花漾喊工人放行：“让他进来吧。”

她一边坐等袁景程过来，一边继续百无聊赖地画着画，没一会儿，有人从外面掀开了帐篷的帘子。

一阵冷风嗖嗖地吹进来。

花漾转身，蓦地看到从帐篷外进来的男人，瞪大眼睛：“怎么是你？”

此刻的原逸就跟阿布他们没什么区别，一身名贵西装沾满了污渍，和平时那个精致的总裁判若两人。

少了些高高在上的贵气，却莫名看着亲近了许多。

原逸慢慢走进来，打量四周："怎么不能是我？"

"不是袁哥哥吗？"

原逸回头，找了个凳子坐到花漾对面，直直看着她，半晌，终于启唇："我不姓原？"

她竟无言以对。

男人声音淡淡的，有点沙哑，开口就撞到了花漾心头。

夜深人静，孤男寡女，这种暧昧气氛令花漾有些不自然，她别开脸不看他，咳了声。

"谁让你进来了？"

"我事情做完了。"

"那我也没同意让你进我的帐篷。"

"不进你的进谁的？"

花漾指着隔壁："那边有一个给你搭的临时帐篷，你过去。"

原逸："……"

尽管被赶，但原逸没吱声，习惯性地转移话题。

他看到帐篷里的画架："在画画？"

这不是废话嘛!

花漾没被带偏："别啰唆，赶紧出去。"

原逸做了一整天的苦工，好不容易挣到一个二人世界的机会，怎么都得想办法留下来。

"我给你做模特。"

花漾一顿："什么模特？"

原逸："你画画不需要模特吗？"

花漾明白了他的意思和套路，蓦地笑了，调侃道："你知不知道，我们画人像都是画裸体的？"

原逸还真不知道。

"你想做我的模特，行啊。"花漾故意做出大度的样子，"半裸吧，脱上衣就可以了。"

说完，她在手里转着笔，似笑非笑地看着原逸。

你套路那么多不就是想留下来吗，现在在没有暖气的帐篷里看你还怎么演下去。

这几天外面的温度大概就五六度，夜里更冷，花漾这会儿穿的都是厚厚的羊绒外套。

两人对视片刻，原逸轻轻扯唇："我脱你就让我留下来？"

"没那么简单。"花漾挑眉看他，"得让我画完才行。"

就算可以忍一时，但绝对忍不了太久。

原逸轻笑："好。"

他竟然真的开始脱外套。

脱了西装外套，脱了衬衫，几秒的时间，男人结实的上半身赫然呈现在花漾眼前。

冷风萧瑟，帐篷里挂着小壁灯，朦胧灯光笼罩着原逸上身的肌肉纹理。

花漾看呆了。

"你……"

"画吧。"原逸随意找了个位置坐下，淡定地靠着，"这个姿势可以吗？"

原逸这么刚，反而轮到花漾开始心虚了。

她强装镇定地拿起画笔，开始勾勒线稿，手在抖，心也跳得厉害。

说实话，这还是她第一次画没穿衣服的人体，还是男人的。

她甚至都不好意思多看一眼。

一分钟过去，十分钟过去……时间渐渐拉长，原逸却没有要反悔的意思。

花漾终于觉得自己玩得有些过头了，时不时瞟一眼原逸，见他坐着一动不动，更是良心不安。

自己穿着羊绒大衣都还有些冷，他赤裸着上身，是疯了吧。

花漾胡乱画着，自己都不知道在画什么。

就这样又过去了五六分钟，她终于忍不住，主动结束这场拉锯战，捡起地上的衣服走过去。

"你是不是疯了，冻感冒了怎么办？"

原逸当然冷，只不过跟赢到花漾这一刻的关心来说，刚刚的那点冷算不得什么。

花漾提着衣服站在他面前："还不赶紧穿上，不冷吗？"

原逸眼眸轻敛，划过淡淡笑意，下一秒，趁花漾不备，将她一把拉到身上坐下。

他双手兜着她，胸膛紧紧贴着，皮肤虽冰冷，漆黑深眸却翻滚着绵绵情意："抱着你就不冷。"

任何一个女人在这样的环境下，被一个赤裸半身的男人抱住都没办法淡定。

花漾也一样，她眼神躲闪着不敢看原逸的身体，视野却全被他占满。

第一次和男人靠得这么近，暧昧乱涌，她心跳如擂鼓，眼看着两人的距离越来越近，热气逐渐交织，仿佛要默认发生什么时，门外突然闯进来一个人。

"姐，快出来，马上开——"

马哲才把帘子掀开一个角就看到了劲爆的场景。

他还算机灵，马上就把头缩了回去，顺便把还没进来的陶印印推远："别进了，现在不方便。"

陶印印不明所以："怎么不方便了？"

"别问了，走走走。"

两人的声音渐远，花漾脸红得不行，尴尬地在原逸腰上掐了一把："都怪你！"

原逸皱眉，克制着倒吸一口冷气。

花漾见状愣住，看向自己的手："怎么了？"

她也没花多大力气啊……

花漾循着看过去，即便是帐篷里光线不算明朗，也能清楚看到原逸腰间有一处青紫的伤。

花漾一惊，立即绕到身侧查看："你这里怎么都青了？"

原逸有些奇怪地看着她："翟羽不是告诉你了吗？"

花漾微怔，在脑子里回忆翟羽昨天来跟自己要药时说的话，顿了顿，她摇头："没有啊！翟羽来要药难道不是因为你那天被法拉利撞到——"

她没好意思说后面的话。

原逸也蒙了几秒。

两人你看我，我看你。

片刻，原逸好像明白了什么似的蓦地笑了，伸手推了下花漾的脑袋："你怎么就确定被羊撞的那个是我？"

“啊？”花漾瞪大眼睛，“难道不是？”

仔细想起来，那天小男孩模仿时说的是哥哥被撞疼了，具体是谁，的确没详细地说。

花漾总算反应过来：“是翟羽被撞了？”

“都跟你要药了，看来伤得不轻。”

原逸边披衣服边给翟羽打电话，接通后让他去自己的房里拿药。

翟羽没跟自己一起来，这趟出差为了原逸也是拼了，带伤在身也不吭一声。

这个乌龙弄得花漾有些尴尬，想起昨天指着原逸鼻子骂他变态的场景，她好半天没好意思说话。

等原逸穿好衣服，花漾才说：“走吧，快开始了。”

原逸却若有所思地拉住花漾的手，喊她名字：“漾漾。”

“？”

男人定定地看着她，她被看得有些不自在，躲开。

“有话就说，看什么看。”

原逸被她的这股小暴躁劲逗笑了，轻声道：“就觉得，这样的你挺有意思的。”

情话最是动听，花漾被说得心里一跳，面上却不动声色：“哪样的我？”

其实具体让原逸说，他也说不出来。

大概就是，脱离了长辈眼中的各种标准的，那个最真实、不做作的花漾。

原逸挑了一缕她的羊毛卷：“你很喜欢这样的造型？”

花漾反问一句：“卷卷的不可爱吗？”

半晌，原逸抿唇淡笑：“嗯，可爱。”

没有比她再可爱的了。

花漾却觉得原逸在敷衍她似的，白了他一眼：“我觉得我的时尚触觉比你强多了，你信不信我这个发型很快就能火？”

原逸点头：“信。”

不知道为什么，花漾听得更气了。

“我知道你不信我，不信算了，我早晚打你的脸。”

原逸也不生气，宠溺地笑着：“好。”

他这样样样顺着自己，倒让花漾有些不适应了。

她闭了闭嘴：“走了，出去看流星雨。”

走了两步，花漾又回头看衣着单薄的原逸：“你们时尚圈的是不是都只要风度不要温度啊？”

原逸还没来得及开口，花漾一把扯下自己的花围巾绕到他脖子上，戴好还嫌不够似的，把自己的耳罩也套到他脑袋上。

完了，她凶巴巴地说：“冻病了我可没空照顾你。”

原逸：“……”

带着女人温度的围巾贴在皮肤上，他顿时感受到了直达心底的暖意。

更多的，是爱。

暖融融的，让他抑制不住嘴角扬起的笑意：“感激不尽。”

马哲和陶印印在外面燃起了篝火取暖，等花漾和原逸从帐篷里出来的时候，这两人惊得张大了嘴。

原逸穿着板正规矩的西装，脖子上却围了一条五颜六色的女式围巾，耳朵上还戴了白色的毛茸茸的耳罩。

这画风诡异得令人迷惑。

“看什么，”原逸特别满足地紧了紧耳罩，不屑地睨了眼马哲，“你有吗？”

马哲认出这是花漾的东西，当即和陶印印互换了眼神，疯狂地恭维道：

“羊姐的东西我哪能有，只有姐夫你才配拥有，姐夫真厉害！”

“表哥冲啊！”

花漾坐在篝火堆旁，红彤彤的火光映照着她，她透过火光看着原逸的脸，不知不觉，她在笑声中垂下头，藏住扬起的唇。

和原逸结婚以来最快乐的时光，或许就是现在了。

“来了来了！”陶印印突然喊道，“快许愿！”

花漾抬头，看到远方天边划过一道耀眼的光，虽然只有一瞬间，却无比惊艳。

她赶紧闭上眼睛，双手合十。

她默默许下心愿后，睁开眼，看到原逸看着她。

“许什么愿望了？”

花漾：“干吗告诉你。”

原逸却歪过头，低声告诉她：“我许愿，你能重新嫁给我一次。”

花漾：“……”

男人声音低沉：“我认真的。”

火星爆出噼里啪啦的声音，原逸的话也如同火星，在花漾心底炸开星星点点的悸动和欢愉。

那边，陶印印也大声说出了愿望：“我希望嫂子能快点跟哥哥回家！”

说完，她问马哲：“你许什么愿了？”

马哲很老实地答：“咱俩早日修成正果啊。”

陶印印顿时不乐意了：“你怎么不许我哥早点追回嫂子呢？许我们俩干吗啊？有毛病是不是？快重新许！”

马哲被毒打得赶紧重新双手合十许愿。

这两人小孩般的举动惹笑了花漾，风萧萧，吹乱了他们的头发，她看着眼前光景，忽然很想时间就停在这一刻。

但花漾也知道自己不可能留在农场一辈子，她的理想不止于此，这里只是她暂时逃避的地方。

只是眼下，她对在海城生活还有些犹豫。

或许原逸是爱她的，是真心的，可一旦想起那个四方的院子、复杂的关系，她就一阵阵发闷。

流星雨结束后，原逸当然没有回到隔壁那个临时搭建的帐篷。

他用各种理由留在了花漾的帐篷不说，还挤在了一张床上不下去。

原逸：“伺候了一天那些小祖宗，现在该你了。”

花漾：？？？

原逸深深地把她抱在怀里：“外面冷，我给你取暖。”

浩瀚星空下，两人相拥而眠，第一次没有矛盾地，没有其他任何阻碍地靠在一起，享受这安静的二人时光。

次日，还在熟睡的花漾被手机铃声吵醒，摸出一看，是孟禾打来的。

闺蜜日常关心：“还在睡？”

原逸还睡着，花漾小心翻身背过去：“嗯。”

“你和原总和好没有啊，我好久没在公司见到他了，也不知道是不是在家医情伤。”

花漾不知道该怎么回。

就在这时，旁边的原逸好像被吵到了似的，翻身过来抱着花漾：“谁的电话？”

通话一度陷入尴尬之中。

好几秒后，孟禾才回过神来："刚刚是原总的声音吧？我没听错吧？你们——"

"不是你想的那样。"花漾赶紧披着衣服下床，有些无奈地坦白，"他来我老家了。"

"看看，我就说原总对你有心嘛！难怪我之前听公司的人说他这些日子都不管生意上的事，盛总一个劲地催他回公司都不见人，原来到你那儿去了。"

花漾："……"

其实花漾早该知道，原逸处在那样的位置上，之前他们住在一起的时候都经常加班到深夜，更何况离开公司快两周的时间，公司肯定堆了一堆的事。

为了自己，值得吗？

孟禾催她："总之你俩好好的，赶紧都回来吧。对了，我最近刚认识了一个摄影师，你都不知道多宝藏，赶紧回来我介绍你认识！"

两人寒暄了几句，挂断电话。

花漾穿戴好，拍了拍原逸，正想催他赶紧回海城，别老赖在农场，一个放牧的小孩忽然在帐篷外嚷嚷："羊姐，狗蛋儿他们在樱桃园抓到了一个小偷！你快去看看！"

花漾皱眉："小偷？"

原逸也睁开眼："怎么了？"

农场里都是自家人，从来没有谁会去偷别家的东西，如果真有偷东西这种事，是要严厉处罚的。

往常这种事都是郭荷芝去处理，如今家人都不在，只能花漾出面，她不敢懈怠，匆匆留下一句："你在这儿等我。"说完立即出了帐篷。

牧场离樱桃园有段距离，她手边没车，刚好阿布清早在牧场遛马，她马上要来一匹马跨上去了樱桃园。

花漾自小在农场长大，骑马技术一流，等原逸穿好衣服出来的时候，只看到一个又飒又美在宽阔无际的牧场上驰骋的背影。

不到五分钟，花漾赶到了樱桃园。

还没落马，她远远就看到一群小孩围着一个身影不让走，那人被挤在中间，有些狼狈。

等走近了，花漾才看见，是一个女人。

“羊姐姐来了！”

有小孩叫。

众人立即围成一团把那人推到花漾面前。

花漾落马，手里拿着马鞭，走近打量了两眼，蓦地笑了。

“还以为谁呢，这不是我们小姨嘛。”

宋凌不敢抬头，但顿了顿，又不得不抬头，假意笑着：“漾漾，这么巧，是你啊。”

花漾似笑非笑地在她身边绕了一圈：“不是说您水土不服，腹泻不止，食欲不振的吗？怎么突然跑我家樱桃园来，还偷起东西来了？”

宋凌微愣：“这是你家的？”

一个小孩大声回道：“这一片樱桃园，后面的果园全都是羊姐姐家的！”

宋凌脸色发白，唇嗫嚅着，难堪得不知说什么。

她在马哲家都快憋出毛病了，原本只是想拖一拖时间，可家里那只羊驼实在可恶，每天准时守在她门口，她一出门就往她脸上吐口水，弄得她好几天连卧室门都没出。

今儿好不容易趁清早羊驼没过来，她赶紧溜出来闲逛透透气，走到这片樱桃园，看到樱桃又大又圆，随手摘了两颗来吃，就被一群小孩给围住了。

宋凌怎么也没想到自己千躲万躲，居然一出门就撞到了花漾的枪口上。

宋凌看她手里抄了根鞭子，像个女悍匪的样子，往日的嚣张气焰也息得彻底，甚至都不敢大声说话。

“漾漾，以前是小姨不对，小姨跟你道歉，你看在印印的面子上不跟我计较好吗？”

花漾不慌不忙地来回踱步：“道歉啊？”

“是是是，我跟你道歉。”

“那先说一百声对不起吧。”

“……”

宋凌被众人围逼着，无可奈何，只能哭丧着脸，一声一声地喊：“对不起……对不起……对不起……”

也不知喊了多少遍，听得花漾耳朵都疲了的时候，她终于喊了停。

满以为事情到此为止的宋凌求饶道：“好漾漾，那我可以回去了吗？”

“回去？”花漾眼尾轻轻挑了挑，“回哪儿啊？”

“……”

“狗蛋儿，咱们农场的规矩，偷别人家的东西该怎么处罚？”

“打手心一百下！”狗蛋儿大声回答，“或者给警察叔叔打电话把她抓起来！”

“真棒。”花漾懒懒地看着宋凌，“小姨，你选一个呗？”

宋凌吓得脸色惨白：“别别别，别报警，漾漾，哦不，大小姐，你看在印印的面子上，看在你婆婆的面子上，千万别报警，我就只摘了两颗，我赔钱行吗？”

花漾眼皮都不抬一下：“谁做证你只偷了两颗？”

宋凌有嘴都说不清，万万没想到出来遛个弯把自己给遛坑里了。

见宋凌不说话，花漾拿起手机：“小姨身娇体贵，打手心肯定不行，那就报警吧，等警察来了再说。”

宋凌见花漾拨号码的样子，赶紧出声拦住：“别，别！”

宋凌耐心耗尽，软的不行，终于露出真面目：“花漾你是不是疯了！报警抓我对你有什么好处？你以为原逸会放任我不管吗？你以为摘你两颗果子警察就能把我怎么样吗？”

花漾看着看着，拍拍手笑了。

她就知道这个女人不可能发自内心地跟自己和解。

也懒得跟宋凌多言，她随手折了一根树枝，走到宋凌面前。

几个小孩把宋凌牢牢按住，她动弹不得。

花漾生硬地打开宋凌的手心，宋凌睁大眼睛，呵斥道：“你敢！”

花漾冷淡地直接一藤条抽下去。

宋凌叫得惨绝人寰：“啊——”

“第一下，是打你从前对我父母的不尊重。”

花漾继续，“啪”一声清脆响亮。

“第二下，是打你从前对夏奶奶的不尊重。”

宋凌的手心噌地多了几道红印，花漾却好像没看到似的，继续重重地抽了一下。

“最后一下，是打你从前对我的种种欺辱。”

打完，花漾丢下枝条，冷冷地看着宋凌：“过去我叫你一声小姨，是对你的尊重，但你根本不配。滚吧，我不想再看到你。”

宋凌被打得抱着手哭：“你这个没教养的野丫头，你敢打我，你等我告诉原逸，你等着……”

花漾受够了宋凌总是拿原逸和宋孜压着自己，她有些冲动，捡起地上的马鞭在宋凌面前狠狠抽了一下。

地面被抽得一声脆响，宋凌吓得往后一退。

“就算原逸在这儿，我也不会少打你一下！”

话音刚落，花漾从宋凌身边小孩们的眼神里发现了异样。

她察觉到了什么，猛然回头，发现不知什么时候原逸和翟羽来到了身后。

他们显然目睹了刚刚这一切。

原逸淡淡地站在那儿，花漾看不清他眼中情绪。

宋凌和纵容她的宋孜是夹在他们之间最大的问题，花漾如今撕破了这道屏障，却不知原逸的立场。

花漾有一些忐忑，怕彼此刚刚建立起来的温存又因为当下这一刻而打乱、破碎。

她慢慢走到原逸面前：“我……”

宋凌也显然看到了原逸，她竭尽全力地叫着：“逸儿，你媳妇没天理了，居然拿树枝抽我手心，还要送我去派出所！你送啊，你有本事马上送啊！”

花漾烦躁地闭上眼睛，听够了宋凌叽叽喳喳的声音，也怕听到下一秒原逸怪自己的声音。

她怕失望。

然而，原逸淡淡开口：“翟羽。”

花漾睁开眼。

“既然她那么想去派出所，那你就帮忙打一下110。”

花漾：“？？？”

翟羽一本正经地打起了报警电话，花漾蒙了：“原逸？”

原逸却若无其事地牵了她的手往回走：“大清早跑出来也不说一声，我找了半天才找到。”

花漾还有些没回神，顿了顿，她停下：“你不怪我吗？”

“怪你？”原逸轻轻笑了笑，“怪你什么？”

“你明知故问。”

原逸低头走着，半晌，缓缓道：“嗯，是有一点儿想怪你。”

“……”

“说好打一百下手心，怎么三下就结束了？”

这场闹剧的最后，宋凌被农场辖区派出所的人带走，本来也没多大的事，可她性格泼辣，加上在海城耀武扬威惯了，一点儿都受不得南原小县城的警察的气，各种不配合，甚至还出言侮辱警察，原本教育两句就可以放出来的事，愣是因为不配合办案被拘留三天。

花漾万万没想到宋凌到了派出所都不安分，只是这么一来，自己虽然解了气，可陶印印那边，的确有些过意不去。

这个臭妹妹虽然平日里脾气娇惯，但最起码心是善良的，和花漾相处这么些日子，已经情同姐妹，比她那个放肆的妈要明事理。

因此和原逸回到帐篷后，花漾把男人们支开，好好跟陶印印解释了下事情的原委。

谁知道陶印印沉默了会儿，问：“派出所的人不会打她吧？”

花漾：“谁敢打她啊，她要是不在那儿瞎闹至于被拘留吗？”

陶印印叹了口气：“那就由着她吧。我妈这性格不受点教育，迟早要惹事。”

花漾听出话里的不对，仔细问了问，才知道原来宋凌连马哲送去照顾她的阿姨都给骂哭回家了。

都姓宋，花漾也奇怪，为什么宋孜、宋凌两姐妹性格截然不同。

“你妈以前就这种性格吗？”

陶印印垂眸摇了摇头，眼神有些伤感：“我妈生我的时候大出血差点没命，我奶奶重男轻女，不太待见我，后来她脾气就变得特别差，等我爸受不了离婚，她更是觉得全世界都欠了她。”

花漾闻言，心里有些说不出的滋味。

她不是圣母，但也知道女人不必为难女人的道理，宋凌先是生产遇难，后又被婆家嫌弃，最后被丈夫抛弃，投靠亲姐。

应了那句话——可怜之人也必有可恨之处。

如果回到宋孜这里，稍微懂得感恩知足，也不至于把日子过成这样。

花漾拍了拍陶印印的肩：“你和马哲好好的就行。”

陶印印点头：“我会坚持的。马哲已经答应了和我一起回海城，我们想开个小公司，争取跟表哥学习，自己做大做强。”

花漾之前觉得陶印印小，又受尽家人宠爱，大小姐脾气，却没想到有这份勇气。

花漾不禁生出几分敬佩，比起她，自己毕业后干过最大的一件事就是嫁给了原逸。

好像从来没有考虑过未来。

花漾都忘了，自己也曾经是被师弟师妹们追捧，被老师们夸最具色彩天分的高才生。

帐篷里，花漾若有所思着，暗暗地在心里做了一个决定。

她回身四处去找原逸：“印印，你哥呢？”

陶印印回她：“刚刚翟秘书接了个电话，他们就一起走了，连马哲都一起叫走了。”

走也不跟自己说一声，神神秘秘的，搞什么。

花漾领着陶印印回家，路上给原逸打了通电话，一直无人接听。

她继续给马哲打，倒是有人接了，电话那头很热闹，有不少嬉笑声，问马哲在哪儿，他只说在竹园。

陶印印不明白：“嫂子，竹园又是什么地方？”

这几天在农场，陶印印仿佛进了一个大观园，看什么都新鲜，每天都能逛不同的地方，纯天然的植物园、动物园。

花漾还没答她，迎面走来一个小姑娘。

是吴老太的孙女巧月。

小姑娘跑近了，问：“羊羊姐！你看我好看吗？”

花漾怔了怔，发现往日里穿花棉袄的小孩今天突然变了个模样。

不仅一头小黄毛修得整整齐齐，竟然还穿上了某大牌儿童系列的小风衣，整个一时尚小潮妹。

花漾笑着揉了揉巧月的头：“月月，你这头发在哪儿弄的，真漂亮。”

巧月不好意思地笑：“是原哥哥。”

花漾：“？”

袁景程还会给人剪头发？

巧月继续说：“原哥哥带了好多人来农场，就在竹园那边帮我们打扮呢。”

花漾一愣，和陶印印对视一眼，刹那间好像忽然反应过来了什么似的：“你说的 yuan 哥哥，是哪个 yuan 哥哥？”

巧月捂嘴笑：“当然是羊羊姐你的老公啊！你快去看，他们正帮我奶奶打扮呢！”

花漾：“……”

花漾和陶印印飞速跟着巧月来到竹园。

小竹园是农场里平日供大家娱乐健身的地方，女人们可以跳舞，男人们可以下棋，也有游乐设施供小孩们玩耍。

花漾赶过去的时候，大家正排着队领礼物，无论老小，人手一样喜欢的服装或包包，全都是知名大牌的。外加顶级彩妆师在线根据脸型设计妆容，造型师设计穿衣风格和发型。

每个人出来的时候，都仿佛换了个样子。

——活了一把年纪，还不知道自己可以这么漂亮。

——这件衣服我想要很久了！到处买不到，竟然可以免费送！

——给我闺女烫的这小辫子真俊俏！

——我来晚了，那个红色包包真好看，悔。

人人见了花漾都笑容满面：“羊羊啊，托你的福，我们才可以享受这种明星般的待遇。”

在农场里，大家的生活都很淳朴，甚至有些人大半辈子没出过南原，只是通过电视和网络了解外面的世界，却没有真正尝试过那些新鲜事物，更别提得到一次顶级的时尚造型师改造的机会。

花漾走进竹园供人休息的小亭子时，坐在里面正在被改造的是吴老太。

众人把她从养猪的老太太，变成了穿着旗袍披着皮草的“民国夫人”，端庄优雅，气质绝佳。

吴老太不敢置信地看着镜子里的自己，开始不好意思地笑，但笑着笑着便红了眼睛。

“年轻的时候就想这样打扮，没机会也没钱，没想到老了还能实现一次愿望。”吴老太忙让人给她拍下来，接着对身后的原逸说，“谢谢你，你有心了。”

原逸轻轻点头，转身，刚好撞见站在门口的花漾。

两人轻轻对视。

原逸嘴角上扬，走过来：“你觉得怎么样？”

花漾还是不明白："你做这些干什么？"

原逸的初衷当然是为了改善一下花漾的娘家人对自己的印象。

但当他有了这个念头并落实下来后，又是另一种感触。

他说："只是觉得，她们需要这样一次机会，看到自己的美。"

花漾以前觉得时尚圈是个很虚荣的地方，大家拼命地往自己身上堆砌名牌，奢华又浮躁，每个人都沉迷在这种攀比和纸醉金迷里无法自拔，但她现在发现——

时尚最初的意义，是让每个人都发现自己的美。

即便是吴老太这样在农场生活了一辈子的女人，也可以在年华垂暮之时，重温最初的梦，不负青春。

花漾看到身边这些长辈、孩童欢喜的眼神，忽然深深地觉得，原逸做的这一切或许会成为他们今后生活里最难忘也最闪耀的一次回忆。

花漾抿着唇，难得夸原逸："不容易，你总算做对了一件事。"

"是吗？"原逸也笑，"不容易，总算得到了你一次肯定。"

两人互相看着对方，四目相对，眼底都夹杂着淡淡笑意。

身边围了一圈刚刚被打造过的小孩，个个都穿着新衣服，顶着新发型，一个个地比着美，谁也不服谁，后来不知是不是比累了，有人喊着口渴。

"去摘芦柑吃吧？"

竹园种了一棵很大的芦柑树，现在正是结果的时候，小孩们没事就会爬树上摘一两个，这会儿有人提议，剩下的小孩一窝蜂地赞成："好哇，好哇！"

可很快大家就犯了难。

"不行啊，我穿着新衣服呢，不能弄脏了。"

"我也不能爬树，万一弄坏我的发型就不漂亮了。"

"那怎么办呢？"

小孩们蹲在芦柑树下发起了愁，花漾看笑了，挽起袖子："多大的事啊，我来。"

原逸还没反应过来，花漾就从他身边一溜烟跑了，接着三下五除二，一眨眼的工夫就爬上了树。

原逸看得心一提，脚不禁往前跨了两步。

"你小心点。"

“放心吧。”花漾首先摘了个芦柑丢给原逸，“赏你的，接着！”

原逸赶紧伸手接住，而后轻叹，这个女人还真是每天都能让他惊奇。

原逸手里把玩着芦柑，和翟羽靠在一旁看花漾给小孩们摘果子。

“巧月，接着！”

“毛毛，这个给你的！”

“等会儿，那边多点，等我爬过去！”

原逸看着，嘴角不自觉地微微上扬。

翟羽观察着他的表情，也不知是不是擦了药，心情也舒畅了许多，大着胆子调侃道：“老板，我觉得您变了。”

“嗯？”原逸侧眸，“哪儿变了？”

“就觉得您变得会笑了。”

翟羽跟在原逸身边三年，他笑过的次数加起来还不如这一两个星期在农场的多。

原逸闻言，没有回应。

他看着那个在树上爬来爬去的姑娘，那股子笑意怎么都藏不住。

可忽然，一道清脆的“啪”声传来，是树枝折断的声音。

原逸的笑意才爬上眼角，眼神突然就变了。

几乎是同时，树上的花漾一脚踩空，从树上摔了下来。

“啊……”

原逸来不及多想，赶紧丢了手里的芦柑，两步上前接着她。

结果就是——

因为重力冲击，两人双双倒地。

花漾直直地扑在原逸身上，嘴对着嘴，差一丁点就能碰上。

“哇哈哈哈哈哈，哥哥好棒！”

“亲一下！亲一下！”

“羊羊姐你不要把原哥哥压扁了！”

……

花漾被这么一喊，终于回了神似的，赶紧从原逸身上起来，可还没站稳，刚刚喊“亲一下”的巧月恶作剧地从身后推了花漾一下，花漾又重新扑回原逸怀里。

温热的触感从唇上传来，心随之狠狠一跳。

花漾趴在原逸身上，瞪大眼睛，顿了顿，倏地离开他的唇，不知所措地想要解释：“我……”

而那边，小孩们趁机瞎起哄——

“哇哇哇，亲到了亲到了！羞羞羞！”

“哈哈哈哈哈，走喽走喽！”

“……”

一群小孩闹完就跑得无影无踪，翟羽和马哲也赶紧自觉回到小亭子里关上门，整个竹园就剩花漾和原逸。

满以为这样的情境下，原逸总会开口说点什么让女孩子不那么尴尬的话，没想到这男人皱了皱眉，半晌，冒出一句：“你不止九十二斤吧？”

花漾顿时脸颊一红，羞恼起来：“干吗？”

花漾一直记得最初认识原逸的时候，就听说过这人的变态准则，在 KR 上班的女职员体重都不能超过九十二斤，一旦超过，三个月时间内不能恢复规定体重就得被炒鱿鱼。

花漾原本只有九十斤，回农场这段时间大吃大喝没注意，体重就撒野了。

花漾凶巴巴地坐起来：“你是不是也要给我三个月的减肥时间，减不到九十二斤就炒我？”

原逸哭笑不得，他哪敢。

见花漾气鼓鼓背过去的样子，原逸想了想，起身的时候轻轻痛哼一声：“我胳膊好像骨折了。”

花漾一怔，转过来：“你是玻璃吗，一折就碎啊。”虽然嘴上嘀咕着，人却马上上前查看，“哪里？哪里骨折？”

原逸但笑不语，等她整个头埋在自己肘弯时，轻轻松松地将人搂进怀中。

“骗你的。”

花漾：“……”

然而再想出来已经没机会了。

原逸：“跟我回去了好不好，奶奶也很想你。”

花漾沉默。

说实话，她还没想好。

虽然原逸来农场这段日子她觉得很开心，可一想到回原家那个处处透着压抑的家，她就有些犹豫。

尤其是宋凌，经过这次的事，以后还怎么在一张桌子上吃饭。

花漾实话实说："我回去了，还会令你难做。"

花漾的意思原逸当然明白。

他淡淡地道："不会再有让你为难的事了。"

花漾抬起头："什么意思？"

"跟我回去不就知道了？"

花漾莫名又听出一股奇怪的味道："你……又想把我当金丝雀养着？"

原逸记得他们之前为这句话有过争议，他无奈地解释："漾漾，我没有任何轻视你的意思，只是……"

男人顿了顿："我想为你遮风挡雨，而你只需要负责每天高高兴兴就好。"

花漾低下头，半晌才说："但我不这么想。"

她觉得，她应该有自己的追求和生活。

两人正说着，翟羽从房里出来，把手中的电话递给原逸。

"盛总有急事找您。"

原逸不在公司的这段时间，公司大大小小的事都由盛博和周南叙负责处理，但这两人到底有些地方干得力不从心，这次更是遇到了没法完成的事。

一年一度的国际慈善品牌 MELA 将在一个月后举行慈善晚宴，今年的举办地点首次定在国内的海城，无数名人名媛翘首盼望，主办方看中了 KR 集团的实力，希望能联合 KR 举办这次活动。

这对 KR 来说是一个非常好的提升国际知名度的机会。

然而那边的对接方只认原逸，如果他迟迟不出现，这次的合作可能会泡汤。

原逸听完盛博的话，只低低回了一句："知道了，我会考虑。"

花漾听得出原逸有重要的事，等他挂电话后主动说："你回去吧。"

原逸："你不跟我一起？"

花漾若有所思了一会儿，摇头："法拉利快做爸爸了，我得陪着它看孩子出生了才行。"

这什么莫名其妙的理由。

意思是他还不如一只羊？

原逸有些郁闷，只好拿出夏玉婵来劝："奶奶下个星期过生日，她很希望你也在。"

花漾的确被说动了："奶奶要过生日了吗？"

“嗯，七十大寿，她不想铺张，但原、夏两家的长辈亲戚都会来。”

“这样啊。”花漾长长地思考了一会儿，“那你先回去吧。”

“先？”原逸有些莫名，“你还要等什么？”

花漾眨了眨眼，一脸认真：“不是说了嘛，等法拉利做爸爸啊。你以为生孩子很容易吗？我怕它老婆难产，到时候忧郁了很难搞的，我得陪产。”

原逸：“……”

说了半天还是为了一只羊。

原逸深吸气稳定情绪，努力接受自己的地位不如一只羊的这件事：“行，那我陪你等。”

“别，”花漾可不想他还留着，坏了自己的计划，“你，明天就走！”

因为花漾的执意要求，原逸和翟羽第二天就被赶着离开了农场。

走的时候，全农场的小孩都来送，吴老太更是亲自送了他们一整只猪后腿，足足二十多斤。

“黑猪肉，好吃着呢。”

还有小孩送了自家的鸡蛋、水果、蔬菜，一个个都很舍不得原逸：

“原哥哥，你要常来玩好吗？”

“下次来还帮我们打扮好吗？”

“我们会想你的。”

一份份淳朴令向来冷淡的原逸心中动容，只一遍遍地答应他们，很快就会回来找他们玩。

大家都对原逸恋恋不舍，只有花漾，一脸没心没肺。

临上直升机前，原逸不甘心地又问她：“真不跟我走？”

花漾跟飞行员连连做手势：“可以起飞了！走吧！”

无情极了。

原逸：“……”

等送原逸走的直升机飞远了，花漾才站在原地想。

她回来的时候潇洒果断，现在就算是要回去，也不能像这样老老实实地被原逸领回去，像是不听话离家出走的孩子被家长找回去，有一丢丢的尴尬和窝囊。

花漾觉得，她必须制造一个钮祜禄 漾漾那样的形象闪亮登场才行。

原逸离开后，花漾在家各种发愤图强，先是节制饮食，把多出来的那几斤肉都瘦了回去。毕竟从前身轻如燕飞檐走壁的人，如今竟然爬树都能压断树枝，就算原逸不在乎，她自己都不能接受。

严格执行了五天的清淡饮食，外加各种运动，花漾终于成功瘦回了九十斤时，家里也接到了夏玉婵打来的邀请电话。

老太太邀请花漾一家，包括苏一凤，一起去海城参加她的生日宴。

然而已经深冬，天气寒冷，从南原到海城又是一段遥远的距离，苏一凤身子骨不硬朗，郭荷芝和花鹏也要参加南原当地每年一次的农业科技展，他们都无法抽身，便婉拒了这次见面，说等有空了会亲自来重新给老太太过一次生日。

路途遥远不能来也能理解，可末了，电话里，夏玉婵试探着问："那漾漾能回来吗？"

苏一凤迟疑了片刻："不清楚哇，不知道那丫头是怎么想的。"

夏玉婵："……"

孙媳妇迟迟不归，老太太心里着急，一直怪原逸在南原的时候没有把工作做到位，没能把老婆哄回来。

可原逸觉得，他回来之前已经把彼此的问题都摊开讲明了，那几天的相处也很愉快。不知道为什么都快到夏玉婵的生日了，花漾还不回来。

给她打电话，得到的回复就是——法拉利还没做爸爸，她得陪产。

因为这事儿，弄得原逸几度十分郁闷。

到了夏玉婵七十大寿生日当天，夏玉婵就在碧江澜庭的院子摆了两桌，宴请的也都是原、夏两家的亲戚，年龄大了，不喜热闹铺张。

宋孜作为夏玉婵的儿媳妇，自然是迎在最前面招待来客的，原逸接待的是一些叔父和同龄兄弟，大家在一起聊聊最近的股市和经济情况。

剩下的一些妯娌，自然就是宋凌在旁帮忙招呼着。

宋凌从南原回来后，诚心诚意地在老太太面前哭了一晚上，哭诉自己被一个晚辈当众打手心，并因为两颗果子被扭送到派出所拘留的事情，还各种渲染花漾是个多么无理、多么没家教的孩子。

她反复对夏玉婵说的一句话就是——那丫头在咱们家的乖巧淑女都是装出来的，您被骗了！

原本让宋凌去南原给花漾道个歉，没想到最后狼狈地进了派出所，因为不在现场，夏玉婵对宋凌的话半信半疑，尤其是花漾拿树枝打她手心，老太太更是不太信。

花漾多乖的一个姑娘啊，怎么可能那么凶悍?

但到底这一遭出行是让宋凌受了罪的，看在宋孜的面子上，夏玉婵没有多追究，暂时还留她住着。

临近晚宴时间，来的客人多了，自然就有人问起了花漾的事。

这种事不好当面问正主，于是有人悄悄向宋凌打探："原逸那老婆怎么没在？"

宋凌嗤了声："上不了台面呗。"

原逸和花漾结婚至今，除了当初在公司官微上发布了一则结婚的消息，就再无音信。家里的亲戚都没见过这个原太太是何方神圣，长得如何。

众人听闻宋凌的话，顿时觉得内有乾坤，纷纷问道："怎么回事？长得很丑？"

要说长相的话，宋凌摸着良心，花漾长得不丑，而且还十分漂亮。但她就是不愿意承认，更不想往对方脸上贴金。

她还记得自己被一群小孩架在树林下打手心的屈辱，现在花漾不在，她更不可能说花漾一丝一毫的好话。

"丑得没眼看。"宋凌压着怒气，"粗手粗脚，没一点儿气质，满口脏话，还爱打架，也没见识。"

众人听得皆是一惊：

"不会吧。"

"难怪一直不露面了。"

"我就说，夏奶奶七十岁生日这么重要的日子都不让她出席，肯定有原因。"

"真没想到原逸千挑万选找这么个老婆……"

来的这些亲朋都属原、夏两家的分支，长辈们都爱互相攀比自己的子女，眼光都极高，现在听到这样的话，一个个都不禁对原逸生出几分同情，往日里事业上比不上原逸的，这时候也觉得高他一等，扬眉吐气起来。

原逸的堂兄原巍常年在国外做电子业务，其老婆听见了，偷偷跑去告诉了原巍，两人一顿低笑。

恰好这时原逸走来，原巍不怀好意地拦下他，挑起这件事：“怎么没有看到弟妹呢？”

原逸淡淡地答：“她家里有点事。”

“哦？”原巍似笑非笑道，“结婚这么久都不带出来给我们看看，难道是弟妹长得太漂亮，怕我们看到了自愧不如？”

原逸在职场上见多了这种看似玩笑实则嘲讽的话术，他笑而不语，本懒得解释，可想起那晚看流星雨时花漾映着火光的笑脸，无意识地低声回了一句：“是。”

原巍一怔，没想到他竟然会顺着自己的话怼回来，尴尬地笑了笑，撺掇四周的人起哄：“那你就让弟妹出来，让我们见识见识呗！”

众人吵着要见这位神秘的原家少奶奶花漾。

夏玉婵见状有些为难，正欲出面解释，外面张阿姨进来说：“小太太回来了！”

原逸愣住：“什么？”

张阿姨让开，她身后缓缓走进来一个窈窕靓丽的女人。

原逸：“……”

众人：“……”

花漾穿着米白色的羊绒斗篷，戴着同色系的贝雷帽，帽子上有个小巧的红丝绒蝴蝶结，点睛醒目。黑色小脚裤和高筒长靴衬得她的腿又细又长，整个人亭亭玉立地站在那儿，黑顺的长发温婉地垂在肩上，皮肤白皙，明眸皓齿，脸颊泛着淡淡的红色，裹着一路的风尘仆仆。

她解开斗篷，摘下手套，笑盈盈地走上前，声音甜美：“奶奶，生日快乐，祝您寿比南山，青春常在。”

- 未完待续 -